Hermann Schoenfeld

German Historical Prose

Hermann Schoenfeld

German Historical Prose

ISBN/EAN: 9783337369767

Printed in Europe, USA, Canada, Australia, Japan

Cover: Foto ©Andreas Hilbeck / pixelio.de

More available books at **www.hansebooks.com**

GERMAN

HISTORICAL PROSE

SELECTED AND EDITED WITH NOTES

BY

HERMANN SCHOENFELD, Ph.D.

*Professor of German and of Continental History in the Columbian
University, Washington, D.C.*

NEW YORK

HENRY HOLT AND COMPANY

F. W. CHRISTERN

BOSTON: CARL SCHOENHOF

PREFACE

THESE selections, planned as an introduction to the reading of German historical prose, afford a general view of some of the principal crucial periods of German history, especially the rise of the House of Hohenzollern and of the modern German Empire. The foremost German historians, Giesebrecht, Droysen, Ranke, Janssen, Treitschke, Sybel, etc., are drawn upon, each in the field he has made peculiarly his own. To the historical selections it has seemed desirable to prefix a short sketch of German historiography by Lindner. The purpose has been to make the selections representative without special regard to difficulty of style. With the periods traversed the editor would have been glad to include, had his limits permitted, "The Migration of Peoples," by Felix Dahn, and the "Hohenstaufen," by Frederick Raumer.

The original texts have been scrupulously followed, except in a few instances where it has seemed best to eliminate some minor remark or allusion that, without long explanation, might prove unintelligible in an excerpt. The most glaring divergencies in spelling have been harmonized, though characteristic peculiarities of both orthography and punctuation have in general

been left undisturbed. In one case alone, that of
Droysen, has the editor ventured to bring together
scattered sections in order to give a connected view of
the Great Elector and the Great King. The intervals
between the periods treated in the selections have been
bridged, when necessary, by short quotations from
English historians. It is hoped that in both German
and English the student will be beguiled into a frequent resort to the complete works represented.

For reasons inherent in a compilation of this character, the historical notes have swelled to a consider-
able bulk, and occasionally include quotations from
other portions of the works cited, but the editor has
tried to rigidly exclude the superfluous. He has,
however, thought best to give frequent etymological
hints regarding the more uncommon words, leaving
the student to follow up these hints, if he please, in
Kluge's masterly Etymologisches Wörterbuch der deutschen
Sprache, which is also available in Davis's excellent
English translation. This work and Bryce's *Holy
Roman Empire* are frequently indicated by their title
initials. Other abbreviations employed in the notes
are either self-explanatory or so usual as to require no
explanation.

Special thanks are due to Professor L. D. Lodge,
of this University, for the careful reading of the
English notes.

H. S.

THE COLUMBIAN UNIVERSITY,
        October, 1895.

TABLE OF CONTENTS

I.

Abriß der deutschen Historiographie.

Mittlere und neuere Geschichte.

Von Theodor Lindner.

[From „Die deutschen Universitäten." Herausgegeben von W. Lexis. Berlin, 1893. Erster Band, p. 549.]

Die historische Wissenschaft hat in Deutschland später als in Frankreich und England die Abhängigkeit von anderen Wissenszweigen, der Theologie und der Juris= prudenz, abgestreift.[1] Erst in unserem Jahrhundert

5   [1] During the Middle Ages, Theology is the crown of all intellectual and moral pursuits, the Holy Scriptures (*sacra pagina*) the original source and decisive authority also of all worldly knowledge; hence, all science, including jurispru- dence and history, were more or less the handmaids of
10 theology. Even the more modern German University, de- veloped under the influence of the Renaissance, is up to the end of the XVIIth century theological-confessional (*cuius regio, eius religio*). Only in the XIXth century do independ- ent philosophy and purely scientific investigation in the
15 domain of nature and history begin to prevail. (Friedrich Paulsen, Die deutschen Universitäten, pp. 18, 21, 23.)

    ab=ſtreifen from M.H.G. *ströufen* (*striefen* is a rare form), 'to skin, flay — strip off.'

1

rang[1] sie sich zur vollen Selbständigkeit durch, hauptsächlich infolge des nationalen Aufschwunges, welchen die Befreiungskriege gebracht hatten.[2] Das Streben, die Vergangenheit des deutschen Volkes zu erkennen und aus dieser Erkenntnis dem Selbstbewußtsein neues Leben und frische Kraft zuzuführen, gab den stärksten Antrieb[3] zur Vertiefung der geschichtlichen Studien. Die erste große Frucht war der von dem Freiherrn von Stein[4] angeregte Gedanke, in den "Monumenta Germaniæ historica"[5] die echten Quellen zu sammeln, und wenn auch der Gelehrte, welcher Jahrzehnte lang die Herausgabe leitete, G. H. Pertz, keinen Lehrstuhl einnahm, so gehörten die

---

[1] durch-ringen from M.H.G. *ringen*, A.S. *wringan*, 'to wring, wrestle through' (from its dependence upon theology).

[2] In the elevation of the national spirit incident to the wars of liberation (1813-1815), and the preceding period of the reorganization and reconstruction of crushed Prussia (1808-1813), lies the germ of all that is great in Germany intellectually and politically, cf. Treitschke, article VIII (of this book).

[3] Antrieb from M.H.G. *triben*, O.H.G. *triban*, A.S. *drifan*, 'impulse, incentive, stimulus.'

[4] Freiherr von Stein, the greatest statesman and patriot in Prussia after the crushing defeat of Jena. He pre-eminently prepared Prussia's liberation from the French yoke by freeing the serfs, weakening the rigid absolutism, reorganizing the rotten administration of the country, and giving self-government to the communities against the old system of Frederick William I: „Ich statuire die souverainité wie einen rocher de bronce," cf. 1, page 137.

[5] "Monumenta Germaniæ historica," the standard and monumental work of the original sources of German history, instituted by G. H. Pertz, born in Hanover in 1795, one of the greatest German historians and encyclopædists of this century, the biographer of Stein and editor of Leibnitz.

Mitarbeiter meiſt den Univerſitäten an, und das gewaltige
Unternehmen mit ſeinen Verzweigungen wirkte mächtig
auf die hiſtoriſche Arbeit an den Hochſchulen ein. Aus
den früheren Zeiten erhielt ſich die Neigung, die benach-
5 barten Wiſſensgebiete in ihrem Fortſchreiten zu verfolgen
und aus ihnen das für die geſchichtliche Erkenntnis Bedeu-
tungsvolle zu entnehmen; es erſtarb[1] nicht der Hang zum
Kosmopolitismus, der dazu trieb, auch die Geſchichte anderer Völker zu betrachten und den großen welthiſtoriſchen
10 Zuſammenhängen nachzugehen,[2] und vor allem blieben die
Univerſitäten die vornehmlichen Träger der Geſchichtsfor-
ſchung und auch der Geſchichtsſchreibung. Allerdings gab
es manche Männer, die kein akademiſches Lehramt ausübten, aber gleichwohl bedeutende Werke ſchufen. So ſchrieb
15 Ferd. Gregorovius die „Geſchichte der Stadt Rom im
Mittelalter,“ Guſtav Freytag[3] wußte Sinn und Verſtänd-

---

[1] er-ſterben, prefix er, M.H.G. *er*, O.H.G. *ur*, 'out of,' signifying 'transition, beginning, attaining': 'to die away or out,
fade away.'

20 [2] den großen ... Zuſammenhängen nachgehen, 'to follow up
the coherence of the great events of world-history.'

[3] Gustav Freytag, and perhaps Joseph Victor Scheffel and
Felix Dahn, by their historical novels, have probably done
infinitely more for the propagation of historical knowledge
25 in Germany than many of the best of mere historians. The
Bilder aus der deutſchen Vergangenheit, Die Ahnen, — Ekkehard —
Der Kampf um Rom — respectively are real pearls of the
finest historical feeling and accurate erudition. In his ad-
mirable preface to Ekkehard, Scheffel says: „Die zahlloſen
30 Bände ſtehen ruhig auf den Brettern unſerer Bibliotheken, da und
dort hat ſich ſchon wieder gedeihliches Spinnweb angeſetzt, und der
Staub, der mitleidlos alles bedeckende, iſt auch nicht ausgeblieben...
Gewißlich nur dann iſt mit Erfolg an der geſchichtlichen Wiederbelebung der Vergangenheit zu arbeiten, wenn einer ſchöpferiſch wieder-
35 herſtellenden Phantaſie ihre Rechte nicht verkümmert werden...“

nis für Geschichte in weiten Kreisen zu erwecken, Georg
Weber faßte die Ergebnisse der wissenschaftlichen Arbeit in
seiner Weltgeschichte zusammen, Joh. Friedr. Böhmer[1]
bahnte der strengen Forschung die Wege und Joh. Jan-
ßen[2] stellte von seinem katholischen Standpunkte aus die　5
„Geschichte des deutschen Volkes seit dem Ausgange des
Mittelalters" dar. Aber sie und andere verdankten ihre
Bildung den Hochschulen. Selbst die politische Geschichts-
schreibung hat bis auf die letzten Zeiten meist in den
Händen von Universitätslehrern gelegen.　10

Unter dem Einfluß der die gesamte neuere deutsche Geschichtsforschung beherrschenden Ideen Niebuhrs[3] und aus
eigenartiger Begabung schuf Leopold Ranke in einer zwei
Menschenalter umfassenden und nie rastenden Thätigkeit
seine großartigen Werke. Von ihm, der seit 1825 in Ber-　15
lin wirkte, ging eine große Schule aus, welche schließlich
an fast allen Universitäten vertreten, dem geschichtlichen

---

[1] Böhmer, born in 1795, in Frankfort on the Main, died
there in 1863; investigator of the sources of the Middle
Ages. He smoothed the road for strict historical investiga-　20
tion, i.e., recurring to primary sources, comparison and
combination of such, documentary evidence and filling of
gaps by intuitive reflection.

[2] Janssen refutes the intimation of a Catholic standpoint
in his preface, yet it is interesting to compare his excellent　25
work on the Reformation with the equally excellent, though
different, works of Bezold and Geiger.

[3] Niebuhr, the great German historian of Rome, the
celebrated predecessor of Mommsen in that special field of
history, was born in Copenhagen, 1776, died January 2, 1831.　30
His labors have exercised an all-powerful influence upon the
historical studies in Germany. He can properly be called
the Altmeister of historical science, its originator and propa-
gator through his still greater pupil Ranke.

Studium einen einheitlichen Charakter aufprägte. Da=
gegen traten allmählich die anderen Richtungen zurück.
Schlosser und Gervinus in Heidelberg, welche ihr Interesse
vornehmlich den im großen Völkerleben wirksamen sittlichen
und geistigen Kräften zuwandten, und ebenso diejenigen
Universitätslehrer, welche mit ihren Studien eine politische
Tendenz verknüpften, die wie Rotteck in Freiburg, Dahl=
mann in Bonn und Schlossers Schüler, Ludwig Häußer
in Heidelberg, für die Gestaltung Deutschlands in liberalem
Sinne eintraten, oder wie Heinrich Leo in Halle ganz im
Gegensatz zu jenen die kirchliche Autorität des Mittelalters
als Vorbild für die Gegenwart hinstellen, sie alle hinter=
ließen trotz des gewaltigen Einflusses, den die ersteren auf
die gebildeten Stände ausübten, an den Hochschulen keine
gleich bedeutende Nachfolgerschaft.

Das Losungswort[1] für die historische Forschung wurde
die „Objektivität," die Darlegung des thatsächlichen Ver=
laufes der Geschichte, und als deren Kern galten[2] vor=
wiegend die politischen Dinge unter der Einwirkung der
großen Persönlichkeiten. Aus der vielseitigen Natur
Rankes gingen zwei an sich verwandte und doch verschie=
dene Richtungen hervor, deren namhafteste Vertreter
Heinrich von Sybel in Bonn und Georg Waitz in Göt=
tingen wurden.

Die größte Verbreitung und zahlreichstes Gefolge fand
die Göttinger Schule, welche ihre Thätigkeit fast ausschließ=
lich dem Mittelalter zuwandte und vor allem eine gründ=

---

[1] Losung, *f.*, Losungswort, 'war-cry, watch-word,' appeared
in language as late as in the XVth century, derived from
Los? or from losen, 'to hear' [lauschen]?

[2] gelten, M.H.G. *gëlten*, O.H.G. *gëltan*, A.S. *gildan*, E. to
yield, 'to be worth, cost,' cf. Geld, Gilde.

liche Kritik der Quellen zum Grunde und Ausgangspunkte
ihrer Arbeiten nahm. Die „Deutsche Verfassungsge-
schichte" von Waitz mit ihrer peinlich genauen Sichtung[1]
und Ordnung der einzelnen Nachrichten ist als vornehm-
lichstes Leitwerk zu betrachten.   5

Auch andere Schüler Rankes haben die Kenntnis des
deutschen Mittelalters wesentlich gefördert. Wilhelm
Giesebrecht verwandte in seiner „Geschichte der deutschen
Kaiserzeit" ebenfalls die größte Sorgfalt auf die Quellen-
kritik, aber legte zugleich besonderen Wert darauf, durch   10
schwungvolle Darstellung und lebendige Schilderung die
große Vorzeit einer weiten Lesewelt verständlich zu machen
und für sie Begeisterung zu erwecken.

Heinrich von Sybel, der zwar gegenwärtig nicht mehr
einer einzelnen Universität, aber dauernd ihrer Gesamtheit 15
angehört, widmete sich hauptsächlich der neueren Geschichte,
obgleich er auch auf dem mittelalterlichen Felde thätig war.
Der ergiebigere Stoff gestattete ihm, die allgemeinen
Rankeschen Ideen zur vollkommenen Ausführung zu
bringen. Die „Geschichte der Revolutionszeit" zeigt deut- 20
lich seine Weise. Charakteristik der Persönlichkeiten und
Parteien, Darlegung der inneren staatlichen Verhältnisse,
Entwirrung[2] der diplomatischen Verhandlungen sind der
hauptsächliche Zweck und Vorwurf. Alles ist aufgebaut
auf eine sorgfältige Erforschung des Aktenmaterials.   25

Der Gang der allgemeinen deutschen Zustände brachte

---

[1] Sichtung from sichten, ‘to sift, winnow,’ comp. A.S.
siftan, E. to sift; sievo, Sieb.

[2] Entwirrung, ‘unravelment, extrication’ (from confusion);
wirr, *adj.*, ‘confused, entangled,’ based on M.H.G. *wërren* 30
(*verwërren*), O.H.G. *wërran* (*firwërran*). —O.H.G. subst. *wërra*,
‘confusion, dispute,’ Ital. *guerra*, French *guerre*, ‘war.’

es mit sich, daß nach 1848 auch die Geschichtsschreibung an
den großen nationalen Fragen nicht vorübergehen konnte.
Sie erwog weniger wie vordem geschehen war, Wert oder
Unwert der Verfassungssysteme, sondern verfolgte historisch
5 die Bildung des Gegensatzes zwischen Österreich und
Preußen und strebte aus der Vergangenheit nachzuweisen,
welcher von beiden Mächten die Führung Deutschlands
zufallen müsse. Selbst über die entlegene Kaiserzeit er=
streckte sich das nach den augenblicklichen Bedürfnissen be=
10 messene Urteil. Indem Sybel und mit ihm seine Schule
entschieden auf die Seite Preußens traten, bekam sie eine
gewisse politische, preußische Färbung. Den Abschluß
dieser Ideengänge gab Sybel selbst in seinem letzten
Werke über „Die Begründung des Deutschen Reiches
15 unter Wilhelm I."

In eigenartiger Weise und neben Ranke und seinen
Schülern selbständig führt denselben Gedanken Joh.
Gustav Droysen in seiner umfassenden „Geschichte der
preußischen Politik" durch. Wie Droysen zugleich über
20 das Altertum Werke veröffentlichte, so haben auch andere
Geschichtsschreiber der Neuzeit, wie Arnold Schäfer in
Bonn, der Verfasser der „Geschichte des siebenjährigen
Krieges," und Adolf Schmidt in Jena, ein Schüler
Rankes, ebenfalls die alte Geschichte in den Bereich ihrer
25 litterarischen Thätigkeit gezogen.

Allmählich hörte jedoch diese Vielseitigkeit auf und in die
gelehrte Geschichtsforschung drang mehr und mehr die
Beschränkung auf engbegrenzte Gebiete ein. Begünstigt
wurde diese Umwandlung durch die Vermehrung der Ge=
30 schichtsprofessuren an fast allen Hochschulen, infolge deren
besondere Lehraufträge [1] für mittlere oder neuere Geschichte

---

[1] Lehrauftrag, 'commission to teach, chair.'

erteilt wurden. Daher schritt die Spezialisierung inner=
halb dieser einzelnen Fächer[1] weiter vor und führte na=
mentlich auch in den hilfswissenschaftlichen Nebendiszip=
linen zu sehr verfeinerten Methoden.

Die große Masse der Arbeit wurde auf die politische 5
Geschichte verwandt. Die mittelalterlichen Studien muß=
ten indessen auch die Entwicklung der Verfassung und der
Rechtsbildung berühren, und manche Fragen, wie die Ent=
stehung der Landeshoheit und der Stände, namentlich des
Bürgertums und der städtischen Einrichtungen, waren 10
häufig erwogen worden. Für diese Forschungen legte die
„Geschichte der Städteverfassung in Italien" von Karl
Hegel den Grund. Dann wandte K. W. Nitzsch in Ber=
lin, ebenfalls ein Schüler Rankes, der sich auch mit ver=
wandten Erscheinungen des Altertums beschäftigt hatte, 15
seinen eindringenden Scharfsinn den wirtschaftlichen Zu=
ständen zu, und obgleich manche seiner Ansichten nicht die
allgemeine Billigung fanden, war die erst nach seinem
Tode hauptsächlich nach Vorlesungen herausgegebene „Ge=
schichte des deutschen Volkes bis zum Augsburger Reli= 20
gionsfrieden"[2] so anregend, wie wenige andere Werke.
Dazu kamen die Veränderung des nationalen und sozialen
Lebens, die Vermehrung der Aufgaben, welche dem Staate
gestellt sind, die nach allen Seiten hin erweiterten Inter=
essen der jüngsten Zeit, so daß eine neue Richtung in der 25
Geschichtswissenschaft entstand. Vielfach sich mit der

---

[1] Fach, M.H.G. *vach*, O.H.G. *fah* (hh), 'part, division of
space, compartment, shelf.' Cognate to fügen.

[2] Augsburger Religionsfrieden, the Imperial diet, at which
on Sept. 25, 1555, the Protestant States were placed on an 30
equal footing with the Catholics, and obtained the *jus
reformandi*.

historischen Schule der Nationalökonomie berührend, bevor=
zugt sie die Erforschung der wirtschaftlichen Zustände und
sucht in ihnen die Schlüssel für die Probleme der Volksent=
wicklung. Auf verwandter Seite wird erstrebt, das ge=
5 samte geistige und sittliche Leben in seiner Ausgestaltung[1]
zu verfolgen, von der Ansicht aus, die Geschichte könne nur
Kulturgeschichte sein.

Neben diesen Strömungen steht für sich die auf den
deutschen Universitäten nur vereinzelt vertretene katholische
10 Geschichtsauffassung, wie sie von Görres in München und
Gfrörer in Freiburg, dessen letztes und umfangreichstes
Werk „Papst Gregorius VII und sein Zeitalter" behan=
delte, begründet worden ist. Für die mittelalterliche Ge=
schichte ist sie nicht ohne Einfluß gewesen.

15 Nicht allein in den Aufgaben, welche sich die Forschung
zu stellen liebt, wird seit einiger Zeit ein Umschwung fühl=
bar, an dem auch die Universitätswelt stark beteiligt ist.
Während die Waitzsche Schule sich ablehnend gegen die
Popularisierung der Wissenschaft verhielt und auch ein
20 großer Teil der anderen historischen Werke nur für einen
wissenschaftlich befähigten Leserkreis berechnet war, macht
sich jetzt vielfach der Wunsch geltend, die Allgemeinheit der
gebildeten Stände für die Geschichte zu gewinnen. Daraus
ergiebt sich die Notwendigkeit, zusammenzufassen, die Ent=
25 wicklung in ihren großen Zügen übersichtlich darzustellen.

So sind gegenwärtig an den deutschen Universitäten
mehrere Richtungen vertreten, da auch die älteren noch in
aller Stärke bestehen. Natürlich, daß es auch an vermit=
telnden Gelehrten nicht fehlt, welche an der Rankeschen
30 Auffassung, daß das staatliche Sein der Hauptträger des

---

[1] Ausgestaltung, 'full development, bringing to perfection,
maturity.'

geſchichtlichen Lebens ſei, feſthaltend bemüht ſind, den er=
weiterten Anforderungen Rechnung zu tragen[1] und die
wechſelnden Formen des geſchichtlichen Werdens zu ein=
heitlichem Ausdruck zu bringen.

Was von deutſchen Univerſitätslehrern in den letzten [5]
Jahrzehnten an wiſſenſchaftlichen Werken verfaßt oder
angeregt worden iſt, auch nur annähernd anzuführen, wäre
hier unmöglich. Es mag daher eine Zuſammenfaſſung
nach allgemeinen Geſichtspunkten genügen. Mit den Uni=
verſitäten ſtehen im engſten Zuſammenhange die gelehrten [10]
Körperſchaften, die Akademieen und hiſtoriſchen Kommiſ=
ſionen, unter denen ſeit Jahrzehnten die Münchener die
erſte Stelle einnimmt, deren Unternehmungen daher ein=
gerechnet werden dürfen. Auch manche der überaus zahl=
reichen Geſchichtsvereine, namentlich der Hanſiſche,[2] em= [15]
pfangen durch Profeſſoren die weſentlichſte Förderung.

Allen anderen weit überlegen ſind die univerſalen Lei=
ſtungen[3] Rankes; ſie ſollten in der „Weltgeſchichte“ ihre

---

[1] = ihnen Rechnung zu tragen. Rechnung tragen, idiom. 'to
take into account.'
[20]
[2] Hanſiſche, supply Geſchichtsverein, from *Hansa* (originally
signifying in the Gothic Bible of Ulfila a military assemblage
or troops), the powerful league, which gradually arose from
two elements, the union of German merchants abroad, and
the union of German towns at home, scattered over a large [25]
territory from Novgorod and Revel to the Scheldt river, nay
to Wisby in Gothland and to London. The Hanseatic
league was powerful enough to wield wars with Denmark,
till it was broken up by the fearful disasters of the Thirty
Years' War. Henceforth the name of Hanse towns is still [30]
kept by Hamburg, Bremen and Lübeck, to designate their
independence, though not their union.
[3] Leiſtung, from verb leiſten, 'to perform, accomplish,'
M.H.G. and O.H.G. *leisten*, 'to adhere to and execute an

Krönung finden. Sie hier zu verzeichnen, ist zwecklos, da sie weltbekannt sind. Ebensowenig soll Bericht gegeben werden, welche Fülle von wissenschaftlichen Arbeiten seiner Anregung zu verdanken ist.

Es lag in dem Wesen der herrschenden Tendenzen, daß manche Perioden eine sehr reichliche Pflege fanden, andere mehr zurücktreten mußten. So ist die Prähistorie, die freilich für sich ein eigenartiges Gebiet ausmacht, von den Universitäten her wenig berücksichtigt worden. Eine unendliche Fülle von Arbeitskraft wurde dem Mittelalter und zwar bis in die staufische Zeit[1] hinein gewidmet und auf diesem Gebiete hat die deutsche Geschichtsforschung am meisten gethan. Neben Giesebrechts Werk behandeln die „Jahrbücher der deutschen Geschichte," deren meiste Abteilungen von Professoren herrühren, die früheren Kaiser und Könige; bestimmt, die zuverlässige Kunde kritisch gesichtet zusammen zu tragen, sind sie nur für Gelehrte und für streng wissenschaftliche Zwecke berechnet. Geradezu unzählig sind die größeren und kleineren Darstellungen, Abhandlungen und Untersuchungen für die deutsche Geschichte bis ins dreizehnte Jahrhundert. Das vierzehnte und das fünfzehnte erfuhren dagegen lange Zeit geringere Teilnahme und erst in den letzten Jahrzehnten hat sich das wesentlich geändert. Nur der Übergang und die Vorbereitung zur neuen Zeit erregten schon früh Interesse, und

order, fulfil one's promise or duty,' A.S. *lœstan*, 'to perform, accomplish, sustain, endure,' E. to last.

[1] Die staufische Zeit, 'the time of the Hohenstaufen Emperors': Conrad III (1138–1152), Frederick I, Barbarossa (1152–1189), the most brilliant champion of the Empire; under his son Henry VI (1190–1197), and Frederick II (1212–1250), begins the fall of the Hohenstaufen Empire, which ended with Conradin's death on the scaffold in 1254.

hier berührte sich die politische Geschichtsforschung eng mit
der auf kirchlichem, litterarischem und kunstgeschichtlichem
Gebiete. Jakob Burckhardts „Kultur der Renaissance in
Italien" und Georg Voigts in Leipzig „Wiederbelebung
des klassischen Altertums," obgleich sie nicht oder nur wenig   5
die deutschen Zustände berührten, eröffneten doch auch für
diese neue Gesichtspunkte. Daß die Reformation selbst
eine große Anziehungskraft ausübte, ist in Deutschland
leicht erklärlich; hatte doch[1] Ranke selbst ihre Geschichte
geschrieben. Während die Persönlichkeit Luthers vorwiegend   10
von Theologen geschildert wurde, unternahm es Baum=
garten in Straßburg, dessen Gegner Karl V in seiner
universalen Bedeutung vor Augen zu führen. Die Ge=
genreformation kam nur allmählich zu gründlicherer Unter=
suchung; früher als sie wurde der dreißigjährige Krieg mit   15
bedeutenden Einzelforschungen bedacht.

Für die folgende Periode trat hauptsächlich die branden=
burgisch=preußische Geschichte in den Vordergrund; das
groß angelegte Unternehmen Karls von Noorden in Leip=
zig, welches die europäische Geschichte seit dem Beginne   20
des achtzehnten Jahrhunderts umfassen sollte, gelangte
nicht zur Vollendung. Besonders über den großen Kur=
fürsten, dessen nächste Nachfolger und Friedrich den Großen
wurde nach Ranke und Droysen viel und erfolgreich ge=
forscht und geschrieben.   25

Dem Sybelschen Werke folgten Untersuchungen über
die Politik der europäischen Höfe in der Revolutionszeit.
Den Kriegen gegen Napoleon, der Wiedergeburt Preußens,
den für sie maßgebenden Persönlichkeiten galten viele
wertvolle Einzelschriften, aber nach Ludwig Häußers be=   30

---

[1] Hatte doch Ranke selbst ... geschrieben, 'since R. himself
wrote its history'; doch emphasizing the sense of the clause.

redtem Werk „Deutsche Geschichte vom Tode Friedrichs des
Großen bis zur Gründung des Deutschen Bundes" ging
aus Universitätskreisen keine umfassende einheitliche Be-
arbeitung dieser Zeit hervor. Die „Deutsche Geschichte
5 im neunzehnten Jahrhundert" zu schreiben, hat H. von
Treitschke in Berlin sich zur Aufgabe gestellt.

Die „Bibliothek deutscher Geschichte," an der meist Docenten der deutschen und österreichischen Hochschulen mit-
arbeiten, ist bestimmt, eine wissenschaftlich begründete, aber
10 auch für weitere Kreise geeignete eingehende Erzählung
von dem Gesamtverlaufe der deutschen Geschichte zu geben.

Nicht unerwähnt bleiben darf die von der historischen
Kommission in München ins Leben gerufene „Allgemeine
deutsche Biographie," die nunmehr, ihrem Abschlusse ent-
15 gegen gehend, eine bisher schwer empfundene Lücke[1] der
Geschichte unseres Volkes in seiner allseitigen Leistung
ausfüllt.

Auch die außerdeutsche Geschichte wurde keineswegs ver-
nachlässigt. Für die französische, englische, spanische, italie-
20 nische, dänische, polnische, russische, byzantinische, orien-
talisch-muhamedanische, amerikanische Geschichte entstanden
viele umfangreiche Schriften, die allerdings meist nicht das
Ganze der betreffenden Volksgeschichten umspannen.

Während die älteren Weltgeschichten in neuen Bearbei-
25 tungen erscheinen, soll die von Oncken in Gießen geleitete
„Allgemeine Geschichte in Einzeldarstellungen" die wichtigsten Völker und bedeutsamsten Perioden in selbständigen

---

[1] schwer empfundene Lücke, 'badly felt gap, chasm.' In
words with initial f, ent, even in M.H.G., becomes emp, hence
30 empfangen, empfinden. ent, an unaccentuated prefix, 'forth,
from out.' Lücke, M.H.G. lücke, lucke, O.H.G. lucka. Cog-
nates locker (M.H.G. loger) and Loch.

Werken behandeln. Auch die meisten Bände dieser umfangreichen Sammlung sind von Hochschullehrern verfaßt.

Es entsprach den Verhältnissen, unter deren Einwirken
die Geschichtsforschung stand, daß in den letzten Jahrzehnten über Methodologie und philosophische Auffassung wenig   5
geschrieben wurde. Die eigentliche Geschichtsphilosophie
kam ganz in Abnahme. Daher haben Universitätslehrer,
wenigstens der Geschichte, keinen Anteil genommen an
den sonst in Deutschland viel verbreiteten Bestrebungen,
auf den neueren philosophischen Systemen, dem Positivis-   10
mus und dem Evolutionismus, die Entwicklung der
Menschheit aufzubauen. Gegenwärtig gewinnen die me-
thodologischen Fragen an Interesse; Bernheim in Greifs-
wald hat kürzlich ein Lehrbuch über sie herausgegeben.
Auch die allgemeinen philosophischen Grundlagen werden   15
wieder beachtet, und die Neigung zur kulturgeschichtlichen
Betrachtung schließt die Notwendigkeit ein, mit ihnen zu
rechnen.[1]

Neben der darstellenden Geschichte nahm das Heran-
schaffen und Sichten von historischem Stoffe, die Veröf-   20
fentlichung von Urkunden und Akten reichlich Dozenten in
Anspruch, indem solche auch meist für die von den gelehrten
Körperschaften veranlaßten Sammlungen thätig waren
und sind. Vorwiegend wurde dabei natürlich das Mittelalter berücksichtigt. Neben den '' Monumenta Germaniæ   25
historica,'' welche unter der Leitung von Waitz und jetzt
von E. Dümmler, früher in Halle, rüstig fortschritten und
ihr Arbeitsfeld erheblich erweiterten, ist in erster Stelle
der von der historischen Kommission in München hervor-
gerufenen Ausgaben zu gedenken. Die „Chroniken der   30
deutschen Städte" erschließen einen reichen Schatz von

---

[1] Cf. 1, page 10.

Aufzeichnungen aus bürgerlichen Kreisen für das spätere
Mittelalter. Die weitangelegten „Reichstagsakten," be=
gonnen von Weizsäcker in Berlin, sollen den Stoff für
diese Seite des deutschen Verfassungslebens seit dem Ende
5 des vierzehnten Jahrhunderts sammeln. Auch die Ge=
schichte der Hansa[1] wurde durch urkundliche[2] Werke aufge=
klärt. Außerdem erschien eine große Fülle von Regesten
für die Geschichte des Reiches und einzelner Länder oder
Regentenhäuser und von Urkundenbüchern jeder Art. Für
10 die genauere Erkenntnis der Reformation sorgte besonders
die Herausgabe zahlreicher Briefwechsel und jetzt der Nun=
tiaturberichte,[3] welcher das kgl. preußische historische Insti=
tut in Rom in Gemeinschaft mit dem k. k. österreichischen
obliegt. Für die spätere Zeit fällt der Hauptanteil
15 Preußen zu mit den „Urkunden und Aktenstücken zur
Geschichte des Kurfürsten Friedrich Wilhelm von Bran=
denburg," und den Publikationen über Friedrich den
Großen, unter denen dessen „Politische Korrespondenz"
obenan steht.
20 Die Hilfswissenschaften sind fast ausschließlich durch
Universitätslehrer zur hohen Ausbildung gebracht worden:
natürlich kam dabei lediglich das Mittelalter in Betracht.
Die Quellenkunde faßten Wattenbach und Lorenz zusam=
men. Für die Diplomatik, deren Hauptvertreter Theodor
25 Sickel ist, sorgten in erster Stelle die vom preußischen
Staatsarchive herausgegebenen, aber von Dozenten bear=
beiteten „Kaiserurkunden in Abbildungen" und zahlreiche

---

[1] Cf. 2, page 10.

[2] urkundlich = aktenmäßig, 'documentary.' Urkunde, 'deed,
30 document charter,' from M.H.G. urkunde (urkünde), n. and f.,
'testimony, proof, document'; O.H.G. urchundi, f., allied to
erkennen (hence lit. ' recognition').

[3] Nuntiaturberichte, 'reports of the papal nuntii, Legates.'

Abhandlungen, deren Ergebnis H. Breßlau in Straßburg
in seinem „Handbuch der Urkundenlehre für Deutschland
und Italien" verwertet. Dem Studium der Paläographie
dienen mancherlei Vorlagen, Schrifttafeln u. dgl. Wie es
in der Natur der Wissenschaft liegt, haben Historiker   5
wesentliche Beiträge zur Kirchen=, Rechts= und Kriegsge=
schichte geliefert, wie umgekehrt die berufenen Vertreter
dieser Fächer auch der Geschichte im engeren Sinne große
Dienste geleistet haben.

In diesem Zusammenhange ist auch der historischen   10
Zeitschriften zu gedenken, weil sich in ihnen das jeweilige[1]
wissenschaftliche Treiben am besten abspiegelt. An ihnen
allen haben, meist auch als Herausgeber, vorwiegend
Universitätsangehörige, mitgewirkt. Die nicht mehr er=
scheinenden „Forschungen zur deutschen Geschichte" und   15
das mit den Monumenta Germaniæ verknüpfte „Archiv"
enthalten fast ausschließlich Beiträge zum Mittelalter,
während die von Sybel begründete „Historische Zeit=
schrift" mehr die Neuzeit als ihr Feld betrachtet. Neben
ihr sucht jetzt die „Deutsche Zeitschrift für Geschichtswissen=   20
schaft" dem gesamten Gebiete zu dienen, eine ähnliche
Aufgabe stellt sich die „Historische Zeitschrift" der Görres=
gesellschaft, doch mit besonderer Berücksichtigung der katho=
lischen Kirche. Die „Mitteilungen des Instituts für
österreichische Geschichtsforschung" stehen allen deutschen   25
Gelehrten offen.

Bezeichnend für den Zug auf das Einzelne ist, daß
mehrere dieser Zeitschriften eine besondere Sorgfalt der
Bibliographie, der Verzeichnung der neu erscheinenden
Bücher, Abhandlungen u. dgl. bis ins kleinste zuwenden.   30
Geben sie meist nur die Titel, so verfolgen die jetzt von

---

[1] jeweilig, *adj.*, 'for the time being.'

dem preußischen Unterrichtsministerium unterstützten, von
Jastrow in Berlin herausgegebenen „Jahresberichte der
Geschichtswissenschaft" den Zweck, auch den wesentlichen
Inhalt der aufgeführten Schriften zur nutzbaren Kennt=
5 nis zu bringen.

Zeugt alles dieses von dem regen Eifer der deutschen
Universitätsprofessoren, durch litterarische Arbeit die Wis=
senschaft zu bereichern, so geht doch ihre Hauptaufgabe
dahin, für einen tüchtigen Nachwuchs[1] zu sorgen und die
10 akademische Jugend, welche sich dem Studium der Ge=
schichte widmen will, würdig in die Wissenschaft einzu=
führen.

Die Lehrthätigkeit an den Universitäten zerfällt fast
überall in zwei wesentlich verschiedene Zweige, die Vor=
15 lesungen und die seminaristischen Übungen.

Die ersten sind dazu bestimmt, den Zuhörern den ge=
schichtlichen Stoff im Zusammenhang vorzutragen. Die
Gebiete, welche so in einem Semester behandelt werden,
pflegen nicht allzu umfangreich bemessen zu sein. In der
20 Regel wird wohl der Gesamtstoff auf sechs Semester
verteilt, von denen zwei auf das Mittelalter fallen, doch
bemessen manche Dozenten die in einem Semester zu
erledigenden Perioden erheblich kürzer. In neuester Zeit
ist vielfach auch eine die ganze deutsche Geschichte zusam=
25 menfassende Vorlesung eingelegt worden. Außerdem
findet daneben meist eine besondere Vorlesung über Ver=
fassungsgeschichte ihren Platz. Selbstverständlich tritt
überall die deutsche Geschichte in den Vordergrund, doch
tragen sie die meisten Professoren in Verknüpfung mit der
30 allgemeinen Geschichte vor. Einige überliefern den Stu=
dierenden in möglichst eingehender Weise den gesamten

---

[1] Nachwuchs, 'after-growth'; fig. for 'youth, recruits.'

Wissensstoff und legen auch auf ausführliche Mitteilung
der einschlagenden [1] Litteratur großen Wert, während an=
dere mehr die großen Gedanken und die Ideenverbindung
zum Ausdruck zu bringen suchen, das Einzelne der er=
gänzenden Selbstthätigkeit der Studierenden überlassend.

Neben diesen großen Vorlesungen, welche vier oder fünf
Stunden in der Woche in Anspruch nehmen, stehen zahl=
reiche kleinere, welche, häufig von jüngeren Dozenten
gehalten, einzelne Hauptabschnitte oder gewisse Verhältnisse
behandeln, welche in jenen weniger berücksichtigt werden
können, wie Städte= oder Wirtschaftsgeschichte, Geschichte
einzelner Staaten, Quellenkunde bestimmter Perioden u.
dgl. Auch die Methodik bildet in letzter Zeit manchmal
den Gegenstand besonderer Vorlesungen.

Die meisten Dozenten halten auch öffentliche, unentgelt=
liche Vorträge, gewöhnlich eine Stunde in der Woche, die
manchmal entlegenere Seiten der Wissenschaft zum Vor=
wurf haben, häufiger jedoch bestimmt sind, auch diejenigen
Studierenden, welche sich nicht mit historischen Studien
beschäftigen, anzuziehen und zu belehren.

Einen Übergang zu den Übungen bilden die Vorträge
über die Hilfswissenschaften, namentlich über Paläo=
graphie [2] und Diplomatik, sofern ein Lehrer dafür vorhan=

---

[1] einschlagend = einschlägig, 'belonging or having reference
to something.'

[2] Palæography (from Greek παλαιός and γράφειν) is the
study of ancient handwriting with stile, reed, or pen,
on tablets, rolls, or books. The science of palæography
must not be confounded with that of epigraphy, which deals
with inscriptions engraved on stone, or metal, or other en=
during material, as memorials for future ages. Palæography
is the most important part of *diplomatics*, this science proper
having but the object of criticism and classification of the
existing documents.

den ist. Während in den anderen Vorlesungen nur vorge=
tragen wird und es dem Hörer überlassen bleibt, wie weit
er das Mitgeteilte geistig erfassen oder nachschreiben will
und kann, bringt es die Natur der Hilfsdisziplinen mit sich,
5 daß der Dozent mehr in eigentlich unterrichtender Weise
verfahren muß.

Der Schwerpunkt[1] der streng wissenschaftlichen Ausbil=
dung liegt gegenwärtig meist in den Seminarien. Aus
zwanglosen[2] Übungen erwachsen, sind sie mehr oder minder
10 an allen Universitäten zur festen und ständigen Einrichtung
geworden, doch ist ihr Charakter kein schulmäßiger. Viel=
fach wurden für die Seminare besondere Räume ange=
wiesen und mit eigenen Bibliotheken ausgerüstet, so daß
hier die Mitglieder den ganzen Tag über ihren Arbeiten
15 obliegen können. In der Regel bestehen getrennte Ab=
teilungen für alte, mittlere und neuere Geschichte, und die
Studierenden pflegen an allen dreien, wenn auch nicht für
die ganze Dauer ihres Studiums, teilzunehmen. Zur
Mitgliedschaft werden meist nur solche zugelassen, welche
20 in höheren Semestern stehend schon historische Vorlesungen
gehört haben.

Die Art und Weise, in welcher die Fachprofessoren die
seminaristischen Übungen durchführen, ist ihnen anheimge=
geben, und daher nach Neigung oder Geistesrichtung ver=
25 schieden. Einige betrachten als Zweck des Seminars die
Einführung in die allgemeine Kenntnis der Geschichte.
Sie lassen daher die Mitglieder über hervorragende Per=
sönlichkeiten oder wichtige Ereignisse Vorträge halten, die

---

[1] Schwerpunkt, 'centre of gravity'; fig. 'pith of a matter.'
30 [2] zwanglos, ungezwungen, 'informal'; derived from zwingen,
'to force, compel'; M.H.G. twingen, dwingen; O.H.G. dwingan,
thwingan.

in einem Geſpräche, an dem ſich möglichſt die anderen
Mitglieder beteiligen ſollen, beurteilt werden, oder fordern
Berichte über bedeutende hiſtoriſche Werke oder neuere lit=
terariſche Erſcheinungen. Die Mehrzahl der Lehrer ver=
folgt jedoch als Ziel die Einführung in die Methode und   5
wünſcht daher die Schüler mit dem Weſen der wiſſenſchaft=
lichen Forſchung vertraut zu machen. Auch innerhalb
dieſer Beſtrebungen werden mehrfache Wege eingeſchlagen.
Die einen begnügen ſich mit erläuterndem Leſen von
Quellenſchriften, andere lieben es, eng begrenzte Zeitab=   10
ſchnitte oder bedeutende Vorgänge auf Grund des geſamten
vorhandenen Materials eingehend durchzuarbeiten und
daran die Sätze der Kritik zu erläutern, ſo daß der Schüler
gleichſam¹ eine in ſich abgeſchloſſene Unterſuchung ent=
ſtehen ſieht. Andere wieder ziehen es vor, einzelne beſon=   15
ders ſchwierige kritiſche Streitfragen gründlichſt zu erörtern,
alle darüber beſtehenden Anſichten zu prüfen und dadurch
die Teilnehmer zum eigenen Urteil zu erziehen. Um den
Studierenden zum ſelbſtändigen Unterſuchen und zum
Darſtellen der von ihm gewonnenen Ergebniſſe anzuleiten,   20
legen manche Lehrer beſonderen Wert auf größere ſchrift=
liche Ausarbeitungen der Mitglieder, die dann zum Vor=
trag gelangen und eingehend kritiſiert werden. Oft dienen
zur Belebung und abwechſelnden Erweiterung der Semi=
narthätigkeit auch Vorträge der Docenten ſelbſt über ein=   25
zelne Gegenſtände und Seiten der hiſtoriſchen Forſchung je
nach Bedürfnis. Die wichtigſte Aufgabe der Seminare
bleibt es aber immer, die Studierenden in unmittelbare
perſönliche und doch ungezwungene Berührung mit dem

---

¹ gleichſam, [*quasi*], 'so to speak, as it were, as though,'   30
M.H.G. *sam*, 'same,' *adv.*, 'thus, just as, even as'; O.H.G.
sama, 'the very same'; E. same.

Lehrer zu bringen und diesen dadurch in den Stand zu
setzen, mehr als die eigentlichen Vorlesungen es gestatten,
auf den wissenschaftlichen und geistigen Bildungsgang ein=
zuwirken. Daß der Zweck erreicht wird, beweist das enge
5 Verhältnis, welches zwischen den Professoren und den
Studierenden zu bestehen pflegt, und für die wissenschaft=
lichen Erfolge zeugen die zahlreichen, oft tüchtigen Promo=
tionsschriften.

II.

Herstellung des abendländischen Kaisertums durch Karl den Großen.

Von Wilhelm von Giesebrecht.[1]

[From „Geschichte der deutschen Kaiserzeit," I, pp. 106–122.]

Wie lange hatte jener den germanischen Völkern tief innewohnende Trieb, in enger begrenzten Kreisen das Leben zu
gestalten,[2] zerstörend auf die Staaten des Abendlandes
gewirkt; wie oft waren kaum beginnende Bildungen ge-

---

[1] Wilhelm von Giesebrecht, an excellent historian of
Ranke's school, wrote a "History of Otto II," in Ranke's
Jahrbücher des Deutschen Reichs (1840) and the standard work
„Geschichte der deutschen Kaiserzeit," vol. 1–5, Braunschweig,
1855–80. His numerous valuable historical essays were
published in the Proceedings of the Academies of Science in
Munich and Berlin, and the Hist. Magazines.

[2] A glance at the ancient map of Germany will show,
how distracted and scattered the innumerable tribes of the
German race were, waging numberless wars with one another,
yet conscious of a common origin and characteristic habits
of life; just as the Greek States, however hostile mutually,
were bound to each other by blood and their common
worship, manifest in their Olympic games.

22

hemmt oder gänzlich vernichtet worden,[1] und wie groß
zeigte sich nicht[2] stets von neuem die Gefahr, daß die
ganze bisherige Entwicklung Europas zuletzt doch der Ver=
nichtung verfallen könnte, daß nicht die Kultur des Alter=
5 tums allein, sondern mit ihr selbst das Christentum, schon
von den Aposteln hier auf den fruchtbarsten Boden ge=
pflanzt, von fanatischem Unglauben mit der Wurzel aus=
gerottet würde.[3] Jahrhunderte schreckbarer Finsternis —
wer kann es leugnen — waren den Zeiten der germanischen
10 Eroberung gefolgt, und jene Freiheit, welche die deutschen
Kriegsscharen der Welt zurückgaben, schien eher zum Fluch
als zum Segen der Menschheit auszuschlagen; kaum leuch=

---

[1] For instance the union of nearly all the independent
tribes east of the Elbe, under Marbod, chief of the Mar-
15 comanni in the fifth year of the Christian Era. The union
of the tribes between the Weser and the Elbe, chief of whom
were the Cherusci under Hermann (Armin?) who broke the
Roman power in 9 A.D. His attempt to secure the union
with Marbod failed, he himself was assassinated by mem-
20 bers of his own family in 21 A.D., the confederation was
broken. In the third century of our era the race is consolidated into four chief nationalities [tribe leagues], with two
other inferior, though independent, branches: (1) The Alemanni; (2) The Franks; (3) The Saxons; (4) The Goths;
25 (5) The Thuringians; (6) The Burgundians. Here lies the
root of the centrifugal instincts of the Germans, when become one nation and one Empire.

[2] nicht. The negation emphasizes the positive sense of
the clause; such pleonastic negations occur, as in Greek and
30 French, also in popular German, and even with the best
authors, although not very frequently; cf. French: que de
larmes n'ai-je pas versées. See Sanders, Hauptschwierigkeiten,
Pleonasmus, 4; p. 227.

[3] ausrotten, 'to root out,' earlier M.H.G. roten, a variant of
35 M.H.G. riuten, 'to root out,' cf. Bavarian rieden.

tete aus dem Dunkel noch hier und da ein matter Schim=
mer auf, der die Hoffnung ließ, daß die Sonne doch endlich
wieder die Wolken durchbrechen müſſe.

Aber ſchon nahte eine beſſere Zeit, wo ſich die zerſtreuten
Kräfte wieder ſammelten, wo ſich zuſammenſchloß, was 5
ſich ſo lange geflohen hatte, wo ſich das Abendland wieder
in großartiger Einheit darſtellte und ſich dann zeigte, daß
Keime[1] lebendigeren Glaubens und höherer Geſittung in
dem von dem Eiſen der Germanen umackerten Boden
lagen und aus ihm aufſchoſſen, als je vordem auf dieſem 10
Grunde gediehen[2] waren.   Die germaniſchen und roma=
niſchen Nationen traten einer inneren Verſchmelzung[3] in
allen ihren ſtaatlichen und kirchlichen Verhältniſſen näher
und näher, und wie zerſetzend bis dahin auch germaniſches
Weſen gewirkt haben mochte, Germanen waren es jetzt, 15
welche die Einigung des Abendlandes forderten und zum
Ziele führten.   Dem Angelſachſen Winfried[4] war es ge=
lungen, die fränkiſche Kirche mit der Verehrung des hei=
ligen Petrus zu erfüllen, und wie ſich die Franken einſt
unter Chlodovech Chriſtus zu eigen geweiht hatten,[5] ſo 20

---

[1] Keim, 'germ, bud'; M.H.G. *kim, kime*; O.H.G. *chim,
chimo* (Goth. *keima*).

[2] gedeihen, 'to thrive, prosper,' see Kluge, Etym. Wört.

[3] Verſchmelzung, 'melting together, amalgamation,' from
M.H.G. *smëlzen,* O.H.G. *smëlzan,* Gr. μέλδω.   25

[4] The Anglo-Saxon Winfried or Bonifacius, Archbishop of
Mayence, the Apostle of the Germans, who anointed Pippin
King of the Franks, determined to carry the cross to the
North Sea and complete the conversion of Germany.   He
died as a martyr on a mission in Friesland, in 755; cf. his 30
beautiful characteristic in Gustav Freytag's: Ingo und In=
grabau.

[5] Chlodovech (Chlodwig), in a war with the Alemanni, in
496, after his victory at Tolbiacum (Zülpich) vowed to be-

gaben sie sich jetzt dem ersten der Apostel als Dienstmannen
hin: sie bereiteten nun dem Bischofe zu Rom, den sie als
den Nachfolger und Stellvertreter des Apostelfürsten an=
erkannten, die Wege zur Herrschaft über die Kirche des
5 ganzen Abendlandes. Und während sich die Kirche unter
der Leitung eines gemeinsamen Oberhauptes mehr und
mehr einheitlich gestaltete, erhob sich auf den Grenzen
Galliens und Germaniens ein neues Herrscherhaus, das
nicht nur in diesen Ländern schnell alle Fülle der Gewalt
10 gewann, sondern auch bereits tief in die Angelegenheiten
Italiens eingriff und dadurch, soweit die abendländische
Christenheit reichte, zu einer außerordentlichen Machthöhe
aufstieg. Überall begegneten sich fortan die Interessen
des Papsttums und dieses neuen Königshauses: im Kampfe
15 gegen einander würden sie sich nicht allein geschwächt, son=
dern ihre ganze Zukunft vernichtet haben, im Bunde mit=
einander erstarkten sie mit jedem neuen Schritte, den sie
vorwärts thaten, und mußten an das Ziel der staatlichen
und kirchlichen Einigung des Abendlandes mit Notwen=
20 digkeit gelangen. An weltumfassenden Anschauungen hat
es Rom nie gefehlt, auch nicht den Päpsten jener Zeit; es
bedurfte nur eines Fürsten auf dem fränkischen Thron,[1]

---

come a Christian, and was baptized with 3,000 of his followers in the Cathedral at Rheims, by the bishop Remigius.
25 [1] The Throne of the Franks was occupied by the Merovingian dynasty from 481–752, when Pippin the Short, father
of Charlemagne, becomes King of the Franks. The Mero-
vingians had degenerated to such an extent, that their
reign was nothing but a chain of atrocities and internecine
30 wars. "The Holy See, now for the first time invoked as an
international power, pronounced the deposition of Childeric,
and gave to the royal office of the Frank Pippin a sanctity
hitherto unknown; adding to the old Frankish election,

der sich über die Beschränktheit der deutschen Natur zu
großen politischen Ideen erhob, um diese Entwicklung
zum Abschluß zu bringen.   Dieser Fürst wurde der Welt
in Karl dem Großen gerade im rechten Augenblick ge-
schenkt.   Glänzendere Herrschergaben haben sich selten in   5
einem Manne vereinigt, und vielleicht nie hat das Genie
eines Regenten eine günstigere Zeit zu unsterblichen
Thaten gefunden.

Karl folgte als Jüngling seinem Vater auf den Thron
(768); er war damals sechsundzwanzig Jahre alt, und   10
viel fehlte daran, daß alle Vorzüge seiner reichen Natur
bereits entwickelt gewesen wären. Aber von früh an
erkannte man in ihm jene eiserne Willenskraft, jene rastlose Thätigkeit, jenen dem Höchsten zustrebenden Sinn und
jene Bildsamkeit des Geistes, die ihn den ersten Fürsten   15
aller Zeiten an die Seite gesetzt haben.   Die Natur hatte
alles für ihn gethan. Ein stattlicher Körper bei dem
schönsten Ebenmaß der Glieder, klare Augen, gewinnende
Gesichtszüge, Wohllaut der Stimme, ein durch und durch
männliches Auftreten fesselten die Aufmerksamkeit und die   20
Neigung der Menschen beim ersten Blick an ihn. Nie
hemmte der Leib die Thätigkeit seines Geistes; mehr als
dreißig Jahre seiner Regierung hat ihn keine Krankheit
befallen, obwohl er sich niemals schonte, keine Rast bei
der Arbeit kannte. Oft stand er des Nachts vier- bis   25
fünfmal von seinem Lager auf und wandte sich den gerade
vorliegenden Arbeiten zu; selbst beim Ankleiden verhan-
delte er über die Geschäfte mit seinen Räten oder ließ
Parteien vor, die seinen Richterspruch suchten; beim

which consisted in raising the chief on a shield amid the   30
clash of arms, the Roman diadem and the Hebrew right of
anointing." **Bryce, H.R.E.**

Mahle ließ er sich geschichtliche oder theologische Bücher
vorlesen; jede Stunde wußte er zu nutzen.   Dabei war
er stets klaren und freien Sinns; nie hat er im Unmut
ein Unrecht begangen.   Im engen Kreise der Seinen
5 fühlte er sich glücklich und besorgte mit gewissenhaftester
Sorgfalt den eigenen Haushalt; aber sein Blick erfaßte
mit derselben Sicherheit und Klarheit das Entfernteste,
wie das Nächste.   Die Lage der Welt lag nicht minder
durchsichtig vor ihm, wie das seinem leiblichen Auge Er=
10 reichbare; mit gleicher Befriedigung lebte er in den großen
Dingen, wie in den nächsten Interessen seiner Familie.
Die Athener haben an Themistokles, dem größten Helden,
den ihre Stadt erzeugte, vor allem jene geistige Kraft
bewundert, die ihn auch ohne tiefere Bildung überall das
15 Richtige erkennen ließ; dieselbe wunderbare angeborene
Unterscheidungsgabe wohnte Karl bei.   Im Waffendienst
erzogen, lernte er erst als König die Anfangsgründe der
Wissenschaften, wie sie jener Zeit überliefert waren, und
blieb selbst im Alter in ihnen ein Schüler.   Aber ob die
20 Spuren altgermanischer Barbarei unvertilgbar seinem
Geiste anhafteten, es gab doch in den Verhältnissen von
Staat und Kirche keine Aufgabe so schwierig und ver=
wickelt, daß sein Scharfblick sie nicht gelöst hatte.   Man
kann behaupten, jedes wichtige Problem, mit dem sich in
25 den folgenden Jahrhunderten die Staatskunst abmühte,
hat seinen Geist schon beschäftigt.

Die Verhältnisse gestalteten sich bei seiner Thronbe=
steigung nicht sonderlich günstig.   Die neue Dynastie hatte
von der alten jene unglückliche Erbfolgeordnung übernom=
30 men; die abermals zu einer Reichsteilung führte; Karl
mußte sich im Anfange mit seinem Bruder Karlmann
über die Herrschaft auseinandersetzen, und bald gerieten

die Brüder in ärgerliche Streitigkeiten. Überdies hatte Karl seiner Mutter zu Liebe eine Tochter des Langobardenkönigs Desiderius geheiratet: diese Verbindung drohte zugleich auch den Bund mit Rom zu lösen und hinderte Karl auf dem Wege seines Vaters fortzuschreiten. Aber bald hoben sich alle Hemmnisse. Karlmann starb schon im vierten Jahre seiner Regierung, und die Franken schlossen dessen Söhne von der Nachfolge aus; Karl trennte sich von der Langobardin, und das alte Verhältnis zu Rom stellte sich sofort her. Seitdem verfolgte Karl mit voller Entschiedenheit die Bahn, welche die begonnene Entwicklung der Dinge dem fränkischen Königtume gewiesen hatte.

Jede selbständige Gewalt, die sich noch in dem alten Reiche der Merovinger zu behaupten wagte, wurde überwältigt. In Aquitanien hielt sich noch ein erbliches Herzogtum, von Pippin bekriegt, nicht besiegt: Karl machte demselben ein Ende. Die Britannen widerstrebten seit Jahrhunderten dem Gebot der Frankenkönige: ihr Widerstand wurde nach langen Kämpfen gebrochen. Baiern bestand unter dem Agilolfinger Tassilo noch als besonderes Herzogtum und hatte sich bereits unter Pippin wieder königlich erhoben: Tassilo wurde gedemütigt, und wenn er seine Gewalt noch längere Zeit bewahrte, so dankte er es nur der persönlichen Freundschaft Karls und der Verwendung des Papstes; endlich mußte auch er weichen und in ein Kloster gehen (788).

Es war eine Lebensfrage für das neue Königshaus, welches seine Macht vor allem auf die deutsch gebliebenen Teile des Reichs begründet hatte, der Freiheit des sächsischen Stammes ein Ende zu machen. Seit Jahrhunderten von den Frankenkönigen bekriegt und oft in blutigen

Schlachten besiegt, hatten die Sachsen sich doch von jeder Niederlage wieder erhoben und in den letzten Zeiten sogar allgemach[1] ihre Herrschaft im Südwesten weiter gegen das Frankenland ausgedehnt. Jeder Aufstand gegen die
5 fränkische Königsherrschaft fand bei ihnen, dem letzten freien deutschen Stamme, bereitwillige Unterstützung; auch die Ausbreitung des Christentums in den inneren deutschen Ländern, von den Königen jetzt zur Befestigung ihrer Herrschaft auf alle Weise begünstigt, wurde durch die
10 Sachsen gehemmt. In den letzten Jahren seines Lebens hatte Pippin unaufhörlich mit diesem Volke gekämpft; Karl übernahm den Krieg als eine Erbschaft vom Vater, entschlossen um jeden Preis ihn durchzuführen, um die Königsherrschaft und das Christentum für ewige Zeiten
15 unter allen Germanen zu sichern. In der Bezwingung des letzten freien und heidnischen deutschen Stammes erkannte er die Hauptaufgabe seines Lebens.

Seit einem halben Jahrtausend hatten die inneren Verhältnisse bei den Sachsen, die in ihren alten Sitzen ge-
20 blieben waren, keine wesentliche Veränderung erfahren. Die alte Volksfreiheit hatte sich gegen die Königsherrschaft, der alte Glaube gegen das Christentum hier behauptet, die Sitte der Vorderen war treu bewahrt; die Sachsen jener Zeit waren noch die echten[2] Söhne der
25 Cherusker, die einst Armin gegen die Römer führte. An

---

[1] allgemach, syn. allmählich (older form allmächlich), 'gradually (gradatim),' from M.H.G. almechlich, 'slowly'; the newer form allmälig cognate to Mal, 'time.'

[2] echt, 'genuine, real, legitimate'; the same form in
30 M.H.G. and Lat. G., where echt is the normal correspondent of M.H.G. and O.H.G. êhaft, 'lawful'; cf. Ehe; vide Kluge, Etym. Wört.

der Spitze der nicht sehr umfangreichen Gaubezirke,[1] in welche das Land zerfiel, standen wie in den Urzeiten Gaufürsten, von den Gemeinden gewählt, um das Gericht zu hegen[2] und den Heerbann[3] zu führen. Eine gemeinsame Obrigkeit für das ganze Volk fehlte, aber alljährlich versammelte sich zu Marklo an der Weser die große Landesgemeinde, zu der von allen Gauen aus den drei freien Ständen[4] des Volkes Abgeordnete erschienen. Hier wurden die allgemeinen Angelegenheiten beraten, hier über Krieg und Frieden entschieden und Herzöge[5] erwählt, wenn das Heer gegen einen Landesfeind zu führen war. Dem Stande nach zerfielen die freien Männer des Volkes in die nicht sehr zahlreichen, aber mächtigen Edlinge, die Frilinge, d. h. die Vollfreien, und die Lassen, eine zahlreiche Klasse abhängiger Männer ohne eigenen Besitz, die aber persönliche Freiheit genossen. Geographisch schieden

---

[1] Gau, equiv. M.H.G. *göu, gou*; O.H.G. *gewi, gouwi*, 'district.' Bav., Suab. and Swiss dial. *Gäu*, in the sense of 'country,' as opposed to 'town.' For the definition of these Gaue, their size, character, rulers, see Felix Dahn, „Könige der Germanen," I, p. 40 ff.

[2] hegen, 'to enclose, cherish, foster'; M.H.G. *hegen*, 'to cherish, keep,' lit. 'to surround with a fence'; O.H.G. *hegen*, 'to fence in'; allied to Hag.

[3] Heerbann, 'arrier-ban, militia'; M.H.G. *baner*, more usual *banier, baniere*, from 'Fr. *bannière*, derived from the stem of Gothic *bandwa, bandwô*, 'sign.' M.Lat. *bandum* = *vexillum*. Cf. Panier.

[4] The nobles, freemen and the manumitted (*adalinge, frihals, liten* or *lassen*) met together in the "General Assembly of the People" at the time of new or full moon, see Felix Dahn, „Könige der Germanen," I, p. 84 ff.

[5] Herzog, 'duke'; M.H.G. *herzoge*; O.H.G. *herizogo*; O.Sax. *heritogo*; A.S. *heretoga*, 'leader of an army.' *zoho, zogo*, allied to *ziohan*, cf. *ziehen*.

sich die Sachsen in die Westfalen an der Sieg, Ruhr und
Lippe, wie auf beiden Seiten der Ems, in die Engern an
beiden Ufern der Weser bis zur Leine hin und in die Ost=
falen bis zur Elbe; von ihnen werden noch die Nordleute
5 oder Nordalbinger unterschieden, die auf der rechten Seite
der unteren Elbe bis zur Eider hin jene Gegenden be=
hauptet hatten, in denen zuerst der Sachsenname gehört
worden war.

V Ein großes kampflustiges und streitbares Volk in unge=
10 brochener Naturkraft, voll wilden Freiheitstrotzes[1] und
barbarischer Verschlagenheit[2] war es, gegen das Karl seine
Waffen hier wendete. Allerdings war es ohne feste Ein=
heit und starken Zusammenhalt und deshalb in einzelnen
Kämpfen unschwer zu besiegen; aber alle einzelnen Siege
15 trugen wenig für die endliche Entscheidung des Krieges
aus, Gau für Gau mußte unterworfen, eine Gemeinde
nach der anderen einzeln vernichtet werden. Der Krieg,
den Karl gegen die Sachsen führte, war derselbe, in dem
einst die Römer unterlegen waren; gegen dieselben
20 Stämme, in denselben Gegenden wurde er geführt, und
auch jetzt galt[3] es die germanische Freiheit der Herrschaft
eines Einzelnen zu beugen und der Verbindung eines
großen Reichs einzufügen. Aber zugleich war der Krieg
nun ein Kampf für den Glauben der Christen: mit den
25 Reliquien der Heiligen zog Karl in den Kampf, Missio=
nare begleiteten den Zug seiner Reisigen.[4]

---

[1] Trotz, cf. 3, page 169.
[2] Verschlagenheit, 'cunning, craft, shrewdness.'
[3] gelten, cf. 2, page 5.
30 [4] Reisige, 'trooper, horseman,' from M.H.G. reisec,
mounted.' — Reisigen, pl. 'horsemen,' connected with M.G.H.
reise, 'military expedition,' or perhaps riten, 'to ride'
(O.H.G. riso, 'horseman').

Auf dem Maifelde[1] zu Worms wurde im Jahr 772 der Krieg gegen die Sachsen beschlossen. Das Heer zog aus. Die Eresburg,[2] die Hauptfeste der Sachsen an der Diemel, wo jetzt Stadtberge liegt, wurde genommen; der geweihte Bezirk im Eggegebirge, wo die Irminful stand — ein gewaltiger Stamm, der nach dem Glauben der Sachsen das All trug — fiel der Zerstörung anheim; alles Land bis zur Weser wurde mit Feuer und Schwert verwüstet. Die Sachsen wagten sich den kriegsmächtigen Franken nicht zum offenen Kampfe zu stellen, und als diese tiefer in das Land drangen, gelobten die meisten Gaue Unterwerfung und gaben dem Könige Geiseln.[3] Christliche Priester durchzogen sofort das Land und predigten mit dem Christentum Unterwerfung unter die Königsherrschaft der Franken. Sie predigten tauben Ohren; kaum hatte Karl die sächsischen Grenzen verlassen, so erhob sich das Volk zu Hauf, besetzte die Eresburg wieder, nahm die Siegburg[4] an der Ruhr ein und überfiel das fränkische Gebiet.

[1] Maifeld, first Märzfeld (*campus Martius*), the general assembly of the people regularly held in March, by the Merovingian kings of the Franks. Pippin the Short postponed it in 755 to May, which gave to it the name of Maifeld (*campus Majus* or *Majicampus*), although later no definite time was obligatory.

[2] Eresburg, boundary fortress of the Saxons on the Diemel (now Stadtberge). — Irminful (*irminsûl*), high towering wood pillar, erected in a holy grove, belonging to the worship of Irmin or Irmino. Its destruction meant complete subjection of the people and ruin of its political independence.

[3] Geisel, 'hostage,' M.H.G. *gisel*; O.H.G. *gisal*, 'prisoner of war, person held in security'; A.S. *gîsel*.

[4] Siegburg, the Saxon fort on the Michaelisberg, conquered by Charlemagne in 775, and reconquered by the Saxons.

Im Jahre 775 mußte Karl den Krieg von neuem be=
ginnen. Er gelobte das „treulose und eidbrüchige"[1] Volk
der Sachsen zu unterwerfen oder für immerdar zu ver=
nichten. Alle Streitkräfte seines Reichs hatte er aufge=
boten und rückte mit ungeheurer Heeresmacht in Sachsen
ein. Im offenen Kampfe stellte sich auch jetzt der Feind
nirgends den Franken; nur einmal wagten die Westfalen,
von Widukind[2] geführt, einen nächtlichen Überfall. Karls
Heer drang unter schrecklichen Verheerungen bis zur Oker
vor; die Ostfalen, Westfalen, Engern unterwarfen sich
und stellten Geiseln. Und doch war die Unterwerfung des
Landes noch nicht entschieden. Sobald Karl das Land ver=
lassen hatte, erhob sich der Feind ihm im Rücken und
nahm die kaum gewonnene Siegburg von neuem. Da
kehrte der König mit unwiderstehlicher Heeresmacht im
Jahre 776 zurück. Die Sachsen gaben sofort jeden
Widerstand auf; kaum war Karl bis zu den Quellen der
Lippe gelangt, so gelobten sie Annahme des Christentums
und Unterwerfung; viele fügten sich sogleich der Taufe.
Karl ließ nun Zwingburgen[3] in Sachsen bauen, nahm
selbst einen längeren Aufenthalt daselbst und hielt zu
Paderborn das Maifeld im Jahre 777. Der Adel und
die freien Männer des Landes erschienen hier vor dem

---

[1] eidbrüchig, 'breaking oaths, perfidious, treacherous' =
meineidig.

[2] Widukind (also Wittekind), the most celebrated Saxon
duke and leader against Charlemagne, first mentioned in
777, when all the Saxon nobles submitted to Charlemagne,
at the diet of Paderborn, Wittekind, however, fled to King
Siegfried of Jutland.

[3] Zwingburg, Zwinger, 'fortified castle,' from M.H.G.
twingære, 'oppressor, space between the walls and ditch of a
citadel, promurale, fortress.'

mächtigen König; kein Widerstand wurde laut, aller Trotz
schien gebrochen.   Die Sachsen gelobten, unweigerlich den
Befehlen des Königs zu gehorchen, fehlten sie in der
Pflicht, so möchte er ihnen ihre Freiheit und ihr Land auf
immer entziehen.   Scharenweise ließ sich das Volk jetzt 5
taufen; Sachsen schien in der That unterworfen.   Nur
Widukind, in dem etwas vom Geiste Armins lebte, wollte
sich nicht dem Franken beugen und flüchtete sich zu dem·
Dänenkönig Siegfried.

    Nichts war Karl hinderlicher, um seine Erfolge in Sach= 10
sen zu sichern und die Herrschaft hier schnell zu befestigen,
als die Kriege, die er als Bundesgenosse des Papstes
gleichzeitig gegen die Langobarden zu führen hatte.   König
Desiderius war durch die Scheidung seiner Tochter Karls
erbittertster Feind geworden; freudig hatte er die vom 15
Throne ausgeschlossenen Söhne Karlmanns bei sich aufge=
nommen, sie als Frankenkönige anerkannt und vom Papst
Hadrian ihre Salbung verlangt.   Aber was Desiderius
auch that, um den Papst von Karl zu trennen, der Papst
blieb „demanthart"; selbst da wankte er nicht, als Desi= 20
derius mit Heeresmacht gegen Rom anzog und den größten
Teil der von Pippin dem heiligen Petrus geschenkten
Städte besetzte.   Der Hilferuf des Papstes erging im
Jahre 773 an Karl, und dieser zögerte keinen Augenblick
ihm zu folgen.   Die Alpenpässe wurden schlecht vertei= 25
digt; ohne erheblichen Widerstand drang Karl in die lom=
bardische Ebene ein.   Auch hier widersetzte sich Desiderius
nicht in einer offenen Feldschlacht, sondern beschränkte sich
auf die Verteidigung seiner Städte, die einzeln belagert
werden mußten.   30
    Während das fränkische Heer hiermit beschäftigt war,
begab sich Karl Ostern 774 nach Rom, um sich als ihr

Patricius[1] der Stadt zu zeigen und persönlich seinen Bund
mit dem Papst zu erneuern. Mit allen Ehren, die bei
dem Einzug eines Exarchen oder Patricius des griechischen
Kaisers üblich waren, wurde er empfangen. An der
5 Peterskirche trat ihm der Papst entgegen; unter dem
Gesange: „Gesegnet sei, der da kommt im Namen des
Herrn," schritten beide zum Grabe des Apostels und be=
teten hier vereint. Dann wurde das Osterfest mit der
größten Pracht begangen und nach demselben dem Papste
10 von Karl die Schenkung seines Vaters[2] nicht nur bestätigt,
sondern noch durch neue Verleihungen erweitert. Karl
erklärte, wie einst sein Vater, er habe den Kriegszug
gegen die Langobarden nicht um Gold oder Silber, Land
und Leute zu gewinnen, unternommen, sondern nur um
15 die Rechte des heiligen Petrus zu schützen und zur Erhö=

[1] The title of Patricius, introduced by Constantine, was
designed to be the name, not of an office, but of a rank, the
highest after those of emperor and consul. In the VIth and
VIIth centuries an invariable practice seems to have at-
20 tached it to the Byzantine viceroys of Italy, implying in
particular the duty of overseeing the Church and promoting
her temporal interests. With such a meaning it was certainly bestowed upon the Frankish kings by the Popes, to
bind its possessor to render to the Church support and de-
25 fence against her Lombard foes. Hence the phrase is
always "Patricius Romanorum," and usually associated
with the terms "defensor" and "protector."

[2] Pippin had founded the temporal power of the Popes in
754, by transferring the cities of the Exarchy to Pope
30 Stephen II, who already exercised a temporal power in
Rome. The worldly sovereignty grew gradually from this
basis. Pippin greatly strengthened the influence of the
Church by gifts of land, by increasing the privileges of the
priesthood, and by allowing the ecclesiastical synods, in
35 many cases, to interfere in matters of civil government.

hung der römischen Kirche. Wenn aber der Papst hieraus
die Hoffnung schöpfte, Karl werde alle die Teile des lango=
bardischen Reichs, auf die Rom nach einem einst von Pippin
gegebenen, aber unerfüllt gebliebenen Versprechen An=
sprüche erhob, dem heiligen Petrus übergeben, so fand er 5
sich bitter enttäuscht. Denn als nach langer Belagerung
Pavia fiel und Desiderius in die Gewalt seiner Feinde
geriet, ließ Karl sich selbst von den Langobarden huldigen
und nannte sich fortan „König der Franken und Lango=
barden." Desiderius wurde als Mönch in ein fränkisches 10
Kloster geschickt.

Das Verhältnis Karls zum römischen Bistum wurde,
seitdem er ein ausgedehntes Reich in Italien gewonnen
hatte und der mächtige Nachbar des Papstes geworden
war, der selbst nach der weltlichen Herrschaft hier strebte, 15
wesentlich geändert. An Reibungen fehlte es fortan nicht;
Ansprüche mancherlei Art wurden gegenseitig erhoben und
zurückgewiesen. Aber der Gang der Dinge machte es un=
möglich, daß sich der durch alle Forderungen der Zeit ge=
botene Bund lockerte oder löste. Schon im Jahre 776 20
zeigte sich von neuem, wie untrennbar das Interesse des
Papstes mit der Macht des Frankenkönigs verknüpft war.
Desiderius' Sohn, Adelchis, der sich nach Konstantinopel
geflüchtet hatte, bedrohte Italien; es unterstützte ihn
sein Schwager Arichis, der stolze, noch unbezwungene Her= 25
zog von Benevent; andere langobardische Herzöge standen
mit beiden im geheimen Bunde. Der Papst war nicht
minder gefährdet als die Herrschaft der Franken. Da
eilte Karl abermals über die Alpen. Die drohende Ge=
fahr wurde durch sein kraftvolles Auftreten schnell unter= 30
drückt, neuen Aufständen durch eine Umgestaltung aller
Verhältnisse des langobardischen Reichs vorgebeugt. Die

herzogliche Gewalt wurde bis auf Spoleto, wo der Papst
oberherrliche Rechte in Anspruch nahm, überall aufgelöst,
das Land in Grafschaften geteilt, die fränkische Kriegs-
und Gerichtsverfassung eingeführt, die politische Stellung
5 der Bischöfe und Äbte gehoben, kurz alles den Einrichtungen der fränkischen Monarchie möglichst nahe gebracht.
Dennoch gab Karl vier Jahre später dem langobardischen
Reiche in seinem fünfjährigen Sohne Pippin einen eigenen
Unterkönig. Auf eigener Grundlage ruhend, zu besonderen
10 Zwecken bestimmt, den Angriffen gefährlicher Feinde fort-
während ausgesetzt, schien das Land einer getrennten Verwaltung zu bedürfen. Noch war keineswegs hier alles
vollendet. Benevent unterwarf sich erst später und blieb
von schwankender Treue. Die Griechen, die ihre An-
15 sprüche und Absichten auf Italien nicht aufgaben, suchten
mit den Herzögen von Benevent immer aufs neue Ver-
bindungen einzuleiten. So lange der Papst gegen die
„ruchlosen[1] und ketzerischen“ Griechen und gegen das
„meineidige und stinkende“ Volk der Langobarden keinen
20 anderen Schutz sah, als in dem erlauchten Königsgeschlecht
der Franken, blieb ihm keine Wahl, als dasselbe von Ehren
zu Ehren zu erheben; er salbte Pippin und seinen jüngeren Bruder Ludwig schon bei Lebzeiten des Vaters zu
Königen der Franken.

25   Ludwig, dem jüngsten Sohne Karls, war Aquitanien als
Königreich bestimmt; noch in der Wiege wurde das Knäb-
lein in sein Reich getragen. Denn da sich hier an den
Südwestgrenzen der Monarchie die Aussicht zu großen
Eroberungen zeigte, wollte Karl auch hier den tapferen

---

30   [1] ruchlos, 'infamous, flagitious,' from M.H.G. *ruoche-lôs,*
'unconcerned, reckless,' allied to M.H.G. *ruoche, f.,* 'care,
carefulness.'

Bestrebungen seiner Getreuen einen eigenen Mittelpunkt
geben. Eben damals gaben sich nämlich die ersten Spuren
der Auflösung in dem großen Reich, welches die Araber
unter den Kalifen gewonnen hatten, zu erkennen. Ab= 5
derrhaman, der letzte Sprößling vom entthronten Kalifen=
geschlecht der Ommaijaden,[1] war nach Spanien geflohen
und hatte in diesem Lande eine selbständige Herrschaft
begründet, deren Sitz zu Cordova war. Aber die Statt=
halter der spanischen Städte beugten sich nicht alle willig
dem neuen Gewalthaber, und Soliman Jbn al Arabi, der 10
zu Barcelona befehligte, rief sogar gegen den Kalifen ein
Christenheer über die Pyrenäen. Im Jahre 778 griff
Karl die Ungläubigen, von seinen Vorfahren einst von den
Fluren Galliens vertrieben,[2] zuerst in ihrer spanischen
Herrschaft an. Siegreich drang er bis vor Saragossa; 15
die mohammedanischen Befehlshaber zwischen dem Ebro
und den Pyrenäen stellten ihm Geiseln. Ein glänzender
Kriegszug in seinen Anfängen, aber nicht ohne empfind=
liche[3] Verluste in seinem Ausgange. Auf dem Rückzuge
überfielen die kampf= und beutelustigen Basken[4] das frän= 20

---

[1] While the family of the Omayyads, who had become
Khaliphas or Caliphs, i.e., 'representatives' of the Prophet
Mohammed, perished in the East, and gave way in 750 A.D.
to the family of the Abassids, the independent Caliphate of
the Western Omayyads was founded in Spain. The Arabs 25
of Spain elected the last survivor of the latter family Abd-al-
Rahman. On the 25th of September, 755, he landed in
Spain and speedily founded at Cordova the Western Omay-
yad Caliphate.

[2] Referring to Karl Martel (the Hammer) and his victory 30
over the Saracens at Tours and Poitiers in 732.

[3] empfindlich, cf. 1, page 13.

[4] The Basques, a remnant of the extinct Iberians (according to W. von Humboldt), driven by the Kelts into the

kiſche Heer in den Pyrenäen, und in dem Thal von Ron=
cesvalles[1] erlitt es eine ſchwere Niederlage.   Karls Miß=
geſchick ermutigte die Araber, und die Eroberungen der
Franken in Spanien gingen für den Augenblick wieder
5 verloren.   Aber der Krieg an den Grenzen dauerte fort,
und mit ihm erhielt ſich die Hoffnung, die Ungläubigen
vom ſpaniſchen Boden zu verdrängen.

Der Schlag, der Karls Heer in den Schluchten der
Pyrenäen getroffen hatte, machte ſich ſeiner Macht auch
10 an der Weſer und am Rheine fühlbar: in ſo enger Ver=
bindung ſtanden damals alle Verhältniſſe des Abendlandes.
Die Sachſen erhoben ſich wieder.   Die eben gebauten Kir=
chen wurden zerſtört, die Prieſter erſchlagen, die Franken
verjagt und das Frankenland ſelbſt angegriffen.   Bis zum
15 Rheine ergoſſen ſich die ſächſiſchen Heereshaufen, von Deutz
bis Koblenz wurde alles verwüſtet.   Sofort ſandte Karl
ein Heer von Oſtfranken und Alemannen gegen die Sach=
ſen, die auch alsbald aus den rheiniſchen Gegenden wichen
und bis zur Eider verfolgt wurden; in den Jahren 779 und
20 780 zog er dann ſelbſt mit großer Heeresmacht in das em=
pörte Land.   Von neuem unterwarfen ſich ihm alle Gaue
und verſprachen Treue und Annahme des Chriſtentums.
Aber, durch ſchlimme Erfahrungen belehrt, traute Karl ſol=
chen Verſprechungen nicht mehr und dachte auf Mittel, den

25 mountain fastnesses, just as the Finns were by other Aryan
tribes in the north (Sayce).   Their district is now limited
to the Spanish provinces of Biscaya, Guipuzcoa and Alava —
the three so-called Basque provinces — with part of Navarra,
and about a third of the department of Basses Pyrénées.

30 [1] This defeat which Roland, Charlemagne's favorite
palatine, suffered from the Basques in the pass of Ronces-
valles is the source of the richest saga and romance in
French and German literatures.

Gehorsam des Volkes zu erzwingen. Zahlreiche Befesti=
gungen legte er rings um das Land an, namentlich an der
fränkischen Grenze und an der Elbe; starke Besatzungen in
diesen Burgen zwängten von Osten und Westen die Sach=
sen ein und erhielten in der That eine Zeit lang Ruhe. 5
Diese Zeit benutzte Karl, um Einrichtungen durchzuführen,
welche den alten Götterdienst und die angestammte Volks=
freiheit zugleich auf immerdar zu brechen vermöchten. Die
fränkische Heeres= und Gerichtsverfassung wurde nun hier,
wie kurz vorher im langobardischen Reiche eingeführt, das 10
Land in Grafschaften eingeteilt und fränkische Große oder
sächsische Edlinge, die sich Karl ergeben hatten, an ihre
Spitze gestellt, auch die Einteilung des Landes in bischöfliche
Sprengel[1] wurde begonnen, christliche Priester angesiedelt,
und das Volk, wenn es nicht willig die Lehren Christi an= 15
nahm, zur Taufe, zu kirchlichem Leben und zur Einrichtung
der Zehnten gezwungen. Im Jahre 782 hielt der König
einen großen und glänzenden Reichstag an den Quellen der
Lippe; es schien, als ob er frei in Sachsen jetzt walte, wie
in seinem eigenen Hause. Schon ging er damit um, über 20
Sachsen östlich hinaus zu den slavischen Stämmen sein
Reich auszubreiten. Ein Heereszug gegen die Sorben, die
zwischen Saale und Elbe wohnten, wurde beschlossen und
ausgeführt; zum erstenmale mußten auf demselben auch
die Sachsen dem Könige Heeresfolge leisten. Dem kriege= 25
rischen Geiste des Volkes wollte der König, wie es scheint,
nach einer anderen Seite hin Beschäftigung bieten.

Die neuen Einrichtungen Karls schnitten tief in das in=
nerste Leben des Volkes ein. Die alte germanische Freiheit

Sprengel, ' sprinkling brush; diocese, jurisdiction,' from 30
M.H.G. *sprengel*, ' brush for sprinkling holy water, sprinkle,'
with a remarkable change of meaning.

blutete aus tötlichen Wunden; zu erschöpft, um sich länger
aufrecht zu halten, besaß sie doch noch zu viel Lebenskraft,
als daß sie nicht in krampfhaften Zuckungen[1] gegen die
Vernichtung angekämpft hätte.   Als Rächer der sinkenden
5 Freiheit erschien jetzt wieder Widukind unter den Sachsen;
zur Verteidigung des alten Glaubens und des ererbten
Rechts rief er sein Volk auf.   Ganz Sachsen griff zu den
Waffen, und auch die Friesen schlossen sich Widukind an;
ein großer gemeinsamer Entschluß beseelte die letzten Käm=
10 pfer für die altgermanische Freiheit. Kaum war Karl fern,
so stand alles in Aufruhr.   Die Priester wurden erschla=
gen, die Edlinge, die sich den Franken ergeben hatten, aus
dem Lande vertrieben; man rüstete sich zum Kampfe auf
Tod und Leben.   Das gegen die Sorben gerichtete Heer
15 mußte umkehren und sich sofort gegen Widukind und seine
Scharen richten, aber am Süntel, unfern der Weser, erlitt
er eine völlige Niederlage; ein vom Rhein gesandtes Hilfs=
heer barg kaum die spärlichen Reste.   Doch schon rückte
Karl selbst mit neuer Heeresmacht an.   Vor seiner per=
20 sönlichen Erscheinung schien auch diesmal der Widerstand
zu erlahmen; Widukind gab die Freiheit Sachsens verloren
und flüchtete sich abermals zu den Dänen.   Als strenger
Rächer und Richter forderte Karl nun Rechenschaft von
dem eidbrüchigen Volke.   Er verlangte die Auslieferung
25 der Schuldigen; 4500 Sachsen wurden seinen Händen
übergeben, und an einem Tage ließ er sie alle bei Verden
enthaupten.   Mit einem gewaltigen Schlage sollte die mit
dem Tode ringende Freiheit zu Boden geschlagen werden
und rasch sich verbluten.

---

30   [1] Zuck, Zuckung, 'twitch, start, shrug,' from M.H.G. *zuc*
(gen. *zuckes*), 'quick-marching, jerk'; cf. zucken, zücken, 'to
move convulsively': entzücken, verzücken.

Mit furchtbarem Ernst verfolgte Karl sein Ziel, die
Sachsen völlig zu unterwerfen. Mit dem Blutbade von
Verden glaubte er es erreicht zu haben. Aber so sehr die
entsetzliche That die Sachsen beugte, noch mehr hatte sie
dieselbe mit Ingrim und Rachelust gegen die Franken er= 5
füllt. Alsbald stand das ganze Land wieder in den Waffen,
und noch einmal kehrte Widukind von den Dänen zurück.
Mit allen Kräften seines Reiches mußte Karl im Jahre
783 abermals gegen die Sachsen in den Kampf ziehen, die
sich jetzt zum erstenmale in großen, offenen Feldschlachten 10
ihm stellten. Sie thaten es zu ihrem Verderben; erst bei
Detmold, dann an der Hase unweit Osnabrück siegte Karl
in den blutigsten Kämpfen. Die Jugend des Volkes fiel,
und die Streitkräfte des Landes begannen zu versiegen. Bis
zur Elbe drang der König, ohne namhaftem Widerstand 15
mehr zu begegnen, plündernd und verwüstend vor. Den=
noch hielt Widukind noch ferner ihm Stand, bis verheerende
Züge Karls in den Jahren 784 und 785 endlich die letzte
Widerstandskraft des Landes erschöpften. Da erschien Wi=
dukind, der Aufforderung des Königs folgend, in dessen 20
Pfalz¹ zu Attigny, unterwarf sich und nahm selbst die
Taufe. Jetzt war Sachsen besiegt, und mit Blutgesetzen
wurden das Christentum und das Königtum zugleich den
Sachsen aufgedrungen. Mit Todesstrafen wurde die Taufe
erzwungen, die heidnischen Gebräuche bedroht; jede Ver= 25
letzung eines christlichen Priesters wurde, wie der Aufruhr
gegen den König und der Ungehorsam gegen seine Befehle,
zu einem todeswürdigen Verbrechen gestempelt.

---

¹ Pfalz, ‘palace, high official residence, palatinate’; M.H.G.
pfalz, pfalze, phalenze, ‘residence of a spiritual or temporal 30
prince, palatinate’; O.H.G. *phalanza, phalinza.* Its relation
to Latin *palatium* or Mid.L. *palantium,* v. Kluge, Etym. Wört.

Stille des Todes war nachdem mehrere Jahre im Sach=
senlande, und schon konnte Karl daran denken, seine Waf=
fen gegen die Wenden jenseits der Elbe zu richten. Im
Jahre 789 ging er über den Fluß und griff die Wilzen an,
5 die zwischen der mittleren Elbe und Oder wohnten. Ihre
Nachbarn, die Abodriten im Norden und die Sorben im
Süden, waren Karl verbündet und unterstützten sein Unter=
nehmen; auch die Sachsen mußten ihm Heeresfolge leisten.
Bis zur Peene drang der Frankenkönig vor, und die Für=
10 sten der Wilzen huldigten ihm als ihrem Gebieter. So
war die Herrschaft der Franken auch im Rücken der Sachsen
begründet. Abermals brachen dann wohl unter ihnen noch
einzelne Aufstände aus, die der König mit bewaffneter
Hand überwältigen mußte, wie im Jahre 798 in den Ge=
15 genden zwischen der unteren Weser und Elbe; aber gefähr=
lich sind sie der Herrschaft der Franken nicht mehr gewor=
den. Schon war auch der Bestand des Christentums
gesichert, und das Land empfing feste kirchliche Einrichtun=
gen. Das sächsische Nordthüringen erhielt seinen eigenen
20 Bischofsstuhl zu Halberstadt. In Engern teilten sich die
Bischöfe, die zu Paderborn, Minden, Verden und Bremen
eingesetzt wurden. Über Westfalen erstreckten sich die
neubegründeten bischöflichen Sprengel von Münster und
Osnabrück; zugleich wurde das Kölner Bistum bis in die
25 Gegenden ausgedehnt. Mainz erweiterte über die süd=
lichsten Teile des Landes seinen Sprengel und gewann mit
Köln Metropolitanrechte über die neubegründeten Bistü=
mer. Als seine kirchlichen und staatlichen Einrichtungen in
Sachsen tiefere Wurzeln zu schlagen anfingen, glaubte Karl
30 jener schreckenden Blutgesetze überhoben zu sein und ließ
sie allmählich in Vergessenheit kommen. Ein geordneter
Zustand kehrte zurück, und Karl selbst ließ später die

Rechtsgewohnheiten der Sachsen, die noch nicht aufge=
zeichnet waren, zusammenstellen; er gab so den Sachsen,
wie früher den Thüringern, ein geschriebenes Recht,
wie es die anderen Stämme schon seit längerer Zeit be=
saßen.   5

Während Karl im Nordstosten die Grenzen seines Reichs
bis in die wendischen Gegenden ausdehnte, waren auch im
Südosten große Eroberungen gemacht worden. Die letzte
Auflehnung des Herzogs Tassilo von Baiern hatten die
Avaren,[1] trotzdem ihr Reich schon in tiefem Verfall war, mit 10
Waffenmacht unterstützen wollen und griffen nach dessen
Sturz das fränkische Reich an. Sie erregten dadurch
Karls Zorn, aber noch im Jahre 790 ließ er sich mit
ihnen in Verhandlungen ein; man konnte sich um die
Grenzen der beiderseitigen Reiche, vielleicht auch um die   15
Herrschaft über die slavischen Stämme in Karantanien,[2]
welche sich seit längerer Zeit unter dem Beistände der
baierischen Herzöge von dem Joch der Avaren befreit hat=
ten, nicht gütlich vertragen, und Karl griff endlich zum
Schwerte. Im Frühjahr 791 überzog er mit großer   20
Heeresmacht den Khakan, das Oberhaupt der Avaren, und

[1] Avars, a tribe of Tatar origin, according to recent
criticism belonging to the same great Turanian stock as the
Huns, and originally residing in the land east of the Tobol
in Siberia, appeared about 555 A.D. at the Danube, and   25
settled in Dacia. About the end of the VIth century they
conquered Pannonia (Hungary). Here they were subdued
by Charlemagne, and well-nigh extirpated by the Bulgarians
and Moravians, so that after 827 they disappear from history.   30

[2] Karantanien, Kärnthen und Krain, 'Carinthia and Carniola,'
modern Austrian provinces, now occupied by Germans and
especially *Slovenes*, see article by H. Schoenfeld, Johnson's
Universal Cyclopædia.

drang in einem Zuge, ohne herzhaftem Widerſtand zu be=
gegnen, von der Enns bis zur Raab vor. Der Kampf
wurde dann weiter fortgeſetzt, obwohl Karl an demſelben
keinen unmittelbaren Anteil mehr nahm.   Im Jahre 795
ging Markgraf Erich von Friaul mit dem Karantanenher=
zog Woinimir über die Donau und erſtürmte den Haupt=
ring der Avaren[1] in den Gegenden zwiſchen Donau und
Theiß; im folgenden Jahre vollendete König Pippin die
Eroberung des Landes.   Der Khakan verſprach Unterwer=
fung und huldigte Karl.   Umſonſt verſuchte er ſich ſpäter
der Abhängigkeit wieder zu entziehen; Niederlage folgte
auf Niederlage, und wenige Jahre nachher ging das Reich
der Avaren, vom Oſten her zugleich von den Bulgaren be=
drängt, gänzlich unter.   Noch ein Menſchenalter hörte
man von Reſten des avariſchen Volkes, dann verſchwindet
es ſpurlos.   Das Avarenland zwiſchen Donau und Theiß
blieb lange verödet liegen; die weſtlichen Gegenden aber
wurden teils von deutſchen, beſonders baicriſchen Anſied=
lern beſetzt, teils von Slowenen und Kroaten in Anbau
genommen.   Bis tief in die mittlere Donauebene hinein
erſtreckte ſich jetzt die fränkiſche Herrſchaft, und das Chri=
ſtentum erhob ſich wieder in Ländern, wo es längſt
erſtorben war.   Als ein thätiger Heidenapoſtel erwies
ſich vor allen der Biſchof Arno von Salzburg; wegen
ſeiner Verdienſte um die Bekehrung der Karantanen
und Avaren geſchah es hauptſächlich, daß Salzburg zum
erzbiſchöflichen Sitz und zur Metropole Baierns erhoben
wurde.

---

[1] The Avars surrounded their settlements with fortifica-
tions of stakes driven into the ground, and earth, of which
traces, under the name of Avarian Rings, are yet found in
the countries formerly occupied by them.

Durch Waffengewalt hatte Karl das überkommene Reich
in seinem Umfange verdoppelt, durch unbesiegliche Ener=
gie jede widerstrebende Gewalt in demselben gebeugt und
den staatlichen und kirchlichen Einrichtungen desselben eine
Einheit gegeben, wie sie seit der Römer Zeiten das Abend= 5
land nicht gekannt hatte. Von den Pyrenäen und den
friesischen Küsten bis zu den östlichen Ebenen an der
Donau, Elbe und Oder, von der Eider bis in die höchsten
Teile der Apenninen erstreckte sich die Herrschaft der
Franken, zusammengefaßt von der Hand eines einzigen 10
Mannes, dem nicht nur alle weltlichen Gewalten in dem
weiten Reiche dienstbar waren, sondern den auch die ge=
samte Geistlichkeit unweigerlich als ihr Haupt anerkennen
mußte. Was allen Jahrhunderten vorher unmöglich er=
schienen war, alle Stämme der inneren deutschen Länder 15
unter eine Herrschaft zu bringen, den starren Freiheitssinn
aller Germanen unter Königsgebot zu beugen: Karl war
es gelungen, und zugleich hatte er die wichtigsten Länder
des weströmischen Reichs, seit dem Verfall desselben ge=
trennt, unter seinem Scepter wieder vereinigt; die ersten 20
Städte des alten Reichs waren in seinem Besitz, Rom
selbst erkannte seine Macht an. Der Kampf, der Gegen=
satz zwischen Römern und Germanen bewegte seit Jahr=
hunderten das Abendland: der Kampf schien ausgekämpft,
der Gegensatz ausgeglichen, da Germanen und Römer nun 25
ein Reich umschloß, eine Kirche umfing.

So hatte sich das fränkische Reich durch Karl zu einer
weltgebietenden universalen Bedeutung erhoben; eine
wahrhaft kaiserliche Macht war im Abendlande erwach=
sen, und zwar zu einer Zeit, wo das Kaisertum des 30
Orients in die schlimmste Mißachtung geriet. Denn eben
damals war es, daß die herrschsüchtige Irene, nachdem sie

längere Zeit für ihren Sohn die vormundschaftliche[1] Regie=
rung geführt hatte und dann vom Regiment verdrängt
war, auf die verruchteste Weise die Herrschaft wieder an
sich riß; durch Empörung wider ihr eigenes Kind, das sie
5 blenden ließ, gewann ein Weib gegen alle Überlieferungen
der Vorzeit den kaiserlichen Namen, den sie mit unsäglicher
Schande bedeckte.[2]   Wer möchte es da dem Papsttum ver=
denken, wenn es das lockere Band, das es noch an den
kaiserlichen Thron von Konstantinopel zu fesseln schien,
10 nun mit einem Riß für immerdar trennte? Die Wahr=
heit zu gestehen, der Bischof von Rom hatte kaum noch die
Wahl; er mußte Konstantinopel den Rücken wenden und
den fränkischen König als seinen Kaiser und Herrn aner=
kennen.

15   Was hatte der Nachfolger Petri nicht alles Pippin und
Karl zu danken? Der Tyrannei der Langobarden und
Griechen war er nur durch ihren Beistand entrissen; als
gehorsame und liebreiche Söhne des heiligen Petrus hatten
sich dann die Frankenkönige gezeigt, eine weltliche Herr=
20 schaft dem römischen Bistum begründet und damit erfüllt,
was seit geraumer Zeit von den Päpsten als heißester
Wunsch im stillen genährt war; das Band gläubigen

---

[1] Vormundschaft, 'guardianship, tutorship.'

[2] "The widowed empress Irene, equally famous for her
25 beauty, her talents and her crimes, had deposed and blinded
her son Constantine VI: a woman, an usurper, almost a
parricide, sullied the throne of the world. It was time to
provide better for the most august of human offices: an
election at Rome was as valid as at Constantinople — the
30 possessor of the real power should also be clothed with the
outward dignity . . . Charlemagne was the Champion of the
Faith and Defender of the Holy See." Bryce, Holy Rom.
Empire.

Gehorsams, durch welches Bonifacius die fränkische Kirche
an Rom fesselte, hatten die Könige fester und fester ge=
zogen und über alle Länder ausgedehnt, die sie ihrer Ge=
walt unterwarfen; der Primat Petri hatte durch sie eine
größere und ausgedehntere Anerkennung erhalten, als er ⁵
jemals vorher besessen. Papst Hadrian, der breiundzwan=
zig Jahre mit großer Umsicht die Stelle des höchsten
Priesters der Christenheit verwaltete, lebte in seinen letzten
Lebensjahren in der vertrautesten Freundschaft mit Karl;
denn fein und richtig erwog er alle Vorteile, welche ihm ¹⁰
aus der innigen Verbindung mit dem mächtigen König
erwuchsen. Auf Hadrians Wunsch befestigte Karl den
immer noch ziemlich losen Metropolitanverband der bischöf=
lichen Stühle seines Reichs und ordnete ihn, wo er noch
fehlte; auf Hadrians Verlangen wurde die von Rom ¹⁵
anerkannte Sammlung der Kirchengesetze und päpstlichen
Verordnungen im ganzen Umfange des fränkischen Reichs
eingeführt; nichts geschah in den kirchlichen Dingen, ohne
den Rat des Papstes zu hören. Der geistige Einfluß des
Papsttums wuchs so mit wunderbarer Schnelligkeit zu ²⁰
einer nie gekannten Höhe; er verbreitete sich in Gegenden,
die ihn früher nie erfahren hatten; er gewann unbestrit=
tene Anerkennung, wo er früher vielfach angefochten war;
gerade in Italien selbst befestigte er sich eigentlich erst
durch die fränkische Eroberung. Aber — man darf dieses ²⁵
nicht unbeachtet lassen — die äußere Machtentwicklung des
Stuhls Petri hielt nicht von ferne gleichen Schritt mit dem
geistlichen Einfluß, den derselbe erreicht hatte. Noch war
der römische Bischof rings von Feinden umdrängt, selbst
in seiner eigenen Stadt nicht sicher; weder die gewonnene ³⁰
äußere Herrschaft, noch die geistlichen Ansprüche seiner
kirchlichen Stellung konnte er ohne die Hilfe des Franken=

königs behaupten. Nicht die Dankbarkeit, die zwingende
Not seiner Lage mußte ihn zuletzt dahin treiben, Karl als
seinen Herrn anzuerkennen und die kaiserliche Gewalt für
Rom und das ganze Abendland herzustellen. Sobald das
5 Papsttum noch einmal in Bedrängnis geriet, mußte es sich
zu diesem letzten entscheidenden Schritt entschließen, der
seine eigene Stellung, wie die Lage der Welt durch und
durch umwandelte.

Papst Hadrians letzte Jahre verflossen in Ruhe, stür=
10 misch aber waren die Anfänge seines Nachfolgers. Als
Hadrian am Ende des Jahres 795 abschied, folgte ihm
Leo III, der sogleich die Schlüssel vom Grabe des heiligen
Petrus mit dem Banner von Rom an Karl übersandte,
ihm Treue gelobte und ihn aufforderte Gesandte nach Rom
15 zu schicken, um von den Einwohnern der Stadt sich huldi=
gen zu lassen. Der neue Papst unterwarf sich und Rom
von Anfang an dem Franken; er faßte die Rechte des
Patriciats so weit, als wäre Karl schon Kaiser; er suchte
einen Schutzherrn und bedurfte nur allzubald seiner Hilfe.
20 Im Frühjahr 799 brachen wilde Parteikämpfe unter dem
römischen Adel aus; der Papst, überfallen nnd mißhandelt
von seinen Feinden, flüchtete sich aus der Stadt und eilte
hilfeflehend nach Paderborn vor den Thron König Karls.
Fränkische Große führten ihn im Herbst nach Rom zurück
25 und schafften ihm augenblickliche Ruhe vor seinen Wider=
sachern; aber ohne Karl schwebte er auch jetzt noch in
Gefahr. Und schon eilte der König selbst nach Rom; die
Herstellung des abendländischen Kaisertums war be=
schlossen.
30 Als Karl am Weihnachtsfest des Jahres 800 im Ge=
wande des römischen Patricius in die Peterskirche kam,
setzte ihm der Papst eine goldene Krone auf das Haupt.

Die Kirche hallte von dem Zuruf der Menge wieder:
„Heil und Segen dem von Gott gekrönten großen und
friedfertigen Kaiser der Römer, Karolus Augustus." Der
Papst warf sich dem germanischen Kriegsfürsten zu Füßen
und huldigte ihm in derselben Weise, wie die römischen 5
Bischöfe vordem dem römischen Kaiser zu Konstantinopel
gehuldigt hatten.

———

NOTE. — For the full understanding of this and the following eras one of the many good maps of historical
geography ought to be constantly consulted, since an intel- 10
ligent development of political history can be based only
upon the study of political geography.

III.

Deutſchland unter den Ottonen.[1]

Von Wilhelm von Giesebrecht.

[From „Geſchichte der deutſchen Kaiſerzeit,“ I, pp. 761–773.]

Das wichtigſte Ereignis des zehnten Jahrhunderts iſt die Herſtellung des abendländiſchen Kaiſertums. Hier liegt

---

[1] Under Charlemagne's successors of his own family the German portion, allotted to Louis, surnamed, from his
5 kingdom, the German, by the treaty of Verdun in 843, sank in power to absolute degradation. From all sides the torrent of barbarism, which Charles the Great had stemmed, was rushing down upon his empire. Under the strokes of the Saracen, the Dane and Norseman by water, the Wends,
10 Czechs and other Slavs as well as the Hungarians by land, who, pressing in from the steppes of the Caspian, dashed over Germany like the flying spray of a new wave of barbarism, the already loosened fabric swiftly dissolved. The grand vision of a universal Christian empire was utterly
15 lost in the isolation, the antagonism, the increasing localization of all powers.

But, as Bryce admirably expresses it, the greatness of the evil worked at last its cure. When the male line of the eastern branch of the Carlovingians had ended in Louis
20 the Child, son of Arnulph (911), the chieftains chose and the people accepted Conrad the Franconian (†918), and

51

der große Wendepunkt jener Zeit: vor demselben Auflö=
sung, Zersplitterung, Verwilderung aller Orten im Abend=
lande, die christliche Welt in unglücklichen oder mindestens
zweifelhaften Kämpfen mit den heidnischen Völkern; nach
demselben Herstellung staatlicher und kirchlicher Ordnungen, 5
Zusammenschluß, Kräftigung der Sitte und frischaufkei=
mendes Geistesleben, der Sieg des Christentums über das
Heidentum wird im Occident für alle Zeiten entschieden,
und mit dem Christentum zugleich beginnt die Kultur bei
den Nationen des östlichen und des nordischen Europa. 10

Der Ruhm, diesen Umschwung der Dinge herbeigeführt
zu haben, gebührte[1] den deutschen Stämmen, die trotzdem,
daß sie Karl der Große mit den romanischen Ländern auf
längere Zeit verbunden, ihre Muttersprache, ihre Freiheits=
liebe, ihre Tapferkeit und die Reinheit ihrer ursprünglichen 15
Sitte bewahrt hatten oder doch von der Fäulnis der Zeit
mindestens nicht im tiefsten Innern ihrer kräftigen Natur
berührt waren.   Den hochherzigen Sachsenkönigen gelang
es, diese Stämme zu einem großen und gewaltigen Kriegs=
volke im Herzen Europas zu verbinden und mit der frischen 20
Heereskraft dieses Volkes die Macht der erbittertsten Feinde

---

after him Henry the Saxon duke, both representing the
female line of Charles. Henry I laid the foundations of a
firm monarchy, driving back the Magyars and Wends, recovering Lotharingia, founding towns to be centers of 25
orderly life and strongholds against Hungarian irruptions.

But the *Holy Roman Empire*, taking the name in the
highest sense of later centuries, as denoting the sovereignty
of Germany and Italy vested in a Germanic prince, is the
creation of his son, *Otto the Great* (936–973). 30

[1] gebühren, M.H.G. *gebürn*, O.H.G. *giburien*, 'to occur,
happen, fall to one's lot, devolve on by law, be due,' corresponding to A.S. *giburian*, 'to be suitable, becoming, fit.'

der christlichen Welt — der Dänen, Slaven und Ungarn
— niederzuwerfen. Nach solchen Siegen, die nicht allein
Deutschlands, sondern des ganzen Abendlandes Zukunft
sicherten, konnten die romanisierten Völker den Vorrang
5 unter den Nationen Europas nicht mehr behaupten; mit
innerer Notwendigkeit traten die Deutschen in die erste
Stelle und wußten sich in derselben zu halten.

Der erste Heinrich hatte den Deutschen zur Freiheit und
Selbständigkeit geholfen, Otto der Große führte sie zur
10 Herrschaft. Mit dem Instinkt derselben, der ihm wie
wenigen Menschen eigen war, schwang er sich zum höchsten
Schiedsrichter in den Reichen der Westfranken[1] und Bur=
gunder[2] auf, machte die Völker des Nordens und Ostens
von sich abhängig,[3] eroberte Italien, unterwarf Rom, ge=
15 wann die Kaiserkrone und beugte den Papst, das einzige
allgemein anerkannte Oberhaupt der romanischen Welt,
seinem Willen. Seitdem herrschte er mit einer Macht,

---

[1] Yet this realm of the Western Franks, the suzerainty
over which the imperial title should carry with it, had be-
20 come more and more a Romano-Keltic nation, distinct in
tongue from the Franks, whom it was fast absorbing, and
still less willing to submit to a Saxon stranger, though he
be Otto the Great. The claims of the Roman Empire were
never even formally admitted.

25   [2] Burgundy, a separate kingdom, acknowledged itself to
be dependent on the German crown. Otto governed it for
thirty years, nominally as the guardian of the young native
king Conrad, son of Rudolf II.

[3] He penetrated far into Jutland, annexed Schleswig,
30 made Harold the Blue-toothed his vassal. The Slavic tribes
were obliged to submit, to follow the German host in war,
to accept Christianity within their borders. The Hungarians
he forced to forsake their nomad life and to settle in the
land they now occupy.

wie sie seit den Tagen Karls des Großen kein Fürst des
Abendlandes nur von fern besessen hatte, und suchte die
Aufgaben, welche der gewaltige Kaiser seinen Nachkommen
hinterlassen, die sie aber nicht zu lösen vermocht hatten, auf
seine Weise und nach den Forderungen seiner Zeit zu lösen. 5
Das christliche Abendland durch feste Ordnungen in Kirche
und Staat zu verbinden und die heidnischen Völker in dieses
christliche Gemeinwesen hineinzuziehen: das war das Ziel,
dem er zustrebte und mit Riesenschritten entgegenging.
„Stolz gleich Libanons Cedern," sagt Thietmar von Mer= 10
seburg,[1] „erhob sich das Reich, allen Völkern weit und breit
furchtbar." Und ein Dichter jener Zeit[2] sang:

„Hochbeglückt war die Welt, als Otto führte das Scepter."

Das durch die glückreichsten Thaten hergestellte Kaisertum
des Abendlandes hinterließ Otto seinen Nachkommen und 15
seinem Volke; beiden gleichsam[3] nach natürlichem Erbrecht.

Hochherzigkeit und Empfänglichkeit für das Edle und
Große erstarben in Ottos Geschlecht nicht, aber es fehlte
seinen Nachkommen die starre Kraft und die unwidersteh=
liche Energie des Alten; auch war das Glück gleich als ob 20
es seine Gaben an dem Liebling erschöpft habe, überaus
karg gegen die Epigonen.

Mit jugendlicher Kraft warf der zweite Otto die Empö=
rung im Inneren nieder, besiegte die Feinde überall an

---

[1] Thietmar von Merseburg, a famous historian; his 25
"Chronicon" relates in eight books German history from
Henry I to the end of August 1018, especially the struggles
with the Slavs, for which it is the principal source.

[2] *Brun*'s Life of St. Adalbert, chap. 9. The verse is also
quoted in the "Magdeburg Annals" for the year 973: "Felix 30
mundus erat, Otto dum sceptra gerebat."

[3] gleichsam, cf. 1, page 20.

den Grenzen des Reichs und stürzte sich in den Kampf
gegen die großen Weltmächte der Zeit, gegen das morgen-
ländische Kaisertum und den Islam: aber in diesem
Kampf unterlag er und endete sein Leben, ehe er noch die
5 Mannesjahre erreicht hatte. Wenn dann doch seinem
Sohne, dem Knäblein, das Reich erhalten blieb und er
wie nach Erbrecht Kaiser wurde, so dankte er es mehr den
Thaten seines Großvaters als des Vaters. Zwölf Jahre
haben andere für den dritten Otto geherrscht und mit
10 Umsicht das Reich in gefahrvollen Zeiten erhalten; dann
ergriff er selbst mit jugendlicher Frische und weitaussehen-
den Plänen die Zügel der Regierung, und die Welt jubelte
ihm entgegen. Fast noch ein Knabe an Jahren, war er
an geistiger Bildung Männern vorangeeilt; alles, was im
15 Himmel und auf Erden ist, beschäftigte seinen Geist; sein
Blick flog über die Weite der Welt hin und wandte sich zu
der entferntesten Vergangenheit zurück. Dieses Wunder
der Welt schien größer als der große Otto, und doch fehlte
wenig daran, daß der dritte Otto in wenigen Jahren
20 zerstörte, was der erste so fest in einem langen, reichge-
segneten Leben begründet zu haben schien.

Wie unähnlich war der Enkel dem Großvater! Durch
die Tapferkeit und ungebrochene Kraft der deutschen
Stämme war, wie Otto I wußte, das neue Kaiserreich
25 gegründet worden; deshalb lebte er auch als römischer
Kaiser unter und mit den Deutschen nach deutscher
Sitte, er machte sie zu Herren der umwohnenden Völker
und deren Fürsten ihnen zinspflichtig, die neugestifteten
Kirchen unter den bekehrten Heiden stellte er in Abhängig-
30 keit von der deutschen Krone und den deutschen Erzstiften.
Wenn Otto sein Herzogtum, aus dem vor allem noch sein
Vater die Quellen seiner Macht geschöpft hatte, zuletzt

ben Billingern[1] überließ, so geschah es, weil er das Funda=
ment seiner kaiserlichen Stellung in der königlichen Gewalt
über das gesamte Deutschland besser begründet glaubte;
obwohl er immer die treue Anhänglichkeit an sein Sachsen=
land bewahrte, gab er es doch in gewissem Sinne auf, um
voll und ganz ein deutscher König zu sein. Otto III
dagegen schätzte die Sachsen und Deutschen zusamt
gering und wollte vor allem ein Römer heißen; er gab
nicht allein Sachsen, er gab Deutschland auf, indem er den
Sitz seiner Macht nach Rom verlegte. So viel an ihm
war, löste er die Abhängigkeit der neubegründeten Bis=
tümer von den deutschen Metropolen, den zinspflichtigen
Polenfürsten befreite er von dem Tribut,[2] dem Ungarn=
fürsten[3] schickte er die Königskrone, dem Dogen[4] von Vene=

[1] At the very beginning of his reign, Otto I entrusted
the subjection of the Slavonic Wends to a Saxon count,
Hermann Billing, who gradually filled the conquered territory beyond the Elbe with fortified posts, around which
German colonists rapidly gathered in clusters.

[2] Otto III visited Boleslaw Chrobry (the Brave) and
raised his duchy into a kingdom. The splendor of the cere-
monies attending their meeting is fully described by the
Polish chronicler Kromer: "... Whereupon the Emperor,
wishing to confer equal favors upon his host and friend,
after a conference with his councillors, addressed him as king
and ally, and friend of the Roman Empire, and free from all
tribute and imperial jurisdiction. Moreover, he placed the
diadem upon him, Gaudentius, the archbishop, presiding
at the ceremony; and he declared that the honors of a king
should remain to him and his posterity reigning in Poland."

[3] Waik, who married the Bavarian princess Gisela, was
raised to royal dignity by Otto III.

[4] Doge (It. doge, dogio, for duce, duca, from Lat. dux; cf.
A.S. teoche, toga, tohu, 'a leader'), the chief magistrate in
the republics of Venice and Genoa.

dig erließ er mit der Überſendung des Mantels das Aner=
kenntnis der Abhängigkeit: überall brach er die Herrſchaft der
Deutſchen, um ein neues ideales Römerreich zu errichten,
deſſen Spitze wer weiß in welche luftige Höhe hineinragte,
das jedoch nirgends auf Erden eine feſte Baſis hatte.[1]
Aber die Welt, die ihm jubelnd entgegengekommen war,
wandte ſich bald von ihm ab; das vielgeliebte Rom em=
pörte ſich, das mißachtete deutſche Volk verließ ihn, und in
den erſten Jünglingsjahren ſtarb er ohne Macht und ohne
Erben.

Doch das Erbe Ottos war deshalb nicht herrenlos; das
deutſche Volk trat in dasſelbe ein und hat es, wie heiß es
ihm beſtritten wurde, Jahrhunderte lang mit tapferem
Mute und hohem Sinne behauptet. In welcher Zerrüt=
tung ſich auch das Reich befand, als Otto III ſtarb, es
bedurfte nur, daß die deutſchen Fürſten einen thätigen,
wehrhaften und nüchternen Mann, wie Heinrich II war,
auf ihren Thron erhoben, um das Kaiſertum herzuſtellen
und die Keime neuen Wachstums in dasſelbe zu legen.
Das römiſche Reich deutſcher Nation erhielt ſich, die Herr=
ſchaft über Italien wurde behauptet, das deutſche Reich
blieb Stern und Kern der abendländiſchen Welt; auch die
Herrſchaft über die Völker des Oſtens wurde nach und
nach wiedergewonnen, ja zeitweiſe ſelbſt über die bisherigen
Grenzen ausgedehnt. Das römiſche Reich deutſcher Nation

---

[1] This standpoint of Giesebrecht is certainly more cor-
rect than that of Bryce, who has no censure for his Roman
policy: "Short as was his life and few as were his acts, Otto
III is in one respect more memorable than any who went
before or came after him. None save him desired to make
the seven-hilled city again the seat of dominion, reducing
Germany and Lombardy and Greece to their rightful place
of subject provinces."

war eine vollendete Thatsache geworden; eine Macht war
begründet, welche der flüchtige Wechsel vorübergehender
Verhältnisse nicht leicht mehr in Frage zu stellen vermochte.

Und was hat unser Volk bei dem Kaisertum, welches
ihm reiche Ströme des edelsten Blutes gekostet, schließlich   5
gewonnen? Diese Frage ist oft genug von solchen auf=
geworfen worden, die Otto seine größte That höchlich ver=
argt haben und überhaupt den gewaltigen Gang der
Geschichte lieber nach vorgefaßten Ansichten meistern, als
der Notwendigkeit der Dinge nachdenken und sie begreifen   10
wollen.

Vor allem war das der Deutschen Gewinn aus der un=
vergleichlichen Stellung, welche ihre Könige erlangt, daß
sich die verschiedenen Stämme, so uneins und voll Eifer=
sucht sie seit jeher waren, dauernd nun einer einzigen   15
Königsherrschaft beugten und hierdurch unauflöslich zu
einem Volke verwuchsen. Man kann sagen, das ganze
Jahrhundert hat ununterbrochen im stillen daran gear=
beitet, ein gemeinsames Volksbewußtsein in den deutschen
Stämmen zu wecken, ein deutsches Volk zu schaffen.   20
Schon bei der Wahl Konrads I zeigt sich freilich das
Gefühl der Zusammengehörigkeit unter den deutschen
Stämmen, aber gleich darauf traten sie doch wieder aus=
einander; nur an der Spitze eines Heeres konnte sich
Heinrich I die Anerkennung der Alemannen und Baiern   25
gewinnen. Dem großen Vater folgte ein größerer Sohn:
doch von neuem trennten sich unter seiner Herrschaft die
Stämme; zweimal hatte das Königtum gegen eine all=
gemeine Empörung zu kämpfen, die das kaum begründete
Reich zu zerreißen drohte. Erst die ruhmreichen Kämpfe   30
gegen die auswärtigen Feinde und der Glanz des kaiser=
lichen Namens sicherten endlich den Bestand des Reichs

und mit ihm die Einheit des deutſchen Volkes. Die Zeit=
genoſſen haben es wohl gefühlt, daß nur der Thatenruhm
Ottos I Reich und Volk verband und beider Zukunft
verbürgte. Das war es, weshalb die deutſchen Fürſten
Otto II, als ihn der Weſtfranke überfiel,[1] „alle aus Treue
gegen ſeinen Vater wie aus einem Munde“ Beiſtand
gelobten; das war es, weshalb ſie insgeſamt nach der
traurigen Niederlage in Calabrien[2] nichts ſehnlicher wünſch=
ten als den Kaiſer zu ſehen und in ſeinen Leiden zu
tröſten; das endlich, was es während einer langen vor=
mundſchaftlichen Regierung[3] trotz der fortlebenden Spal=
tung der Stämme doch nicht mehr zu einer Trennung des
Reichs kommen ließ. „O Germanien!“ — heißt es in
dem älteren Leben der Königin Mathilde — „früher unter
das Joch fremder Völker gebeugt, erſt vor kurzem durch
den Glanz des Kaiſertums erhöht, diene mit Treue deinem

---

[1] Lothar, king of France, used the opportunity, while
Otto II was forced to carry on wars with Bohemia and
Denmark, to get possession of Lorraine and even to take
Aix-la-Chapelle in 978. The German people were so enraged
at this treacherous invasion, that Otto had no difficulty
in raising a powerful army with which he marched to Paris.
He was the first German king to approach that city, and
his army chanted a *Te Deum* as a warning to the enemy
within the walls.

[2] On the 13th of July, 982, on the coast of Calabria, the
imperial army was literally cut to pieces by the Saracens.
The Emperor escaped capture by riding into the Mediterra-
nean and swimming to a ship which lay near.

[3] At Otto II's death (983), his son Otto III was only
three years old. His mother Theophania was his guardian;
after her death, in 991, her place was taken by Otto III's
grandmother, Adelheid, who chose the dukes of Saxony,
Suabia, Bavaria and Tuscany as her councillors.

Könige, liebe und unterstütze ihn, wie du nur vermagst! Lasse nicht ab zu beten, daß niemals ein Fürst aus diesem Stamme fehle, du möchtest sonst deiner Ehre beraubt werden und wieder der Knechtschaft verfallen, der du entrissen bist!"

Wie langsam das nationale Bewußtsein in unserem Volke erstarkte, zeigt sich deutlich an der sehr allmählichen Gewöhnung an den gemeinsamen Volksnamen. Von der deutschen Sprache, von deutschredenden Menschen sprach man freilich schon früher, aber von den Deutschen als einem Volke, von einem deutschen Lande und deutschen Reiche war noch im Anfange des zehnten Jahrhunderts nicht die Rede. Die ersten Urkunden, in denen die Gesamtheit der deutschredenden und nun in einem Reiche verbundenen Volksstämme als Deutsche bezeichnet werden, gehören der Kanzlei Ottos I an und zwar die Zeit, da er auszog die Kaiserkrone zu gewinnen. Aber der Volksname „Deutsche" kam doch während des ganzen Jahrhunderts diesseits der Alpen kaum recht in Gebrauch; weder bei Widukind[1] noch bei Roswitha[2] findet er sich, ja es scheint fast, als ließe er sich überhaupt nicht bei deutschen Schriftstellern dieses Jahrhunderts nachweisen. Ehe sich die Deutschen als solche zu benennen pflegten, thaten dies die Italiener, denen sich die Unterschiede der einzelnen deutsch-

[1] Widukind, monk at Corvey (Westphalia), incited by the great deeds of Otto I, began to write the history of the Saxon nation (" Res gestæ Saxonicæ "). His work is the principal source for the history of Henry I and Otto the Great.

[2] Roswitha (Hrotsvitha), the famous Low Saxon poetess (born about 935), died as nun in the cloister of Gandersheim, after 968. An old manuscript of her legends and dramas preserved at Munich is a most valuable source of the intellectual life and history of her time.

redenden Stämme zuerſt zu verwiſchen anfingen. Schon
um das Jahr 1000 kennen die Schriftſteller Italiens
nicht nur den Namen der Deutſchen, ſondern beginnen
auch die Bezeichnungen: „Deutſchland," „deutſches Reich,"
„deutſcher König" zu gebrauchen, während erſt nach der
Mitte des elften Jahrhunderts bei uns der allgemeine
Volksname neben den einzelnen Stammnamen vollſtändige
Anerkennung gewinnt. Wie nur durch die ſtete Verbin=
dung mit den andersgearteten Italienern die Deutſchen
allmählich zu einer tieferen Einſicht in die Gleichartigkeit
und Gemeinſamkeit ihrer Natur und ihres Weſens gelangt
zu ſein ſcheinen, ſo werden ſie auch erſt im Verkehr mit
ihnen ſich an ihren Volksnamen gewöhnt haben.

In wie hellem Licht leuchten die weltbewegenden Thaten
Ottos des Großen, wenn wir ſie als die im Verborgenen
wirkende Macht erkennen, die das nationale Bewußtſein
in unſerem Volke zeitigte und dauernd befeſtigte! Aber
mehr als das: die Wege, die Otto einſchlug, wieſen dem
deutſchen Volke zugleich für alle Zeiten die Aufgabe zu, die
es in der Weltgeſchichte zu löſen berufen iſt. Das aber iſt
ſeine Aufgabe, ſich mit der geſamten Tradition der frühe=
ren Zeiten zu erfüllen, mit dem Hauch ſeines Geiſtes er=
ſtorbene Formen neu zu beleben, die erſtarrte Regel durch
die ihm innewohnende individualiſierende Kraft zu einem
Geſetz der Freiheit zu erheben, welches ſich für alle Ver=
hältniſſe, jeden Ort, jede Nationalität eignet. Die ganze
Summe der überlieferten Bildung in ſich aufzunehmen,
ſie nach der Natur ſeines Geiſtes durchzuarbeiten und von
den Elementen ſeines Weſens durchdrungen als Gemein=
gut der Welt hinzugeben — das iſt die Art unſeres Volkes,
wie ſich in Kirche und Staat, in Kunſt und Wiſſenſchaft,
in allen Gebieten des Lebens erwieſen hat. Nie hat es

ein lernbegierigeres, nie ein lehrhafteres Volk gegeben, als
wir Deutsche sind, und darin liegt zum guten Teil unsere
welthistorische Mission.　Es ist bemerkenswert, daß unser
Volk, sobald es sich nur als eine große Nation erkannte,
diese seine Aufgabe begriff und angriff.　Aber nur dadurch 5
wurde die Lösung derselben ermöglicht, daß die Thaten
Ottos I die Deutschen in die nächsten und unmittelbarsten
Beziehungen mit Italien und Rom selbst, dem Mittel-
punkte der alten Kultur, versetzten.　So ungebildet Rom
damals war, es umschloß nichtsdestominder den Kern der 10
gesamten Tradition, welche für jene Zeit Bedeutung hatte.
Wenn der Mund der Weisheit schwieg, sprachen die
Steine; das Grab des heiligen Petrus war beredter als
die Männer, die sich die Nachfolger des Apostelfürsten
nannten. 15

Es wäre eine schöne Aufgabe bis in das Kleinste hinein,
zu zeigen, wie sich die Verhältnisse des deutschen Lebens in
der zweiten Hälfte des zehnten Jahrhunderts umgestal-
teten, indem man alle Kulturelemente, welche sich aus dem
Altertum erhalten hatten, aufnahm und bei sich einbür- 20
gerte.　Wir müssen es uns versagen hierauf näher einzu-
gehen und können nur einzelne Punkte im Fluge berühren.

Erst in dieser Zeit entstanden in dem inneren Deutschland Ortschaften, die sich als Städte bezeichnen lassen; sie
erwuchsen teils aus Burgen, die zur Verteidigung des 25
Landes errichtet waren, teils um Bischofssitze und Klöster,
teils aus besuchten Handelsplätzen.　Die Karolingische
Zeit hatte nur bis zum Rhein und zur Donau hin städti-
sches Leben gekannt, und auch dort wurden in den Dänen-
und Ungarnstürmen die Mauern gebrochen, die Städte 30
zerstört und zu Einöden umgeschaffen; erst die Ottonenzeit hat sie von neuem belebt.　Im Anfang des elften

Jahrhunderts waren dann Köln, Mainz, Frankfurt,
Worms, Straßburg, Regensburg, Augsburg, Magdeburg
schon dichtbevölkerte Plätze, in denen sich der ganze von
dem städtischen Leben unzertrennliche Verkehr entfaltete,
obwohl sie noch von königlichen oder bischöflichen Beam=
ten verwaltet wurden und sich erst später zu bürgerlicher
Freiheit aufschwangen. In diesen Städten und vielen
anderen von geringerer Bedeutung erhoben sich Kirchen
und Klöster, meist nur aus Holz gebaut, doch begann man
auch bereits mit dem Steinbau. Jenen eigentümlichen
Baustil, der in den folgenden Jahrhunderten Europa be=
herrschte und den man früher den byzantinischen, jetzt den
romanischen zu nennen pflegt, verfolgt man zu seinen ersten
Ursprüngen an den Abhängen des Harzes, und gerade in
jenen Baudenkmalen, welche die Ottonen und ihre Zeit=
genossen uns hinterlassen haben; bei aller Rohheit durch=
bricht doch in ihnen ein freier Geist, ein mehr individuelles
Gefühl, die aus dem römischen Altertum überlieferten Ge=
setze der Architektur. Wie geringfügig sind die Reste von
Bauwerken, welche die Karolingische Zeit in Deutschland
zurückgelassen hat; wie viel lebendiger spricht zu uns die
Ottonenzeit aus diesen alten Mauerwerken, mit denen
die Geschichte der deutschen Baukunst beginnt!
Gleich dem städtischen Leben, hob sich, nachdem die in=
neren Kriege und die Einfälle der Ungarn, Dänen und
Wenden Deutschland lange fast zu einer Wüstenei gemacht
hatten, in staunenswerter Weise der Anbau des Landes;
Heinrich II[1] nannte Sachsen wegen seiner Fruchtbarkeit

1 Henry II, surnamed the Saint (1002-1024), Otto III's
nearest relative, like him great-grandson of King Henry I,
the Fowler, was finally elected. His life was "a battle and
a march" against Poland, Italy, Flanders, Luxemburg and

einen Vorhof des Paradieses. Wie die Fortschritte in der
Baukunst, ging auch die bessere Bodenkultur vor allem von
den Kirchen und Klöstern aus, die das ihnen von den
Königen übertragene Gut trefflich zu nutzen wußten. Mit
eigentümlicher Befriedigung sieht man auf jene schönen   5
Pergamenturkunden der Ottonen, wie sie fast noch über=
all in den deutschen Archiven sich finden; es sind meist
Verleihungen von einzelnen Weilern[1] und veröbeten Feld=
marken an Kirchen und Klöster, aber welches reiche Leben
ist diesen toten Schenkungsbriefen erwachsen! Sie haben 10
zahllose Ortschaften in das Leben gerufen, fruchtbare Land=
schaften geschaffen, Deutschland geradezu umgewandelt!

Zu derselben Zeit gewannen auch Wissenschaft und
Kunst unter uns eine bleibende Stätte. Wie dürftig die
Litteratur vor Ottos Kaiserkrönung ist, so schnell entfaltet 15
sie sich nachher zu einer bemerkenswerten Höhe. Widu=
kind, Ruotger[2] und Roswitha schreiben unter dem ersten
lebendigen Eindruck, daß ein sächsischer Fürst an die Spitze
der Welt gestellt ist; ihre Werke sind ganz von dem Stolz
auf ihren großen Fürsten und ihr mächtiges Volk durch= 20
drungen. Von da an wurde der kaiserliche Hof der Sam=
melplatz aller hervorragenden Geister des Abendlandes, und

Lorraine, Burgundy, at last against the Greeks, to free
Southern Italy. With him expired the dynasty of the Saxon
emperors, less pitifully, however, than either the Merovin= 25
gian or Carolingian line.

[1] Weiler, 'village, hamlet,' M.H.G. *wiler*, 'small farm,
hamlet,' M.Lat. *villáre*, 'farm' (Fr. *villier*).

[2] Ruotger, a Cologne cleric of the Xth century, de=
scribed the life of the great archbishop Bruno I, whose 30
pupil he was. The biography is most important for the in=
stitutional history of the German Empire, ed. Pertz, "Monu=
menta Germaniæ historica," Scriptores (vol. 4).

selbst ein Gerbert[1] spricht es aus, daß ein Genie nur durch
die Ottonen geweckt sei; die gelehrte Bildung der Zeit
sammelte sich wie in einem Brennpunkt damals am
deutschen Hofe und durchdrang von hier aus zuerst und
zumeist die deutschen Länder. Es war diese Bildung nicht
eine originale, frei aus dem Geiste des Volkes geboren;
auch hier war es die Tradition, die man aufnahm und
der man sich anschloß. Jene neulateinische Wissenschaft
und Litteratur, welche die Kirche auf Grundlage der alt=
römischen Bildung geschaffen hatte, ging auf das deutsche
Volk über und mit ihr die klassische Litteratur der alten
Römer. Aber allem, was die Deutschen empfingen,[2]
gaben sie doch das eigentümliche Gepräge ihres eigenen
Geistes. Sie schrieben in römischer Sprache, aber aus
deutscher Anschauung, und sie schrieben von deutschen Din=
gen. Nicht vorzugsweise mit theologischen Werken, wie sie
die Karolingerzeit hervorgebracht hatte, beschäftigten sie sich,
sondern mit der Geschichte der Zeit, ihres Landes und be=
sangen die Thaten ihrer alten Helden in lateinischen Versen;
zu keiner Zeit ist wohl weniger in deutscher Sprache und
doch mehr in deutschem Geiste geschrieben worden.[3] Und

---

[1] Gerbert, the illustrious preceptor of Otto III, who
reared the latter in the dream of a renovated Rome, with
her memories turned to realities. The young monarch
made Gerbert, under the name of Sylvester II, pontiff of
Rome in 1000 A.D. "With the substitution of such a man
for the profligate priests of Italy began that Teutonic reform of the papacy which raised it from the abyss of the
Xth century to the point where Hildebrand (Gregory VII)
found it. The emperors were working the ruin of their
power by their most disinterested acts." Bryce.

[2] empfangen, cf. 1, page 13.

[3] Nowhere has the spirit of that period, the profound
Germanism in Latin garment, been better expressed and
demonstrated than in Joseph Victor v. Scheffel's Ekkehard.

nicht anders war es mit den bildenden Künsten, die vor=
nehmlich unter Otto II und III nach Deutschland ver=
pflanzt wurden. Willigis von Mainz[1] und Bernward von
Hildesheim[2] haben sich in der Kunstgeschichte nicht minder
ein bleibendes Andenken gesichert als in der Reichsge=   5
schichte. Die Eindrücke, die sie in Italien empfingen, sind
von unendlicher Fruchtbarkeit gewesen; von diesen Ein=
drücken nahmen die bildenden Künste bei uns ihren Ur=
sprung, erhielten sie Anstoß und Richtung.

Wie das Kulturleben unseres Volkes von den Tradi=   10
tionen der römischen Kirche ausging und durch sie befruchtet
wurde, so sehen wir zugleich die ganze geistige Existenz des=
selben durch diese Traditionen bestimmt. Sie sind es, an
denen sich das Glaubensleben des deutschen Volkes heran=
bildet, doch auch sie empfangen neues Leben durch den   15
deutschen Geist und ihre verknöcherten Formen werden ge=

---

[1] Willigis, archbishop of Mayence, a man of great wisdom
and integrity, who assisted Empress Theophano in her guardianship of her minor son, Otto III. He was the son of a poor
Saxon wheelwright, and chose for his coat-of-arms as an   20
archbishop a wheel, with the words: " Willigis, forget not
thine origin " (*Willigis, denk woher du kommen sis*).

[2] Bernward, bishop of Hildesheim, descended from a
noble Saxon house, enjoyed the friendship of Willigis, and
became early the teacher of Otto III. Giesebrecht describes   25
him as follows: „Bernward wohnte ein vielseitiger, leichtbeweg=
licher Geist bei; alles wußte er anzugreifen; alles gelang ihm;
besonders das Fremde und Neue zog ihn an, so daß er Kunstfertig=
keiten nach Sachsen verpflanzte, die man dort kaum gekannt hatte;
auch in den Wissenschaften drang er überall leicht bis in eine ge=   30
wisse Tiefe. So wurde Bernward trotz seiner Jugend ein außer=
ordentlicher Lehrer für den geistreichen Knaben, der sich ihm mit
ganzer Seele hingab und in seiner Unterweisung überall Nahrung
für seinen lebhaften, überaus empfänglichen Geist fand.“

brochen. Ein lebendiges praktiſches Chriſtentum erſteht
wieder; eine freiere Weiſe des kirchlichen Lebens bricht ſich
Bahn; der Glaube zeigt ſich von neuem als die Kraft,
welche die Welt überwindet. Die ſpätere Karolingerzeit
gefiel ſich in der Aufrichtung neuer kirchlicher Satzungen,
ſuchte die ſchroffſte[1] Trennung zwiſchen Kirche und Staat,
Klerus und Laienwelt durchzuführen, ihr Werk ſind die
pſeudoiſidoriſchen Dekretalien;[2] die Ottonenzeit belebt die
Miſſion, baut Kirchen und Klöſter daheim und in den Ländern der Heiden, ſie beſtrebt ſich, Staat und Kirche wieder
durch das Leben ſelbſt zu verbinden. Die Biſchöfe werden
die einflußreichſten Beamten des Reichs, die Mönche dienen
am Hofe der Könige; ſo mildert ſich der ſchroffe Gegenſatz
zwiſchen Kirche und Staat, Kaiſertum und Papſttum, Geiſt-
lichkeit und Laientum und tritt nur ſelten in ganzer Schärfe
hervor. Es ſcheint da wohl, als ſei die Kirche von dem
weltlichen Leben unterdrückt, aber in der That iſt ſie die
treibende, alles bewegende Macht der Zeit, und wenn nicht
die Kirche, doch der chriſtliche Glaube. Otto I war es,
der ſich das Papſttum unterwarf und ihm nicht ohne Härte
ſeinen Willen aufzwang, aber die Kirche verkannte doch

[1] ſchroff, 'rugged, rough, steep,' allied to M.H.G. *schrof*
(v), *schroffe, schrove,* 'rocky cliff, stone wall'; Early M.H.G.
schruffen, 'to split.'

[2] Pſeudoiſidoriſche Dekretalien. Their estimation is best
expressed by Ranke, Deutſche Geſchichte im Zeitalter der Reformation, I, p. 7: „Man beabſichtigte damit, die bisherige Kirchen-
verfaſſung, die noch weſentlich auf der Metropolitangewalt beruhte,
zu ſprengen, die geſamte Kirche dem römiſchen Papſt unmittelbar
zu unterwerfen, eine Einheit der geiſtlichen Gewalt zu gründen,
durch die ſie ſich notwendig von der weltlichen Macht emanzipieren
mußte. Eine Reihe von Namen alter Päpſte mußte dienen, um er-
dichtete Dokumente daran zu knüpfen, denen man geſetzliches An-
ſehen beimaß.“

nicht, wie viel sie ihm dankte. „Mit Seufzen," sagt Brun
von Querfurt,[1] „gedenkt die Kirche der goldenen Zeiten
jenes frommen, jenes starren Otto, der die unruhigen Ele=
mente zu bannen wußte, während sie jetzt nirgends Frieden
findet; sein Andenken lebt in ihr fort, aber der beiden 5
anderen Ottonen hat sie vergessen." Das Kaisertum, mit
allen Überlieferungen der römisch=katholischen Kirche ver=
wachsen, prägte diese so tief der deutschen Nation ein, daß
sie auf Jahrhunderte hin das Leben derselben beherrschten;
aber Roms Traditionen hielten deshalb den nationalen 10
Geist keineswegs ganz gebunden, und der christliche Glaube,
dem deutschen Freiheitssinn so entsprechend, war zuletzt
doch mächtiger in unserem Volke als alle Formen der rö=
mischen Kirche. Waren auch die Menschen jener Zeit viel=
fach in äußerer Werkheiligkeit[2] befangen, der Glaube in 15
ihnen war kein toter, sondern Fülle des persönlichen Lebens,
Kraft und Zuversicht. Was die Deutschen damals gewirkt
haben, in allem hat der Glaube mitgewirkt.

Danken wir so der Erneuerung des Kaisertums durch
die Sachsenfürsten, daß unsere Nationalität erstarkte, daß sie 20
mitten in das Kulturleben der Welt eintrat und die Auf=
gabe erfaßte, die ihr in demselben beschieden, so hat dieses
Ereignis zugleich auch über die gesamte abendländische Welt
mannigfachen Segen verbreitet. Erst jetzt gewannen hier
die christlichen Völker für immer den heidnischen Feinden 25
den Vorrang ab; die Kirche erhielt neues Leben und

---

[1] Brun von Querfurt wrote his book *Vita Adalberti* in 1004.
He is the first German author who uses the name *Teutons*
for the designation of the whole people, ruled by the Ottos,
and speaks of a *country of the Germans* (Theutonum tellus, 30
chap. 9).

[2] Werkheiligkeit, 'virtue in works or deeds only from an
affectation of sanctity, hypocrisy.'

breitete sich über die bisherigen Grenzen aus; die geistige
Bildung lebte auf, wo sie erstorben schien, und drang all=
mählich weiter vor; die Völker hatten wieder einen Mittel=
punkt gefunden, um den sie sich sammeln konnten, —
5 welcher Gewinn! welcher Fortschritt in der Entwicklung
der Menschheit!

Allerdings lag in der Einrichtung dieses neuen Kaiser=
tums die Gefahr, daß das kaum erwachte nationale Leben
der europäischen Völker gewaltsam unterdrückt werden
10 könnte. Denn wer will leugnen, daß auch dieses Impe=
rium Gewaltthaten übte und sein Joch oft hart war?
„Rottet das Volk der Redarier[1] aus!" schrieb Otto der
Große den sächsischen Fürsten. Auch hat es weder damals
an Versuchen gefehlt, ein geschlossenes und jede freie Ent=
15 wicklung hemmendes Weltreich, dem römischen ähnlich,
von neuem zu gründen, noch in der Folge. Aber wir haben
bereits gesehen, wohin solche Versuche führten, wie wenig
Aussicht auf dauernden Erfolg sie hatten. Das deutsche
Kaisertum war nicht das römische, nicht das Karolingische,
20 es konnte dauernd keinen Zwang üben, der dem deutschen
Geiste zuwider ist; in Wahrheit förderte es die Entwick=
lung der Nationalitäten mehr, als es sie hemmte, wenn
auch wider Absicht und Willen.

Denn wie wäre es sonst möglich gewesen, daß sich gerade
25 zur Zeit der ersten Kraftentwicklung dieses Kaisertums
neben ihm und zum Teil unter seinem Schutze über das
ganze Abendland hin neue Staaten auf nationaler Grund=
lage erhoben, daß die meisten Völker Europas die Anfänge
ihres selbständigen staatlichen Lebens gerade in demselben
30 Jahrhundert finden, das die Erneuerung des Kaisertums
sah? In der Anlehnung an die Ottonische Macht ge=

---

[1] Redarier, a Slavonic tribe.

wannen Mesco [1] und Boleslaw die Möglichkeit, ein politi=
sches Reich zu errichten. In der Verbindung mit der
baierischen Gisela sah Waik ein Mittel zur Aufrichtung des
Königtums unter den Ungarn, und Otto III war es, der
ihm die Königskrone senden ließ. Harald Blauzahn, der [5]
Verbündete Ottos I, legte die Grundlage eines Reichs,
welches zuerst das ganze Dänemark umschloß. Damals
erst bildete sich in den Tagen Edwards des Ältern, des
wackeren Athelstan und Edgar des Glücklichen die Einheit
des englischen Reiches durch, zu spät freilich, um dauernd [10]
das erschlaffte Geschlecht der Angelsachsen zu kräftigen.
Damals ergriffen die Capetinger [2] das Scepter, die erste
Dynastie jenseits des Rheins, welche ihren Thron auf
nationaler Grundlage errichtete, mit der eigentlich erst ein
französisches Reich beginnt; der Begründer desselben war [15]
ein Neffe Ottos des Großen, ein Enkel des sächsischen
Heinrich. Welches Land hat das Joch der deutschen Herr=
schaft schwerer empfunden als Italien! Und doch fangen
jetzt die Italiener selbst an zu erkennen, daß die Entwick=
lung ihrer Nationalität durch die Macht der Ottonen weit [20]
mehr gehoben als gehindert ist. Das deutsche Kaisertum
war kein Regiment, das die Freiheit der Völker in Banden
schlug.

---

[1] The first undoubted historical event in which Poland is
concerned relates to the year 963, when Otto I's Saxon [25]
Markgraf Geron conquered the heathen prince Miecszyslaw
or Mieszko, who ruled over the Poles in the country on the
Warta from the Oder to the Vistula, and made him pay
tribute to the Emperor. In 965 Mieszko became a Christian
in the Latin form, and thus Poland is at the outset in con- [30]
trast to Russia with its Byzantine church and civilization.

[2] Modern France dates from the accession of Hugh
Capet, A.D. 987.

Und endlich noch eine Frage: Wie hat sich überhaupt das Gesamtleben Europas seit jener Zeit entwickelt? Unfehlbar giebt es eine große gemeinsame Grundlage in Kirche, Staat und Bildung, auf der alles Kulturleben der abendländischen Welt ruht und die sich schon in den frühesten Berührungen zwischen den Germanen und Römern bildete, dann im Karolingischen Reich erweitert und befestigt wurde. Auf dieser gemeinsamen Grundlage haben sich verschiedenartige, besondere Staaten erbaut, mehr oder minder alle durch die Eigentümlichkeit der Nationalitäten bestimmt. Jedes kraftvolle Volk hat sich seine staatliche Existenz zum Teil frei nach seinen Bedürfnissen, zum Teil dem Zwange gebietender Umstände nachgebend, geschaffen und seine eigene Geschichte gewonnen. In bunter Mannigfaltigkeit laufen nun Interessen und Bestrebungen der verschiedensten Art in der historischen Bewegung neben und durch einander; aber die Bewegung wird doch immer geleitet von einem einzigen oder einigen wenigen Völkern, die sich durch große eigentümliche Verdienste um die Welt das Prinzipat errungen haben. Diese Entwicklung, die den Anfang einer neuen Zeit bezeichnet, die folgenreichste vielleicht, welche die Menschheit erfahren hat, beginnt mit der Zeit der Ottonen; das deutsche Volk war das erste, welches jenes Prinzipat errang und es durch Jahrhunderte ruhmvoll allein zu behaupten wußte. In diesem Prinzipat liegt die Bedeutung des deutschen Kaisertums; die Kontinuität aller weiteren Entwicklung des europäischen Lebens ist von demselben ausgegangen, hat sich an dasselbe angeschlossen. Kaum war ein Jahrhundert nach dem Tode Karls des Großen verflossen, als alle staatlichen Verhältnisse aufgelöst wurden, die Zukunft der Kirche auf das Äußerste bedroht war. Nie ist seit Ottos Kaiserkrönung

eine ähnliche Zerstörung über Europa gekommen; die
großen Dinge gewannen seit jener Zeit einen gleich=
mäßigen, stetigen, ununterbrochenen Gang; selbst die ge=
waltigsten geistigen Umwälzungen vermochten diesem im
Ganzen nicht mehr zu hemmen.   5

So liegen im zehnten Jahrhundert die Anfänge unseres
deutschen Volkslebens, wie jener großen europäischen Ent=
wicklung, in der wir noch heutigen Tages stehen; aber es
sind Anfänge, und man suche bei ihnen nicht, was der
Mitte oder dem Ende angehört. Leicht ist zu zeigen,   10
worin jene Zeit arm und dürftig war; nicht allein die
moderne Welt, sondern selbst die späteren Jahrhunderte
des Mittelalters haben sie an Mannigfaltigkeit der Lebens=
gestaltungen, wie an tieferen Strömungen geistigen Lebens
weit übertroffen. Aber Kraft und Saft, eine Fülle ur=   15
sprünglicher Triebe durchdringen dieselbe, und deshalb
wendet sich das Auge, das sich einmal in sie vertieft hat,
nur ungern von ihr ab. Wir sehen nicht den Herbst mit
seinen Früchten, den Sommer mit seinen Blüten, noch
den Lenz mit seinem frischen Blätterschmuck; es ist gleich= 20
sam die Zeit, wo die erste Saat sprießt und der Wald dem
fernen Beschauer noch die dürren Äste zeigt, der spähende[1]
Blick aber in der Nähe schon die vollen Blattknospen
wahrnimmt, die, um aufzubrechen, nur eines warmen
Sonnenblicks harren.[2]   25

---

[1] spähen, 'to spy,' from the equiv. M.H.G. *spëhen*, O.H.G.
spëhôn, O.Teut. root *speh*, 'to see,' which through Lat. *spec*
in *speculum, conspicio (specio)*, Gr. σκέπτω for σπέκτω is primit.
Aryan.

[2] This beautiful chapter, comparing the *Ottonian* time   30
with the brilliant history of the *Hohenstaufen*, is rivalled in
truthfulness, wide views and historical insight only by
Joh. Gust. Droysen's standard history: Geschichte der preußi-

ſchen Politik. He says there in the preface: „In gewiſſem
Sinn iſt die Hohenſtaufenzeit der Gipfel unſerer Geſchichte. Nicht
ſo, als wäre das Kaiſertum damals im Innern am ſtärkſten, nach
außen am mächtigſten geweſen. Das alte Reich, wie es Karl der-
5 Große begründet, Otto der Große erneut hatte, war ſchon in ſeinem
Umfang gemindert, in ſeinen Formen gelockert, in ſeinem Prinzip
beſtritten und zum Teil verwandelt . . .

„Oft iſt geſagt worden, daß uns das Kaiſertum und ſein thörich=
tes Ringen um Italien zu Grunde gerichtet habe. Vielmehr das
10 Bedürfnis, die dominierende Stellung in Europa zu behaupten, in
der das rings feindlich umgrenzte deutſche Land ſeine einzige Siche=
rung hatte, das war das Band, welches die Nation zuſammenhielt.
Das deutſche Königtum mußte mit der Kaiſerkrone die völkerrecht=
liche Sanktion der Stellung behaupten, ohne die es ſich in ſich ſelbſt
15 zu einer Reihe lokaler Ohnmächtigkeiten auflöſte. Nur die Kaiſer=
krone rechtfertigte das deutſche Königtum; und nur mit der feſten
Kraft des Königtums war die Kaiſerkrone zu erhalten.“ Woodrow
Wilson, The State, p. 231, censures Otto and his successors
"for a foolish striving after a power more extensive than
20 he could possibly hold together. Endeavoring to keep
their hold upon Italy, Otto and his successors failed to
make good, once and for all, their hold upon Germany.
They fell between two stools." It would seem that Prof.
Wilson has failed to grasp the great ideal, ever present in
25 the minds of the emperors, an ideal of the highest practical
value as the very force which gave to the Empire its lofty
station in Christendom.

IV.

Deutſchlands auswärtige Lage und Maximilian I.

Von Johannes Janßen.[1]

[From „Deutſchlands allgemeine Zuſtände beim Ausgang des Mittel-alters,“ I, p. 515 ff.]

Das römiſch-deutſche Kaiſerreich in ſeinem alten Beſtande war unbeſtritten die erſte, die „eigentlich geſetzgebende Macht“ inmitten der europäiſchen Geſellſchaft.[2]

---

[1] Johannes Janssen, famous historian, late professor of history in the Catholic Gymnasium at Frankfort on the Main. His greatest work is the „Geſchichte des deutſchen Volkes ſeit dem Mittelalter.“

[2] It is from the year 800 A.D., when Charles, king of the Franks, was crowned Emperor of the Romans by Pope Leo III, that the beginning of the Holy Roman Empire of the German nation must be dated; it is the central event of the Middle Ages, without which, as Bryce rightly states, the history of the world would have been different. Under the Saxon, Frankonian and Hohenstaufen Emperors a theory was developed and recognized everywhere which regarded the Empire as an international power, supreme among Christian States. Cf. also Woodrow Wilson, The State, pp. 229–230.

74

Deutschland stand an der Spitze der Christenheit.

Die äußeren Aufgaben, welchen die Nation als Trägerin des Kaisertums sich zu unterziehen hatte, einigten und festigten im Innern den Verband der einzelnen Stämme. Der durch das Kaisertum und seine Romzüge[1] erfolgte
5 großartige Aufschwung des nationalen Bewußtseins führte zu jenen kühnen Unternehmungen auswärtiger Koloni= sation, welche selbst nach dem Verfalle kaiserlicher Macht noch länger als ein Jahrhundert fortdauerten. Neben dem alten westlichen Deutschland und den alten Volks=
10 stämmen,[2] welche ursprünglich den Kern des Reiches bil= deten, entstand nach und nach ein neues östliches Deutsch= land: die Bewohner von Schlesien, Meißen, Brandenburg, Mecklenburg und Pommern wuchsen allmählich zu neuen[3] deutschen Volksstämmen heran.

---

15 [1] These expeditions to Rome to obtain the supreme title of Emperor, in which all lesser honors were blent and lost, and which custom or prejudice forbade the German king to assume till actually crowned at Rome by the Pope, are to Janssen, as well as to Giesebrecht and Droysen, the *cause* of
20 that magnificent elevation of national consciousness. The historians antagonistic to him, however, maintain, as Bryce puts it, that "the real strength of the Teutonic kingdom was wasted in the pursuit of a glittering toy; once in his reign each Emperor undertook a long and dangerous expedition,
25 and dissipated in an inglorious and ever to be repeated strife the forces that might have achieved conquest elsewhere, or made him feared and obeyed at home"; cf., however, 2, p. 72.

[2] Cf. 1, p. 23.

[3] The Germanization of the originally Slavic countries took
30 place from the time of Charlemagne, and is not finished yet. Ranke calls this the *second* Germanic migration, directed back- ward toward the East, the backward flood occurring, under the auspices of the Church, slowly through many centuries, often interrupted by long pauses, not determined historically.

Wie das Reich von Anfang an mit romanischen Ele=
menten verflochten[1] war, so hing es durch seine Marken[2]
auch mit den slavischen Völkern zusammen und umschloß
beträchtliche slavische Bestandteile. Die deutsche Nation,
schon in sich selbst, in ihren einzelnen Stämmen gleichsam[3]　5
ein Volk von Völkern,[4] war unter allen Nationen am
besten zur Verbindung mit fremden Volkselementen ge=
eignet; sie bediente sich ihrer Hegemonie[5] in so maßvoller
Weise, daß sie nirgends die Sonderentwicklung[6] der zum
Reiche gehörigen Romanen[7] und Slaven[8] beeinträchtigte.　10

---

[1] In fact, the inner nature of the Empire is nothing but
the most signal instance of the fusion of Roman and Teutonic elements in modern civilization. (Bryce, The Holy
Roman Empire, Preface.) — verflechten, 'to interlace, inter-
weave, entwine'; from M.H.G. vlëhten, O.H.G. flëhtan, 'to　15
plait, braid, wreathe.'

[2] Mark or Markung, 'the boundary of a country or district
(cf. Markstein, Markscheide), then the district itself surrounded
by certain boundaries' (cf. Dorfmark, Feldmark). In the
Middle Ages Marken are those parts of the German Empire　20
which are situated on the extreme boundaries, usually
under a Markgraf (Marchio).

[3] gleichsam, cf. 1, page 20.

[4] Cf. 1, page 23.

[5] Hegemonie (from ἡγεῖσϑαι, 'to go before'), Vorherrschaft,　25
'headship,' applied to the relation of a government or state
to its neighbors or confederates; cf. the Peloponnesian war
between Athens and Sparta for the Hegemony in Greece.

[6] Sonderentwicklung, 'separate development'; sonder, prep.,
'without,' M.H.G. sunder, adv., 'aside, separately'; O.H.G.　30
suntar, adv., 'separately, especially, but'; A.S. sundor, E.
asunder, 'without.'

[7] At the era of the Hohenstaufen, when the actual power
and the theoretical influence of the Empire most fully coin-
cided, the northern half of Italy, the kingdom of Burgundy　35

Blinde Eroberungsgier¹ lag so wenig in ihrem Wesen, daß sie trotz ihrer Übermacht die ganze weite Reichsgrenze gegen Frankreich von den Ausflüssen der Schelde bis zu denen der Rhone unverrückt² bestehen ließ. Das römisch-
5 deutsche Kaisertum in der Vereinigung Deutschlands, Burgunds und Italiens war der „große Friedenshalter" inmitten Europas. So lange die Grenzen als unantastbar³ für jeden äußern Feind gelten konnten, war der öffentlichen Ordnung des Weltteils ein fester Halt geboten, und allgemeine
10 gemeine europäische Kriege gehörten zu den unmöglichen Dingen.⁴

or Arles, Western Switzerland, Lorraine, Alsace and a portion of Flanders with their Roman populations belonged directly to Germany proper, thus extending it to the Rhone
15 and Scheldt rivers.

⁸ Bohemia and the Slavic principalities in Mecklenburg and Pomerania, though not yet integral parts of the Empire, were rather outlying dependencies. Beyond the March of Brandenburg, from the Oder to the Vistula (*Visŧa*), dwelt
20 pagan Prussians, subjected or annihilated by the Teutonic knights.

¹ Eroberungsgier, 'greediness for conquest'; from M.H.G. *gir (gër), f.,* 'longing, craving'; O.H.G. *giri.*

² unverrückt, 'not dislocated, not displaced, unremoved';
25 from rücken, 'to jerk'; M.H.G. *rücken,* O.H.G. *rucchen,* 'to push along.'

⁸ unantastbar, 'that may not be touched, unapproachable,' from the equiv. M.H.G. *tasten,* derived from Italian *tastare* (French *tâter*), 'to feel, fumble,' based on Latin *taxitare*
30 (*taxare*).

⁴ It is true that the claims of the German Emperors to jurisdiction over other countries were acknowledged at least temporarily by all Christian countries. Even in England there was a vague notion that the English, like other
35 kingdoms, must depend on the Empire, a notion, which was countenanced by the submissive tone in which Frederick I

Mit dem Verfalle des Kaiferreichs trat eine Wendung ein.[1]

Je weiter das Reich sich von seinen äußeren Aufgaben zurückzog, desto tiefer lockerten[2] sich alle inneren staatlichen Verhältnisse; die früher vereinten Elemente des Gesamt=lebens der Nation fielen auseinander. In den Städten wie in den landesherrlichen[3] Gebieten entwickelte sich die 5 möglich größte bürgerliche Freiheit; durch seine Handels=städte und Handelsstraßen machte des deutsche Volk sich die meisten Länder Europas zinsbar;[4] es schritt in dem Zeitraume[5] von Rudolf von Habsburg bis auf Maximi=lian I an Wohlstand stetig vor, und erreichte in der zweiten 10 Hälfte des fünfzehnten Jahrhunderts eine bewunderungs=würdige Höhe geistiger Bildung; allein während dieses ganzen Zeitraumes wurde das politische Leben von keinen allgemeinen Ideen bewegt, und der Nation kamen alle gemeinsamen, die Kräfte einigenden Aufgaben abhanden.[6] 15

---

was addressed by the Plantagenet Henry II. Richard I, according to Hoveden, even divested himself of his sover-eignty, "Consilio matris suæ deposuit se de regno Angliæ et tradidit illud imperatori (Henrico VI[to]) sicut universorum domino." (Bryce, p. 186.) 20

[1] In Frederick III's reign the Empire sank to its lowest point (1440-1493).

[2] lockern, 'to loosen, to relax,' cf. Lücke, 1, page 13.

[3] landesherrliche Gebiete, 'domains belonging to the sover-eign directly,' his Hausmacht. 25

[4] zinsbar, 'tributary,' from M.H.G. and O.H.G. zins, m., 'duty, tribute,' borrowed from Latin census (Ital. cᵉnso).

[5] Rudolf of Habsburg (1272-1292); Maximilian I (1493-1519).

[6] The country had now become not so much an empire 30 as an aggregate of very many small states, governed by

Deutschland verlor nicht allein die europäische Hege=
monie, sondern entfremdete sich überhaupt allen größeren
Verhältnissen des Völkerlebens.

Während der Regierung Friedrichs III er= litt das Reich die schwersten Einbußen.[1]

Im Norden kam Schleswig=Holstein, obgleich unter
5 Wahrung der deutschen Oberhoheit, seit dem Jahre 1460
an den König von Dänemark. In Preußen wurde, was
„aller deutschen Nation schändlich und dem Reiche ein
Abbruch" war, der deutsche Orden im Frieden von Thorn
im Jahre 1466 genötigt, den größten Teil des Ordens=
10 landes an den König von Polen abzutreten[2] und das
übrige von demselben als Lehen[3] zu nehmen. Kaiser und
Reich sahen ruhig zu, wie die deutschen Ritter einem
fremden Könige den Vasalleneid schwuren.

Schlimmer noch wirkte die Absonderung Böhmens von
15 den Interessen und Geschicken des Reiches; das habs=
burgische Herrscherhaus büßte mit der böhmischen Krone
seine sichere Stellung ein gegen den Osten wie gegen den

---

sovereigns who would neither remain at peace with one
another, nor combine against a foreign enemy, under the
20 nominal presidency of an Emperor who had little lawful
authority, and could not exercise what he had. (Bryce,
p. 307.)

[1] Einbuße, 'loss, damage'; A.S. bôt, E. boot ('use, gain
advantage'); Goth. bôta, 'use'; see Kluge, Etym. Wört.
25 under „Buße."

[2] Poland wrested Prussia and Lusatz from the Teutonic
knights.

[3] Lehen, 'fief,' from M.H.G. lêhen, n., 'feudal estate, fief';
O.H.G. lêhan, cogn. leihen. In the documents of the time in
30 Latin "feudum, beneficium."

Weſten und wurde in ſeiner Macht um ſo mehr beſchränkt, weil auch Ungarn nur durch Böhmen behauptet werden konnte.

Am verhängnisvollſten wurden für das Reich die Fortſchritte des franzöſiſchen Königtums und die Türken.

Die kriegeriſche und eroberungsluſtige Politik der franzö=
ſiſchen Könige war an jedem Vordringen gegen Deutſchland 5
und Italien behindert, ſo lange die Grenzen des Kaiſer=
reichs eine feſte Schranke bildeten und insbeſondere Loth=
ringen und Burgund ſich in deutſchem Beſitze befanden.
Auf dieſe Gebiete richteten darum die franzöſiſchen Könige
gleichzeitig mit dem Verfalle des Kaiſerreichs und der alten 10
Reichsordnung ihr feſtes Augenmerk... Durch den Be=
ſitz von Metz und Straßburg wollte Frankreich „einen
freien Eingang haben in das heilige Reich und deutſche
Nation," und dieſe beiden wichtigſten Grenzbollwerke[1]
Deutſchlands gegen den Weſten ſtanden ſeitdem in ſteter 15
Gefahr.

Während das Reich unter Friedrich III „immer mehr
auseinander ging," feſtigte ſich das franzöſiſche Königtum
unter Ludwig XI, dem eigentlichen Gründer der Erobe=
rungspolitik Frankreichs.[2] Schon traten die Zuſtände ein, 20

---

[1] Bollwerk, 'bulwark, bastion,' from late M.H.G. *bolverk*,
'catapult, bulwark' (entered into French *boulevard*).

[2] While Germany fell asunder, the concentration of the
distorted French feudal principalities began. These feudal
oligarchies were broken up and absorbed, rules of succes- 25
sion firmly established, and thus the compact and aggres-
sive French monarchy was built up and consolidated by
Louis XI and his successors.

die ein venetianischer Gesandter mit den Worten bezeichnete:
„Alles in Frankreich ist unbedingt auf den Willen des Kö=
nigs gestellt, selbst in richterlichen Sachen, und es giebt
niemanden, welcher, selbst wenn er im Gewissen anders
5 fühlen würde, den Mut hätte, das Gegenteil auszusprechen.
Die Franzosen ehren ihren König so, daß' sie für denselben
nicht nur ihre Habe, sondern auch ihre Ehre und ihre
Seele geben.“ „Kein Land ist so gehorsam als Frankreich,
und Einheit und Gehorsam sind die Ursachen seines Anse=
10 hens nach außen.“   Sogar bei willkürlichen Steueraushe=
bungen kam der Grundsatz zur Geltung, die Verletzung sei=
nes königlichen Ediktes sei ein Sakrilegium.[1] Man bezeich=
nete den Beherrscher Frankreichs als „König der Tiere“
(re delle bestie), weil er sein Volk zu einer tierischen
15 Willenlosigkeit gebracht habe.   Unter Ludwig XI wurden
die jährlichen Steuern von zwei auf beinahe fünf Millionen
Livres erhöht, und Frankreich erhielt eine stets schlagfertige
Armee.   Infolge eines im Jahre 1474 mit den Eidge=
nossen abgeschlossenen Vertrages konnte der König gegen
20 eine beträchtliche Geldzahlung jede Zeit auf den Zuzug
schweizerischer Hilfstruppen rechnen; ein unschätzbarer Ge=
winn, weil die Schweizer damals noch das einzige diszipli=
nierte Fußvolk Europas bildeten und sich gegen jede Macht
gebrauchen ließen.   „Es ist ein betrübendes Schauspiel,“
25 sagte Trithemius,[2] „daß in unserer Zeit die Vaterlandsliebe

---

1 Sakrilegium, 'violation of the majesty of God and of
divine law,' since the king claims appointment by God's
grace, violation of his person or even his will is sacrilege,
"crimen læsæ majestatis."

30   2 Johannes Trithemius, „der Magus des Südens, eine der
charakteristischsten Figuren der Renaissancezeit, Geschichtsfälscher
und Alchymist, Sterngucker und Politiker, Theologe und Humanist.“
Ludwig Geiger, Renaissance und Humanismus.

den deutschen Schweizern so völlig verloren ging, daß sie um französisches Geld willig auch ihre Volksgenossen bekriegen." Ebenso schrieb Wimpheling:[1] „Schmerzlich fällt es an den Alpenbewohnern auf, wie sie meistenteils lediglich aus Gewinnsucht im Solde[2] von Ausländern gegen ihre Nachbarn, gegen das römische Reich und den Kaiser das Schwert ziehen."

Die alte Verbindung Italiens mit dem Kaiserreiche hatte den Italienern wie den Deutschen die größten Vorteile gebracht,[3] wenn sie auch den einen wie den andern schwere Opfer auferlegte. Die gemeinsamen Züge über die Alpen befestigten in den deutschen Stämmen das Bewußtsein ihrer nationalen Zusammengehörigkeit, und die Deutschen empfingen durch die steten Wechselbeziehungen mit dem damals ersten Kulturlande Europas die reichste Anregung und Förderung auf allen Gebieten des geistigen Lebens. Die Italiener ihrerseits mußten den harten Druck der deutschen Herrschaft oft genug empfinden und wurden mit Steuern stark belastet, aber sie wurden auch dagegen von derselben Herrschaft geschützt gegen die Willkür und die Gewaltthätigkeiten der vielen weltlichen Großen, ohne deren Unterdrückung die Blüte der städtischen Freiheit, dieses edelste Erzeugnis Italiens, sich unmöglich hätte entwickeln können.[4]

---

[1] Wimpheling, humanist, was instrumental in bringing about the German humanistic movement in Strassburg (Alsace). His *Germania* appeared in 1501.

[2] Solb first appears in M.H.G. (*solt*) about 1200 A.D., from the French *solde*, Lat. *solidus*, Ital. *soldo* (Mod. French *sou*).

[3] This is the important point of controversy between the historians; cf. 1, page 75, and 2, page 72.

[4] Yet this flourishing condition and proud independence of the Italian, and especially the Lombardian, cities brought

Auf der Vereinigung Deutschlands und Italiens beruhte die Macht und Größe Mitteleuropas.

Als die Verbindung beider Länder sich löste, war für das Reich die Zeit der Einigkeit und Kraft, für Italien die Zeit der innern Freiheit und bürgerlichen Wohlfahrt vorüber. Italien geriet, nachdem ihm die ordnende Hand
5 des Kaisertums verloren gegangen, in einen trostlosen Zustand staatlicher Zerrüttung und Zersetzung, welche schließlich auch das Verbleiben des Papstes zu Rom un=möglich erscheinen ließ und zum guten Teil Schuld trug an der langen Abhängigkeit. des päpstlichen Hofes von der
10 französischen Politik.[1]

„Italien hat es seit Jahrhunderten erfahren,“ sagte mit Recht König Maximilian, „was es für das Volk be=deutet, wenn dort kein Kaiser den Leidenschaften einen Zügel anlegt,[2] und die Freunde des Volkes haben darum
15 stets die kaiserliche Macht als eine beglückende gepriesen und sich nach dem Kaiser zurückgesehnt.“[3] Dante, der be=geisterte Lobredner des Kaisertums, hatte den König Ru=dolf von Habsburg ins Fegefeuer versetzt, weil er in

---

about those terrible contests with the Emperors, particu-
20 larly Frederick Barbarossa, cf. Bryce, pp. 175 ff.

[1] The Popes at Avignon from 1309–77. Pope Clemens V and his successors forced to take their residence in Avignon, in order to be under the influence of the French kings. In
1378 Clemens VII was elected by the French cardinals,
25 while Urban VI was Pope in Rome. Time of the great papal schism begins.

[2] Zügel anlegen, 'to put on bridles.'

[3] sich sehnen, 'to long, to yearn,' from M.H.G. senen, 'to long, inspire with longing'; sene, f., noun, 'yearning, long-
30 ing.' Unrecorded in O.H.G.

Italien nicht seine Pflicht erfüllt;* er hatte dem König Albrecht mit der Strafe des Himmels gedroht, weil er das wildgewordene italienische Roß nicht wieder mit starker Hand zu bändigen suche; jubelnd begrüßte er Heinrich VII als den langersehnten Retter.[1] Dieselbe Kaisersehnsucht hatte sich auch in den Briefen Petrarcas[2] an Karl IV ausgesprochen. „Eile,“ rief er dem Könige zu, „wie es Kaisern geziemt. Italien ist dein ältestes[3] und größtes Reich; die Beruhigung Italiens deine heiligste und schönste Aufgabe. Bringe Italien den Befreier.“ — Aber es erfolgte keine Befreiung. —

Von noch größeren Gefahren war das Reich im Osten bedroht.

So lange das Kaisertum inmitten Europas unerschüttert fortbestand und die Reichsgrenzen unantastbar waren für jeden äußern Feind, konnten die christlichen Völker ihre

[1] Cf. Bryce, p. 255.

[2] Petrarch, the apostle of the dawning Renaissance, is excited by the least attempt to revive even the shadow of imperial greatness; as he had hailed Rienzi, he welcomes Charles IV into Italy, and bitterly mourns over his departure.

[3] Petrarch could call Italy his oldest realm, inasmuch as "the Empire — according to Bryce — was the same which the crafty nephew of Julius had won for himself, against the powers of the East, beneath the cliffs of Actium; and which had preserved almost unaltered, through eighteen centuries of time, and through the greatest changes in extent, in power and in character, a title and pretensions from which all meaning had long since departed."

* Purgatorio, canto VII.

gemeinsame Aufgabe nach außen erfüllen. Sie drängten im Zeitalter der Kreuzzüge den Islam zurück, der ganz Europa zu verschlingen drohte, und pflanzten die christliche Fahne inmitten des Gebietes der Mohammedaner auf; sie gründeten ihre für die Entwicklung der europäischen Kultur so folgenreiche Machtstellung im Orient. Dem unmittelbaren Eingreifen des Kaiserreichs können allerdings die dort errungenen Erfolge nicht vorzugsweise zugeschrieben werden, allein die Kreuzzüge wären unmöglich gewesen, wenn nicht während derselben das Kaisertum für die Aufrechterhaltung der europäischen Staatenordnung eine sichere Bürgschaft[1] geboten hätte. Der Grundgedanke der ganzen Kreuzzugspolitik, „Friede und Einigkeit unter den christlichen Völkern behufs[2] Vereinigung ihrer Gesamtkräfte zum Kampf gegen den gemeinsamen Glaubensfeind," war nur durchführbar, weil die Macht und Festigkeit des Kaisertums, jeden eroberungsgierigen Staat des Abendlandes daran hinderte, die durch die auswärtigen Unternehmungen in Anspruch genommenen christlichen Völker in der Heimat zu bedrängen. Frankreich stand im Orient in erster Reihe gegen den Glaubensfeind, so lange das Kaisertum seiner Eroberungslust im Abendlande einen festen Damm entgegensetzte. Später, als der Verfall der kaiserlichen Macht ihnen in der Heimat Gebietserweiterungen und Übergriffe[3] mannigfacher Art ermöglichte, wußten die französischen

---

[1] Bürgschaft, 'guarantee,' from Bürge, 'bail'; M.H.G. bürge, O.H.G. burigo. Kluge, Etym. Wört.

[2] behufs, adv., gen. of Behuf, 'behalf, advantage'; M.H.G. behuof, 'business, purpose, means to an end'; haf (in heben); E. behoof; A.S. behóf.

[3] Übergriffe (übergreifen, 'to overlap'), 'encroachment, aggression.'

Könige oft genug die Bedrängung der christlichen Welt durch den Halbmond für ihre Sonderzwecke auszubeuten.[1] Mit dem Verfalle des Kaisertums erlahmten gleichzeitig die Anstrengungen der Christenheit zur Behauptung ihrer Stellung im Orient. 5

Was der Zerfall des Kaisertums für die christlichen Völker bedeutete, lernte man besonders im fünfzehnten Jahrhundert kennen, seitdem die Türken im Jahre 1453 Konstantinopel erobert und mit dem byzantinischen Reiche das stärkste christliche Bollwerk umgestürzt hatten. Wäh= 10 rend Sultan Mohammed als „Beherrscher zweier Meere und zweier Erdteile" den ganzen Bestand der europäischen Civilisation in Frage stellte, war der Kaiser, „der geborene Schutzherr der Christenheit gegen den gemeinsamen Glau= bensfeind," an Macht so lahm gelegt, daß er, auch wenn 15 er kräftigern Willen und Mut gehabt hätte, als ihn Friedrich III besaß, gegen die wütenden Einbrüche der Türken keinen dauernden Widerstand leisten konnte...

Deutschland war während der letzten Jahrzehnte der Regierung Friedrichs III „immer größeren Bedrängnissen 20 von Seiten der Türken ausgesetzt." Bis zum Jahre 1492 drangen diese fünfmal in Steiermark, sechsmal in Kärn= then, siebenmal in Krain ein und überzogen im Jahre 1493, in demselben Monate, in welchem Friedrich aus dem Leben schied, von neuem Steier und Krain und schleppten 25 zehntausend Christen als Sklaven fort.

In solcher Lage befand sich Deutschland beim Regie= rungsantritte Maximilians I.

Nach Osten und Westen blickend, hatte derselbe Grund genug für die Befürchtung, daß, wenn nicht das Reich zum 30

---

[1] It is well known how Francis I and later Louis XIV used the power of Turkey to crush their German opponents.

ernſten Widerſtand ſich ermanne,[1] „die Häuſer Öſterreich
und darnach Baiern, auch andere anſtoßende Fürſtentümer
durch die Türken an einem Ort, und von dem König von
Frankreich an dem andern Ort in ewig Zeit ohn Aufhören
5 verderbt und ausgetilgt würden.“

Maximilian I gehört zu den volkstümlichſten Königen
der deutſchen Geſchichte. Noch jetzt leben im Munde des
Volkes manche kühne Großthaten des „letzten Ritters“[2]
und wunderbare Abenteuer,[3] die er im Getümmel der
10 Schlachten oder in den Turnieren oder auf ſeinen Jagden
im Kampfe mit Bären und wilden Ebern zu beſtehen
hatte. „Er gewann Achtung und Zuneigung, wo immer
er ſich perſönlich bethätigte“: ſei es in jenem Zweikampf
zu Worms,[4] wo er ungekannt und in gewöhnlicher Rüſtung
15 den von allen gefürchteten franzöſiſchen Ritter zu Boden
warf und dann das Viſier aufſchlagend, dem jubelnden
Volke ſein Heldenantlitz zeigte; ſei es am Tage der
Schlacht von Guinegate,[5] an welchem er, nachdem er die

[1] ſich ermannen, ‘to regain manly strength, courage, to
20 arouse one's self (from inaction).’

[2] Maximilian I was rightly called “the last knight” at
the transition of the Middle Ages to modern times, when
standing armies were replacing the feudal militia, and
when the use of gunpowder was changing the face of war,
25 and doing away with time-honored knighthood.

[3] Abenteuer, from M.H.G. *âventiure*, derived from French
aventure [M.Lat. *avantura*, noun to *advenire*, ‘to happen’].

[4] Worms, old Imperial city on the Rhine, frequently
visited by the Imperial Court owing to the many diets held
30 there, which gave to the city the surname “Mother of
Diets.”

[5] Battle of Guinegate in 1513, called by the French
“journée des éperons,” ‘battle of spurs,’ where Maximilian
defeated the French and captured the leaders.

erſten Lorbeeren errungen, gleich hochherzig gegen Freund und Feind ſich in eigener Perſon an der Pflege der Verwundeten beteiligte; oder ſei es auf jenem einſamen Spazierritte vor Augsburg, wo er in einem Hohlwege einen plötzlich ſchwer erkrankten Bettler antraf, vom Pferde ſtieg, dem Kranken ein Labetrunk reichte, ſein kaiſerliches Oberwams[1] auszog, um den vor Kälte Zitternden damit zu bedecken, und dann eiligſt zur Stadt zurückritt, um einen Prieſter zu holen, der dem Sterbenden die letzten Tröſtungen der Religion bringen ſollte. In ſeinem Schlafgemach in der Hofburg zu Innsbruck[2] fand man den Spruch aufgezeichnet:

> „Ich könig von gotes gnaden trag die edl cron
> Darumb, das ich der armen verſchon,
> Mittail dem armen als dem reichen,
> Das wir in fremden dort leben ewigeleichen.“

Schon Maximilians äußere Erſcheinung war feſſelnd und wohlthuend: ſeine edle Geſtalt, ſein feſter, ſicherer Gang, der Adel und die Würde in all ſeinen Bewegungen, der Ausdruck unverkümmerten[3] Wohlwollens auf ſeinem Antlitze, die unverſiegbare[4] Heiterkeit ſeines reinen Gemütes

---

[1] Oberwams, from M.H.G. *wambeis, wambes,* n., 'doublet, garment worn under the coat of mail,' cf. O.Fr. *gambais,* M.Lat. *wambasium,* itself derived from O.H.G. and Gothic *wamba,* 'body,' vulgar Wampe.

[2] Innsbruck was the capital of his favorite land, the county of Tirol, and his favorite residence. In the Franciscan or court church is the imposing cenotaph of the Emperor Maximilian I.

[3] unverkümmert, 'not stinted; intact'; from Kummer, M.H.G. *kumber,* 'rubbish, refuse; encumbering, distress, grief.'

[4] unverſiegbar, 'that does not dry up, inexhaustible.'

und ſeine herzgewinnende Rede, die manchen feindlich Ge=
ſinnten oft bei der erſten Begegnung verſöhnte. Als er ein=
mal beim Empfange ſeiner Gemahlin Maria von Burgund [1]
in Gent ſeinen Einzug hielt, „auf hohem, braunem Roß
alle überragend, in glänzender, ſilberner Rüſtung, unbe=
deckten Hauptes, ſeine reichen blonden Locken in einen
Kranz von Perlen und Edelſteinen gefaßt," da ſchrieb ein
Anweſender : „Welch' eine prächtige Erſcheinung ! Maximi=
lian iſt ſo jugendlich friſch, ſo männlich kräftig, ſo ſtrahlend
von Glück, daß ich nicht weiß, was ich mehr bewundern ſoll,
ob ſeine blühende Jugend, oder ſeine Kraft, oder ſein Glück.
Man muß ihn gern haben, den glänzenden Mann." (Brief
des Kämmerers Wilhelm von Hoverede vom 23. Auguſt
1477.) Man mußte ihn ebenſo gern haben, wenn man ihn
im einfachen grauen Jagdrock, den Stulphut [2] auf dem
Kopf, mit Steigeiſen, Armbruſt und Jägerhorn verſehen,
die höchſten Gebirge und Felsſchluchten Tirols durchwan=
dern ſah, oder ihn ein trauliches Geſpräch mit einem vor=
übergehenden Bauern anknüpfen hörte, oder wenn er bei
geſelligen Vergnügungen, etwa in Frankfurt oder Ulm, in
launiger Rede mit den Bürgern oder den Bürgerstöchtern
ſcherzte und es den Patrizierfrauen nicht verübelte, daß ſie,
die von ſeiner baldigen Abreiſe gehört, ihm Stiefel und
Sporen verſteckten, damit er noch einen Tag länger bleibe
und auch den morgigen Tanz mit der Königin des Feſtes
eröffne.

Maximilian fühlte den lebendigen Trieb in ſich, „für

---

[1] Maximilian's marriage with Mary of Burgundy entitled
him to the claim of most of the territories of Charles the
Bold, her father.

[2] Stulphut, 'cocked-hat,' from Stulpe, 'pot-lid'; comp.
Dutch *stulpen*, 'to cover with a lid,' M.H.G. *stülpen*.

eine neue jugendliche Zeit Kraft und Leben einzusetzen,[1] alle
geistig Hochstrebenden zu ermuntern und zu fördern, alles be=
währte Alte zu ehren, zu erhalten und neu zu festigen, da=
gegen alles wirklich Veraltete zu entfernen.　Seine Wiß=
5 begierde war unbegrenzt, und er lernte ebenso leicht Geschütze
gießen und bohren und Harnische anfertigen, als er das
Studium der Geschichte, der Mathematik und der Sprachen
betrieb.　Wie als der waffenfähigste, so galt er auch als der
sprachgewandteste Fürst der Christenheit; denn außer dem
10 Deutschen und Flämischen sprach er geläufig Latein, Fran=
zösisch, Wallonisch und Italienisch und eignete sich auch die
Kenntnis des Englischen und des Spanischen an.　Sein
lebhafter, feuriger und unternehmender Geist, den er von
seiner südländischen Mutter, einer portugiesischen Prin=
15 zessin, geerbt hatte, war in beständiger Thätigkeit, und er
war frühzeitig durch eine reiche Schule des Lebens gegangen
und hatte die Menschen beobachtet und die Wechselfälle der
menschlichen Dinge kennen gelernt.　„Die Not des Volkes
begreift nur," sagte er einst zu einem Herzog von Sachsen,
20 „wer selbst Not gelitten."　Dabei mochte er sich daran er=
innern, wie er als Knabe zur Zeit der Belagerung und
Beschießung der kaiserlichen Burg durch die Wiener in den
Erdgeschossen des Schlosses umhergeirrt war und unter
Thränen von der Dienerschaft ein Stückchen Brot sich er=
25 bettelt hatte.　Keine Widerwärtigkeit konnte ihn aus der
Fassung bringen, und wenn ihm alle seine Pläne fehl=
schlugen, tröstete er sich damit: „Gott sorgt schon; es
könnte noch schlimmer gehen."　Überhaupt bezeichnete man
schon damals als besondere Eigenschaften des habsburgi=

30　　[1] Put at stake, cf. Schiller's „Wallensteins Lager":
　　　　Denn setzet Ihr nicht das Leben ein,
　　　　Nie kann Euch das Leben gewonnen sein.

ſchen ·Herrſcherhauſes: „Seelenruhe und Gottvertrauen
beim Mißgeſchick: viel Not, viel Ehr.“

'Maximilian, ſagt ein Gegner des habsburgiſchen Hauſes,
war „ein gottesfürchtiger, weiſer, fürſichtiger und ſoviel an
5 ihm, ein friedſamer, gnädiger und langmütiger Fürſt.“
„Der Kaiſer iſt ein vortrefflicher Feldherr,“ ſchreibt Mac-
chiavelli,[1] „er· erträgt jede Strapaze[2] gleich dem Abgehär-
tetſten, in der Gefahr iſt er mutvoll; er hält große Gerechtigkeit in ſeinem Lande aufrecht; in den Audienzen iſt er
10 gefällig und freundlich und er beſitzt viele andere Eigen-
ſchaften des beſten Fürſten.“ Seine weſentlichen Fehler
dagegen ſeien übermäßige Verſchwendung, Mangel an
Feſtigkeit in ſeinen Entſchlüſſen und allzugroßes Vertrauen
auf die Menſchen. „Seine nachgiebige, gute Natur iſt die
15 Urſache, daß ihn jeder aus ſeiner Umgebung hintergeht.
Einer der Seinigen hat mir geſagt, jeder Menſch und jede
Sache könne ihn einmal täuſchen, bevor er es gemerkt
habe.“ Auch der florentiniſche Geſandte Francesco Vettori
macht ihm „unmäßige Freigebigkeit“ zum Vorwurf. „Im
20 übrigen,“ ſagt er, „iſt der Kaiſer, man kann es nicht
leugnen, umſichtig; im Kriegsweſen ſehr geſchickt; uner-
müdlich; von großer Erfahrung. Er genießt mehr Vertrauen als einer ſeiner Vorfahren ſeit hundert Jahren,
aber er iſt ſo gut und ſo menſchlich, daß er allzu hingebend
25 und leichtgläubig geworden iſt. “

Allzu leichtgläubig war Maximilian insbeſondere in Be-
zug auf die von den deutſchen Fürſten ihm gemachten Ver-

---

1 Machiavelli, Niccolò (1469–1527), one of the most eminent writers of the Renaissance, the famous author of the
30 book “Principe,” the cynicism of which has so highly
prejudiced the world against him.

2 Strapaze (Ital.), ‘fatigue, hardship, toil.’

sprechungen. „Es war ein schwerer Fehler Maximilians,“
schreibt Johann Cochläus,[1] „daß er, wie oft er auch be=
trogen worden, sich immer wieder auf die von den Fürsten
und anderen Ständen auf den vielen Reichstagen be=
willigten Hilfeleistungen an Mannschaft oder Geld verließ,   5
und dann zu voreilig, als habe er die Hilfe bereits in
Händen, seine Maßnahmen ergriff. Die Fürsten, nur auf
ihren eigenen Nutzen bedacht, waren freigebig in Worten
und Versprechungen, aber nach ihrer Rückkehr von den
Reichstagen erfüllten sie entweder gar nicht, oder nur   10
zum kleinsten Teil, und niemals zur rechten Zeit, ihre
Zusagen. Dadurch entstanden für den Kaiser Unzuträg=
lichkeiten[2] und Hindernisse aller Art. Mitten im voreilig
begonnenen Werk mußte er still stehen, weil ihm zur Fort=
setzung die Mittel fehlten, und Gegner und Freunde, un=   15
bekannt mit der wahren Lage der Dinge, konnten dann
leicht sagen: sehet, wie unbeständig der Kaiser ist.[3] Die
Not des Reiches hat dem Kaiser oft genug Thränen aus=
gepreßt, denn er wollte in Wahrheit das Wohl seines

[1] Johann Cochläus, born in 1479 at Wendelstein in Fran-   20
conia. He greatly enhanced the humanistic studies, chal-
lenged Luther to a disputation at the Diet of Worms (1520),
and wrote very violent polemics against the latter. His
“Historiæ Hussitarum, libri XII” (Mainz, 1549), are very
important. He died in 1552 at Breslau.   25

[2] Unzuträglichkeit, ‘disadvantage, inconvenience.’

[3] The truth, however, was that the Emperor with his
restricted powers was unable to extend his personal control
to bring about harmony of work, which was the most con-
vincing proof of the decline of the imperial office. As Ranke   30
truly remarks (I, p. 222): „Das Leben der Nation zeigte die
Tendenz, sich von seinem bisherigen Mittelpunkt zurückzuziehen
und in den einzelnen Landschaften eine autonome Gewalt zu
erschaffen.“

Volkes und die Ehre des Reiches." (Brief vom 9. Februar
1519 an Peter von Auffeß.)

Darin stimmen alle deutschen Schriftsteller der Zeit
überein.

5 Alle rühmen Maximilians treue deutsche Gesinnung,
seine aufopfernde Thätigkeit für das Gedeihen des Volkes,
seine Verdienste um Reich und Vaterland. Getreu seinem
Wahlspruch: „Mein Ehr ist deutsch Ehr, und deutsch Ehr
ist mein Ehr," wendet sich der Kaiser mit voller Hingebung
10 den Interessen des Gesamtwohles zu.

Allerdings war er auch eifrigst für die dynastischen In=
teressen seines Hauses bemüht, aber die großartige Macht=
stellung des habsburgischen Hauses kam auch dem Reiche
zu gute; sie wurde inskünftig das wesentlichste Bollwerk
15 gegen das Vordringen der Türken und der Franzosen.[1]

Bei der Zerrissenheit des Reiches im Innern und der
Machtlosigkeit desselben nach außen war Maximilians un=
abläßiges Bestreben darauf gerichtet, die deutsche Volks=
kraft, welche damals mehr als je in voller Gärung[2] be=
20 griffen war und sich in kleinen inneren Kriegen oder in
wilden Aufständen aufzuzehren drohte, auf hohe nationale
Ziele zu lenken, und durch große kriegerische Erfolge das
Bewußtsein „der Zusammengehörigkeit und Einigkeit aller
Deutschen" aufs neue zu erkräftigen. Er wußte, daß die
25 öffentlichen Zustände den wachsenden politischen Anforde=

---

[1] Under the Habsburg dynasty the Teutonic Empire
tends more and more to lose itself in an Austrian monarchy.
Maximilian was even more than Rudolf the founder of that
power (Hausmacht); from him the ascendancy of that family,
30 still flourishing as the Habsburg-Lothringian house, must
be dated.

[2] Gärung, 'fermentation, effervescence'; see gären, 'to
ferment, effervesce, bubble.' Kluge, Etym. Wörterbuch.

rungen des Volkes nicht genügten, und wollte wirksamere
Organe des Rechtes und der Verfassung schaffen. Aber
alle diese inneren Fragen sollten nach seiner Politik vorerst
den Fragen nach der Machtstellung des Reiches unterge=
ordnet, vorerst sollte die deutsche Habe geschützt und insbe= 5
sondere durch „Wiedererkämpfung der deutschen Hoheit über
Italien" der auf den Gang der Weltbegebenheiten ver=
lorene Einfluß dem Reiche von neuem gesichert werden.
Sieggekrönt und „mächtiger geworden als alle anderen
Fürsten des Reichs," wollte Maximilian dann „Friede und 10
Recht kräftiglich aufrichten" und, nach Empfang der Kaiser=
krone, die geeinigte und „in kriegerischen Thaten" bewährte
Volkskraft gegen die Türken aufbieten. Denn das Kaisertum
faßte er noch ganz im alten Sinne des Wortes auf als die
höchste Schirmvogtei[1] der Kirche, als den Grund= und 15
Eckstein alles Rechtes auf Erden: die Führung der Waffen
des Abendlandes gegen den Glaubensfeind erschien ihm als
die edelste Aufgabe seines Lebens.

Die hohen Ziele des Königs waren auch die Ziele der Einsichtigsten und Besten der Nation.

Alle Vaterlandsfreunde hatten die Überzeugung, daß „die
Macht des Volkes abhing von der Macht des Königtums," 20
daß nur die monarchische Gewalt in ihrem frühern Bestande
Recht und Frieden sichern, selbst aber nur durch ruhmvolle
Bethätigung ihrer Stellung nach außen sich über das viel=

---

[1] Schirmvogtei, 'advowson'; a kind of pleonastic tau-
tology from M.H.G. *schirm*, *schĕrm*, 'shield, shelter, de- 25
fence'; O.H.G. *scirm*, *scĕrm*, 'bulwark, shield, protection';
and *vogtei*, from M.H.G. *vogt*, *voget*; O.H.G. *fŏgat*; M.Lat.
vocatus, 'legal guardian, patron, protector.'

köpfige Fürſtentum wieder erheben könne. Mit Wärme und
ſtolzem Selbſtgefühl äußerten ſich die litterariſchen Stimm-
führer Deutſchlands, daß die Nation, welche „ſo reich und
ſo wehrhaft ſei wie nicht Ein Volk der Chriſtenheit," welche
5 ſo viele Erfindungen gemacht, ſo viele Geiſtesſchlachten ge-
ſchlagen habe und auf allen Gebieten der Wiſſenſchaft und
der Kunſt eine ſo freudige Entwicklung befunde, keiner andern ſich unterordnen dürfe, ſondern an der Spitze aller zu
ſtehen berufen ſei.   In männlicher, patriotiſcher Sprache
10 mahnten Männer wie Wimpheling, Sebaſtian Brant,
Nauclerus [1] und Pirkheimer [2] an die Herrlichkeit des alten
Reiches und begrüßten den Kaiſer als Wahrer der deutſchen Einigkeit und als Wiederbegründer des chriſtlich-ger-
maniſchen Reiches, der Weltherrſchaft des Chriſtentums im
15 Abend- und Morgenlande. „Siehe," mahnte den König
Sebaſtian Brant, [3]

„Siehe, die Zügel der Welt ruhn dir in den Händen, o König,
Schuldet Gehorſam doch dir, was die Erde bewohnt!
Wachſen nun unter dir, Herr, wird die Gemeinde der Chriſten,
20 Jetzt, o Mehrer des Reichs, kannſt du es mehren, das Reich.
Ja, du thuſt's! . . .

---

[1] Johann Nauclerus (Verge or Vergenhanns), first Rector
of the University of Tübingen († 1510), wrote a very valuable
encyclopædic history of the Middle Ages, highly praised by
25 Reuchlin and Erasmus.

[2] Willibald Pirkheimer, one of the greatest German
humanists, studied jurisprudence and the classics in Padua
and Pavia (1490–1497), eminent as statesman and historian,
enjoyed the friendship and confidence of Emperor Maximilian.

30 [3] Sebastian Brant, the famous author of the didactic-
satirical work Das Narrenſchiff (appeared first at Basle, 1494).
Its great underlying principle was loyalty to the Emperor
and the Empire, the restoration of the purity of the Catholic
religion and the exstirpation of the Turkish power.

Angeborner und tapfrer Mut wehrt, daß dir erschlaffe,
Daß dir erstarre der Geist oder zum Wollen die Kraft.
Was dein Antlitz belebt, der Entschlossenheit kräftige Züge
Zeugen von hohem Gemüt, edlem und christlichem Sinn.
Ja ich weiß, nicht täuschet die Hoffnung, welche wir ehmals 5
Schöpften, daß ich des Reichs Gründer besänge in dir."
„Waffen des Kaisers erfassest du jetzt, faß Kaisergemüt auch!
Waffen des Kaisers erschaun mögen die Völker umher.
Möge der Feind nun sehn, wie unserm Gebieter von oben
Selbst in die Hände gedrückt schreckliche Waffen der Herr." 10

[Goedeke, XVII.]

Die traurige Rolle, welche Deutschland in den europäi=
schen Angelegenheiten spielte, schmerzte die Vaterlands=
freunde um so mehr, weil die meisten Kriege der Fremden
mit dem Blute der angeworbenen Schweizer und Lands= 15
knechte geführt wurden. „Was könnte Deutschland sein,"
riefen sie aus, „wenn es die eigene Kraft benutzen, für sich
selber ausbeuten wollte. Kein Volk der Welt könnte ihm
Widerstand leisten!" Manche setzten in ihrer Begeisterung
sogar bei den Fürsten einen über ihre Sonderzwecke erha= 20
benen vaterländischen Sinn voraus und machten denselben
ernstlich den Vorschlag, ihre gesamte Gewalt in die Hände
des Kaisers niederzulegen. Da sie doch nichts, schrieb Coc=
cinius,[1] zum Frommen des Reiches unternähmen und den
Kaiser in nichts unterstützten, so sei es billig, daß sie alle 25
ihre Rechte an denselben herausgäben. „Früher," sagte er,
„als die Kaiser noch die Zölle und alle königlichen Gerecht=
samen[2] besaßen, waren sie mächtig genug, die größten

[1] Coccinius, see Freher, Scriptt. 2, pp. 564-565. "De bello
Maximiliani cum Venetis," relating to the war with the 30
Republic of Venice which resulted in the Peace of Cambray; cf. 2, page 101.
[2] königliche Gerechtsame, 'royal privileges, franchises,' the
so-called "regalia" in German law.

Heere auf die Beine zu bringen. Wenn später die Kaiser
aus Fahrlässigkeit oder Nachsicht manche ihrer Rechte an
die Fürsten überlassen haben, wie Karl IV, so folgt daraus
nicht, daß die Fürsten sich dieser Rechte ganz nach Belieben
5 bedienen dürfen.   Thun sie es derart, daß es dem Reiche
zum Schaden gereicht, wie jetzt, so können diese Vorrechte
von Rechts wegen ihnen wieder genommen werden.   Über=
laßt also, ihr Fürsten, entweder dem Kaiser Maximilian
alle Rechte des Reiches, oder sagt zu ihm : Alles, was wir
10 haben, gehört dir. Bediene dich dessen nach deinem Willen.
Auch erkennen wir dich und deine männlichen Nachkommen
als Kaiser, als unsere geborenen und erblichen Herren an."
Wenn nicht die Häupter des Reiches dem Kaiser in Treue
unterthan sein wollten, entwickelte der Verfasser der
15 „Welschgattung,"[1] so werde falscher Glaube und Schisma
sich erheben und Deutschland zu Grunde gehen.   Nur da=
durch könne man allem inneren Hader[2] und aller Verwir=
rung im Reiche ein Ende machen, daß man alle Gewalt
wieder auf einen vereinige und die Rechte und die Ehre des
20 Reiches nach außen sichere.
    Aber die beim Regierungsantritte Maximilians von dem
ganzen Volke wie vom Könige selbst gehegten Hoffnungen
auf eine Wiedererstarkung des Reiches gingen nicht in
Erfüllung.   Schmerzbewegt sagte der Kaiser wiederholt
25 gegen Ende seines Lebens : „Mir ist auf der Welt keine
Freude mehr.   Armes, deutsches Land!"

---

    [1] Welschgattung, published at Strassburg in 1513 : fol. 33a,
34b.
    [2] Hader, 'contention, strife, brawl'; see Kluge, Etym.
30 Wört.

V.

Reichstag zu Augsburg im Jahre 1530.[1]

Von Leopold von Ranke.[2]

[From „Deutsche Geschichte im Zeitalter der Reformation,"
III, pp. 162–172.]

Karl V hatte die spanischen Königreiche in Gehorsam,
Italien in Abhängigkeit gebracht; welche Entwürfe hegte

---

[1] In the beginning of 1530 Charles V returned to Germany after an absence of nine years, passed in his inherited Spanish and Italian lands and in continuous wars. He 5
established his court at Insbruck, and summoned a Diet to meet at Augsburg (on the Lech, Bavaria) in April, but it was not opened until the 20th of June. Melanchthon, with many other Protestant professors and clergymen, was present; Luther, being under the ban of the Empire, remained 10
in Coburg, under the protection of the Elector of Saxony. The Protestant princes and cities united in signing a Confession of Faith, which had been very carefully drawn up by Melanchthon, and which was read before the Diet. Ranke expressly declares this Confession to be a thoroughly 15
Catholic document, and composed „in der unleugbaren Absicht möglichster Näherung an den katholischen Lehrbegriff. Die Erläuterungen über die Lehre vom freien Willen und vom Glauben, die er neu hinzufügte, waren höchst gemäßigt; er bezeichnete ausführlicher, welche Irrtümer der Ketzer, die dann auch immer von der 20

98

er nun, als er in der Fülle seiner Macht[3] in das von
Grund aus aufgewühlte, von Gärung erfüllte Deutschland[4]
zurückkehrte? — Wohl nur das Nächste war ihm klar.

römischen Kirche verworfen waren, man bei den verschiedenen Arti‑
5 keln verdamme; er suchte diese Artikel nicht allein mit der Schrift,
sondern auch mit den Lehren der Kirchenväter, namentlich des
Augustinus zu bewähren; das Gedächtnis der Heiligen verwarf er
nicht durchaus, er suchte es nur näher zu bestimmen; die Würde der
weltlichen Obrigkeit hob er auf das Nachdrücklichste hervor, und
10 schloß endlich mit der Behauptung, daß diese Lehre nicht allein in
der Schrift klar gegründet sei, sondern auch der römischen Kirche,
soweit sich das aus den Vätern abnehmen lasse, nicht widerstreite:
unmöglich könne man darüber mit ihnen uneins sein, oder gar sie
Ketzer nennen."

15   [2] Leopold von Ranke, the greatest of German historians,
studied theology and philology at Halle and Berlin, became
teacher at the gymnasium of Frankfort on the Oder in 1818.
The two works, Geschichte der romanischen und germanischen
Völker von 1494–1535 and Zur Kritik neuerer Geschichtschreiber,
20 procured him a call to Berlin as professor of history in 1825.
For four years he investigated the principal archives of
Germany, France, Italy, and now began the series of master-
pieces of historical writing, unrivaled in its wealth, scope
and accuracy, which made him in reality Altmeister of the
25 historical sciences in Germany.   He died in 1886 at the age
of 91.   The great school of historical writers, Waitz, von
Sybel, Giesebrecht and many others, has been created by
Ranke.

        [3] Charles the Fifth (1519–1558) united dominions vaster
30 than any Europe had seen since the days of his great name-
sake.   Spain and Naples, Flanders, and other parts of the
Burgundian lands, as well as large regions in Eastern Germany, obeyed Charles; he drew inexhaustible revenues
from a new empire beyond the Atlantic.   In Italy he suc-
35 ceeded, after long struggles with the Pope and the French,
in rendering himself supreme.

        [4] Germany was rent by the effects of the Reformation,
which brought about political changes, ''that struck at the

Seinem Bruder,[1] der sich mit ihm in allen italienischen
Verwicklungen unerschütterlich treu, bei schwachen Kräften
doch immer zur Hilfe bereit, und überaus nützlich erwiesen,
hatte er dafür versprochen, ihn zum römischen Könige zu
erheben. Den Versuchen, diese Würde an ein anderes   5
Haus zu bringen, die sich nicht ohne Gefahr immer wieder
erneuerten, mußte ein Ende gemacht werden. Eben jetzt
war dazu die Zeit, in dieser Fülle von Macht und Sieg.

Ferner mußte man einmal daran gehen, eine ausrei=
chende Maßregel gegen die Türken ins Werk zu richten.   10
Die letzten Ereignisse hatten den Deutschen gezeigt, daß es
jetzt nicht mehr Ungarn allein gelte, sondern ihr eignes Va=
terland; die in die Augen fallende Not mußte sie willfäh=
riger machen. Für das Bestehen des Hauses Österreich
war das eine unerläßliche Bedingung.   15

Doch fühlte er wohl, daß es dabei sein Verbleiben nicht
haben werde.

Während seines Aufenthaltes in Italien war ihm ein
friedfertiges Verhalten, zwar nicht gegen seine Gemütsart
— denn diese hatte etwas, das dahin neigte, — aber doch   20
gegen seine ursprüngliche Intention, durch die Lage der
Dinge auferlegt worden. Seine jugendlich kriegerischen
Absichten waren aber damit nicht vertilgt.

Indem er seine Blicke nach Deutschland wandte, schrieb

---

root of the theory by which the Empire had been created 25
and upheld. The great religious schism became a source of
political disunion far more serious and permanent than any
that had existed before, and it taught the two factions into
which Germany was henceforth divided to regard each
other with feelings more bitter than those of hostile na- 30
tions." Bryce, H.R.E.

[1] To Ferdinand, King of the Romans, the imperial scepter passed after Charles's death (1558–64).

er seinem Bruder, er wünsche, wie über manches andere, so auch über ihr zukünftiges Verfahren mit ihm zu reden. Ob sie friedlich leben oder nicht etwa [1] selbst etwas unternehmen sollten ; — ob dies durch gemeinschaftliche Anstrengungen gegen die Türken geschehen, oder ob eine andere große Ge= legenheit abgewartet werden solle, um zu einer gerechtfer= tigten Unternehmung zu schreiten.

Die deutschen Angelegenheiten hatte man bereits bei den letzten Friedensschlüssen im Auge gehabt.

Für den Frieden von Cambrai [2] war es eins der Motive, welches die niederländischen Räte dem Kaiser zu Gemüte führten, daß er dadurch in stand gesetzt werde, die Ketze= reien [3] abzustellen, die Kirche in den Zustand zu bringen, in dem sie sein solle, und ebenso das Reich.

Mit dem Papst war denn auch schon über die Behand= lung der Religionssachen Abrede getroffen worden. Im Frieden zu Barcelona hatte sich der Kaiser verpflichtet, zu= erst noch einmal die Herbeiziehung der Abgewichenen zu

---

[1] etwa, equiv. M.H.G. *ëtwâ* (*ëteswâ*), O.H.G. *ëtteswâr*, 'any-where.'

[2] The Peace of Cambray (1529) concluded the fierce war between Charles V and Francis I of France, Venice, Genoa and England being also involved, and Pope Clement VIII supporting Francis I, as he was jealous of the Emperor's increasing power in Italy. Charles and the Pope then came to an understanding, in virtue of which the former was crowned King of Lombardy and Emperor of Rome in Bo-logna, in 1530, and bound himself to exstirpate the doctrines of Luther in Germany; cf. 1, page 96.

[3] Ketzerei, 'heresy,' from M.H.G. *ketzer*, 'heretic,' also 'reprobate, Sodomite,' from καθαρός (καθαροί, a Manichean sect spread throughout the West in the XIth and XIIth cen-turies, and persecuted by the Church). See Kluge, Etym. Wört.

versuchen, sollte ihm das aber nicht gelingen, alsdann alle
seine Macht anzuwenden, „um die Schmach, die man Christo
angethan, zu rächen."

Wie anstößig und gewaltsam auch das Gutachten lautet,
das ihm sein Begleiter, der päpstliche Legat Campeggi über=   5
reichte, so ist das doch der Grundgedanke, auf dem es be=
ruht.   Zuerst giebt Campeggi darin die Mittel an, durch
welche man die Protestanten wieder gewinnen könne : Ver=
sprechungen, Bedrohungen, Verbindung mit den katholisch
gebliebenen Ständen ; für den Fall aber, daß dies nicht   10
fruchte, hebt er auf das Stärkste die Notwendigkeit hervor,
sie mit Gewalt, wie er sich ausdrückt, mit Feuer und
Schwert zu züchtigen ; er fordert, daß man ihre Güter ein=
ziehe, und die Wachsamkeit einer Inquisition wie die spa=
nische über Deutschland verhänge.   Nur ein mutiges, krie=   15
gerisches Unternehmen könne ihm Gehorsam verschaffen,
wie einst dem Kaiser Maximilian der Krieg gegen die Pfalz.
Aus der Korrespondenz des Kaisers mit seinem Bruder
geht hervor, daß Gedanken der Züchtigung und Gewalt
allerdings von ihnen gehegt wurden.   20

Ferdinand hatte sich in Unterhandlungen mit Kurfürst
Johann von Sachsen eingelassen, aber er versicherte dem
Kaiser, er thue es nur, um die Sache hinzuhalten.   „Ihr
könntet meinen," fügte er hinzu, „es sei zu viel, was ich
gewähre, und Ihr möchtet dadurch gehindert werden, zur   25
Strafe zu schreiten.   Monseigneur, ich werde so lange wie
möglich unterhandeln und nicht abschließen ; sollte ich aber
auch abgeschlossen haben, so giebt es viele andere Anlässe,
sie zu züchtigen, so oft es Euch gefällt, Rechtsgründe, ohne
daß ihr der Religion zu gedenken braucht ; so manchen   30
schlimmen Streich haben sie auch außerdem ausgeübt, und
Ihr werdet Leute finden, die Euch dazu gern behilflich sind."

Das war also die Absicht, zuerst in aller Güte einen Ver=
such zu machen, ob man nicht die Protestanten zur Einheit
der lateinischen Christenheit, die nun wieder inneren Frie=
den hatte und als ein großes System erschien, zurückführen
5 könne; für den Fall aber, daß das nicht gelinge, stellte man
sich selbst die Anwendung von Gewalt in Aussicht und be=
hielt sich das Recht dazu sorgfältig vor.

Doch wäre es nicht geraten gewesen, die Antipathien
eines beleidigten Selbstgefühls durch Bedrohungen zu rei=
10 zen. Milde kann nur dann Milde heißen, wenn man nicht
künftige Strenge im Hintergrunde erblickt. Zunächst be=
schloß man, nur diese Seite hervorzukehren.

Es kann nichts Friede atmenderes geben, als das Aus=
schreiben des Kaisers zum Reichstag, worin er seinen
15 Wunsch ankündigt, „die Zwietracht hinzulegen,[1] vergangene
Irrsal unserem Heiland zu ergeben,[1] und ferner eines jeden
Gutdünken, Opinion und Meinung in Liebe zu hören, zu
erwägen, zu einer christlichen Wahrheit zu bringen, alles
abzuthun, was zu beiden Seiten nicht recht ausgelegt wor=
20 den." In dem Palast, wo der Kaiser neben dem Papst
wohnte, ward dieser Erlaß unterzeichnet. Der Papst ließ
dem Kaiser freie Hand. Auch er wäre höchlich zufrieden
gewesen, wenn die Maßregeln der Milde Erfolg gehabt
hätten.

25 Wie der Kaiser sich aber auch ausdrücken mochte, die alt=
gläubigen Fürsten hatten von der Stimmung des kaiserlichen
Hofes, seiner Verbindung mit dem päpstlichen hinreichende
Kenntnis, um bei seiner Ankunft die lebhaftesten Hoffnun=

---

[1] These idioms have changed in course of time in the
30 compound verbs into Zwietracht b e i l e g e n, — vergangene Irrsal
(‘ erring, maze,’ from M.H.G. *irresal*, O.H.G. *-isal* is a suffix)
gegen den Heiland (instead of *dative*) a u f g e b e n.

gen zu fassen. Sie eilten, ihre Beschwerden zusammenzu-
stellen, die alten Gutachten und Ratschläge zur Abstellung
der lutherischen Bewegung noch einmal zu revidieren. „Es
gefällt uns wohl," heißt es in der Instruktion des Admi-
nistrators von Regensburg an seinen Reichstagsgesandten,   5
„daß die Neuerung wider die wohl und lang hergebrachten
Gebräuche der Kirche ausgerottet und zum Besten gewandt
werde." Zunächst hielt der Kaiser zu Insbruck Hof, um
sich nach dem Rate seines Bruders den Erfolg der Reichstagsgeschäfte durch vorbereitende Verhandlungen zu sichern.   10
Welcher Art dieselben wenigstens zum Teil gewesen sind,
läßt sich unter andern daraus abnehmen, daß der venezia-
nische Gesandte eine Rechnung sah, nach welcher der kaiserliche Hof von seiner Abreise aus Bologna bis zum 12. Juli
1530 270,000 Schildthaler an Geschenken verausgabt hatte.   15
Zu der Erscheinung des Glückes und der Macht, welche
durch eine natürliche Kraft anziehen, kam nun, wie es seit
Jahrhunderten in Deutschland der Gebrauch war, Gnade
und Begabung. Alles, was von dem Hofe Gunst zu erwarten hatte, strömte dahin, und man vergaß fast, daß der   20
Reichstag schon längst hätte angehen sollen: ein jeder suchte
hier ohne Verzug seine Geschäfte abzumachen. —

Bald glaubte man an einem Beispiel abnehmen zu können, welche Wirkung die Erscheinung des Kaisers auch auf
die religiösen Angelegenheiten ausüben werde. Der Schwa-   25
ger desselben, der verjagte König Christian von Dänemark,
der sich bisher an Luther gehalten, mit diesem in Briefwechsel gestanden, und sich unumwunden zu dessen Lehre
bekannt hatte, fühlte sich in Insbruck bewogen, zu dem
alten Glauben zurückzukehren. Der Papst war entzückt, als   30
er es vernahm. „Ich kann nicht ausdrücken," schreibt er
dem Kaiser, „mit welcher Rührung mich diese Nachricht er-

füllt hat. Der Glanz der Tugenden Ew. Majestät beginnt
die Nacht zu verscheuchen: dies Beispiel wird auf Unzählige
wirken." Er genehmigte die Absolution Christians und legte
demselben eine Buße auf, die er nach der Herstellung in
5 seinem Reiche zu vollziehen habe. Der Kaiser selbst hoffte,
wie es ihm wider sein eignes Erwarten gelungen, Italien
zu beruhigen, so werde es ihm auch in Deutschland nicht
fehlen. In Rom erwartete man alles von dem glücklichen
Gestirn, unter dem er zu stehen schien.

10   Und ließen sich nicht die Dinge in der That auch hierzu
sehr günstig an?

Bei den Protestanten hatte das Ausschreiben des Kaisers
die beste Aufnahme gefunden. Von allen Fürsten war der,
auf welchen das meiste ankam, der Kurfürst von Sachsen,
15 auch der erste, der in Augsburg eintraf. Er versäumte
nicht, dem Kaiser, der in denselben Tagen die Alpen über=
stiegen, zu seiner Ankunft im Reiche Glück zu wünschen, die
er „mit unterthäniger Freude vernommen: er werde Sr.
Majestät, seines einigen Obern und Herrn, zu Augsburg
20 in Unterthänigkeit warten." Er hatte auch seine Bundes=
genossen aufgefordert, ihm zu folgen: denn der Reichstag
zu Augsburg scheine das Nationalkonzilium zu sein, das
man so lange erwartet, das man schon so oft vergebens ge=
fordert habe, wo man nun die Beilegung des religiösen
25 Zwiespaltes hoffen könne.

Die Unterhandlungen des Kurfürsten mit König Ferdi=
nand hatten, wie man schon nach obigen Äußerungen ver=
muten kann, zu keinem Abschluß geführt, doch waren sie
ebensowenig abgebrochen worden. Auch Kurfürst Johann
30 hatte gar manche anderweite Geschäfte mit dem kaiserlichen
Hofe: auch von ihm erschien ein Gesandter in Insbruck.
Sollte es da nicht möglich sein, ihn zu gewinnen? Man

machte einen Versuch, den Fürsten selber nach Insbruck zu
ziehen. Der Kaiser ließ ihm sagen, er möge sich aller
Freundschaft zu ihm versehen, ihn auffordern, so gut wie
viele andere zu ihm an den Hof zu kommen. „In den
Sachen, die durch sie beide ausgerichtet werden können, 5
denke er wohl sich mit ihm zu vereinigen."

Eben hier aber zeigte sich auch, auf welche Art von Wi=
derstand er in Deutschland stoßen sollte. Es hatte den
Kurfürsten unangenehm berührt, daß der Kaiser durch eine
andere Gesandtschaft in ihn gedrungen, den Predigern, die 10
er mit sich gebracht, Stillschweigen aufzuerlegen. Er sah
in dieser Forderung den Versuch einer unbefugten[1] Ent=
scheidung vor aller Untersuchung, und glaubte nicht anders,
als daß man diesen Akt der Nachgiebigkeit, den er in Augs=
burg zurückgewiesen, in Insbruck von ihm erzwingen 15
werde, falls er daselbst erscheine. Ferner sah er den Hof
mit seinen persönlichen Gegnern bereits gefüllt. Auch
schien es ihm nicht gut, Reichstagsgeschäfte an einem an=
dern Orte vorzunehmen, als der dazu bestimmt war. Ge=
nug, er blieb dabei, er wolle des Kaisers in Augsburg 20
warten.

Überhaupt[2] war die Haltung, welche die in Augsburg
angekommenen Protestanten annahmen, der Beifall, wel=
chen die Predigten in der Stadt fanden, die allgemeine
Gunst, welche sie in Deutschland genossen, dem kaiserlichen 25
Hofe unerwartet. Man hatte in Italien geglaubt, bei
dem ersten Sturme würden die Protestanten auseinander

---

[1] unbefugt, 'illegal, undue,' see Fug, 'adaptedness, due
authority, right,' cf. 1, page 196.

[2] überhaupt, 'in general, on the whole,' from late M.H.G. 30
über houbet, 'without counting the pieces, whole, all'; in
M.H.G. *houbet* often means a number of men or beasts.

fliegen wie Tauben, wenn der Geier unter sie fährt. Zu=
erst bemerkte der Kanzler Gattinara, daß man mehr Schwie=
rigkeiten finden werde, als er wohl selber geglaubt. Gatti=
nara, ein alter Gegner der päpstlichen Politik und ohne
5 Zweifel der gewandteste[1] Politiker, den der Kaiser besaß,
wäre vielleicht der Mann gewesen, den Absichten des Hofes
eine Modifikation zu geben, in der sie sich erreichen ließen;
selbst die Protestanten rechneten auf ihn. Gerade in diesem
Augenblick aber starb er: eben hier zu Insbruck. Den
10 übrigen machte die Lage der Dinge so viele Bedenklichkeiten
nicht. Was zu Insbruck nicht gelungen, hofften sie auf
die eine oder die andere Weise in Augsburg durchzusetzen.

Am 6. Juni brach der Kaiser dahin auf. Er nahm
seinen Weg über München, wo er prächtig empfangen ward.
15 Mit den weltlichen und geistlichen Fürsten von Österreich
und Baiern, denselben, die einst das Regensburger Bünd=
nis[2] geschlossen hatten, langte er am 15. gegen Abend an
der Lechbrücke vor Augsburg an.

Schon ein paar Stunden wartete seiner die glänzendste
20 Versammlung von Reichsfürsten, die man seit langer Zeit
gesehen: geistliche und weltliche, von Ober= und von Nieder=
deutschland, besonders zahlreich auch die jungen Fürsten, die
noch nicht zur Regierung gelangt waren. Sowie der Kaiser
sich näherte, stiegen sie sämtlich vom Pferde und gingen

25   [1] gewandt, 'skilled, proficient, adroit,' part. of wenden, 'he
who knows how to turn,' cf. πολύτροπος, Homeric, especially
used for Odysseus.
   [2] Regensburger Bündnis, 'The Regensburg Convention,'
took place in June, 1524. Archduke Ferdinand, most of the
30 German archbishops and bishops, the papal Legate and the
Austrian and Bavarian princes were present to take council
how to suppress the new reform movement, and to restore
order in the Catholic church.

ihm entgegen; auch der Kaiser stieg ab und reichte einem
jeden freundlich die Hand. Der Kurfürst von Mainz be=
grüßte ihn im Namen aller dieser „versammelten Glieder
des heiligen römischen Reichs." Hierauf setzte sich alles
zu dem feierlichen Einzuge in die Reichsstadt in Bewegung. 5
Haben wir der dem deutschen Wesen schon fast entfrem=
deten Kaiserkrönung unsere Aufmerksamkeit gewidmet, so
mögen wir auch bei dieser noch wesentlich vaterländischen
Zeremonie des Einzuges einen Augenblick verweilen.

Voran zogen zwei Fähnlein Landsknechte, denen der 10
Kaiser, der nun als der gekommene Herr dieser kaiserlichen
Stadt betrachtet sein wollte, die Wache derselben anzuver=
trauen gedachte. Sie waren jetzt erst geworben, und nicht
alle hatten bereits die militärische Haltung, die man in
Deutschland fordert, jedoch fanden sich viele unter ihnen, 15
welche die italienischen Kriege mitgemacht, einige, die darin
reich geworden waren. Vor allem bemerkte man einen
Augsburger Bürger, Simon Seitz, der dem Kaiser als
Feldschreiber gedient, und der jetzt, prächtig in Gold ge=
kleidet, auf brauner Jenete[1] mit kostbar gestickter Decke, 20
nicht ohne glänzenden Troß[2] zurückkehrte.

Hierauf folgten die reisigen[3] Mannen der sechs Kur=
fürsten. Die sächsischen führten nach altem Herkommen
den Zug an: ungefähr 160 Pferde; alle mit ihrem Schieß=
zeug, in Leberfarbe gekleidet. Es waren zum Teil das 25
Hofgesinde,[4] Fürsten und Grafen, Vierrosser, Zweirosser

---

[1] Jenete, 'jennet,' a small Spanish horse [Fr. *genêt*, Sp.
ginete, It. *ginetto*].

[2] Troß, 'baggage, baggage-train, cavalcade,' M.H.G.
trosse, from Fr. *trousse*, 'truss, bundle.'   30

[3] reisig, cf. 4, page 31.

[4] Hofgesinde, 'servants of the court,' M.H.G. *gesinde*,
O.H.G. *gisindi*, 'suite, followers in war,' collective of M.H.G.

und Einrosser, zum Teil die Grafen, Räte und Edelleute,
die vom Lande einberufen waren. Man bemerkte bereits
den Kurprinzen, der das erste Bündnis mit Hessen ver=
mittelt. Dem sächsischen folgten die pfälzischen, branden=
5 burgischen, kölnischen, mainzischen und trierischen Haufen,
alle in ihrer besonderen Farbe und Rüstung. Nach der
Hierarchie des Reiches hätten die Baiern nicht hierher gehört.
Aber sie hatten, ehe man sie verhindern konnte, ihren Platz
sich selber genommen; und wenigstens stellten sie sich vor=
10 trefflich dar. Sie erschienen alle in lichtem Harnisch, mit
roten Leibröcken; je fünfe ritten in einem Gliede; große
Federbüsche fündigten sie von fern an; es mochten 450
Pferde sein.

    Man bemerkte den Unterschied, als nun nach dieser so
15 durchaus kriegerischen Pracht die Höfe des Kaisers und des
Königs anlangten: voran die Pagen, in gelben oder roten
Sammet gekleidet; dann die spanischen, böhmischen und
deutschen Herren, in sammetnen und seidenen Kleidern,
mit großen goldenen Ketten; aber fast alle ohne Harnisch.
20 Dagegen ritten sie die schönsten Pferde: türkische, spanische
und polnische. Die Böhmen versäumten nicht, ihre Hengste
wacker zu tummeln. — Dem Geleite folgten nun die
Herren selbst. Ein paar Reihen Trompeter, zum Teil in
des Königs, zum Teil in des Kaisers Farben, Heerpauker[1]
25 mit ihren Trommelschlägern, Persevanten[2] und Herolde
fündigten sie an.

    Es waren alle die mächtigen Herren, die in ihren weiten

---

gesint, O.H.G. *gisind*, 'one who joins in a *sind*' ('journey, expedition'), cf. Gesindel.

30 [1] Heerpauker, 'kettle-drummers of the army,' M.H.G. *pûke*.
    [2] Persevanten, one of the three classes of heralds. The
Persevanten (*poursuivants*) were, so to speak, the apprentices
for the procession of heralds.

Gebieten fast ohne Widerspruch herrschten, deren nachbar-
liche Entzweiungen Deutschland mit Getümmel und Krieg
zu erfüllen pflegten: Ernst von Lüneburg und Heinrich von
Braunschweig, die noch wegen der hildesheimischen Fehde[1]
in unausgetragenem Zwiste lagen; Georg von Sachsen
und sein Schwiegersohn Philipp von Hessen, die erst vor
kurzem in den Packischen Unruhen[2] so hart aneinander geraten waren; die Herzoge von Baiern und ihre Vettern,
die Pfalzgrafen, die nach flüchtiger Annäherung sich wieder
voneinander zu entfernen begannen; neben den Branden-
burgern die Herzoge von Pommern, die jenen zum Trotz
auf dem Reichstag zu einer unmittelbaren Belehnung zu
gelangen gedachten. Jetzt erkannten sie einmal sämtlich
einen Höheren über sich an und erwiesen ihm gemeinschaftliche Verehrung. Den Fürsten folgten die Kurfürsten,
sowohl weltliche wie geistliche. Neben einander ritten
Johann von Sachsen und Joachim von Brandenburg;
noch einmal trug da Kurfürst Hans seinem Kaiser das
bloße Schwert vor. Denn den Kurfürsten folgte ihr er-
korner und nun gekrönter Kaiser, unter einem prächtigen,

---

[1] Hildesheimische Fehde, 'the Hild. feud.' Cf. Ranke, I,
p. 247: „In der Charwoche 1519 erhob sich der Bischof von Hildesheim, unter Anrufung der Jungfrau Maria, und verhängte über
das Land seiner braunschweigischen Feinde furchtbare Verwüstung.
Der Herzog von Lüneburg, der auch von Frankreich Geld empfangen, stand ihm zur Seite, warb allenthalben Freunde und
rüstete sich auf das stattlichste."

[2] die Packischen Unruhen, 'the disturbances aroused by the
fraud of Otto von Pack,' administrator of the chancellery of
Duke George of Saxony, who produced a falsified document
according to which the Catholic princes of the Empire under
Ferdinand would depose the Protestant princes and divide
their lands; cf. Ranke, III, pp. 26–35.

dreifarbigen Baldachin,[1] welchen sechs Herren vom Augs=
burger Rate trugen, auf einem polnischen weißen Hengste.[2]
Man bemerkte, daß er allein in dieser Umgebung fremd
erschien: vom Kopf bis auf den Fuß war er spanisch ge=
5 kleidet. Er hätte seinen Bruder auf der einen und den
Legaten auf der andern Seite neben sich zu haben gewünscht;
denn diesem wollte er überhaupt die höchste Ehre erweisen:
die geistlichen Kurfürsten sollten demselben den Vorrang
lassen. Allein sie waren dahin nicht zu bringen gewesen.
10 Es schien ihnen schon Ehre genug, daß, als der Legat er=
schien, der Gelehrteste aus ihrem Kollegium, Kurfürst
Joachim, der sich im Lateinischen mit hinreichender Ge=
läufigkeit ausdrückte und wenigstens bei weitem besser als
die Geistlichen ihn begrüßte. Außerhalb des Baldachins
15 ritten nun König Ferdinand und der Legat neben einander.
Ihnen folgten die deutschen Kardinäle und Bischöfe, die
fremden Gesandten und Prälaten.

Ann den Zug der Fürsten und Herren schlossen sich aufs
neue die Reisigen an: die des Kaisers alle in Gelb, die des
20 Königs alle in Rot gekleidet, mit denen hier die Reiter
der geistlichen und weltlichen Fürsten wetteiferten, jede Schar
in ihrer besonderen Farbe, alle entweder mit Harnischen
und Spießen, oder als Schützen mit Schießzeug ausgerüstet.

Die Augsburger Mannschaften, die am Morgen aus=
25 gezogen, den Kaiser zu empfangen, zu Fuß und zu Pferd,
Söldner und Bürger, machten bei dem Einzug den Schluß.

Denn das war überhaupt der Sinn der Zeremonie, daß
das Reich seinen Kaiser einholte. Bei St. Leonhard

---

[1] Baldachin, 'canopy,' Ital. *baldacchino*, identical with
30 M.H.G. *baldekîn*, 'raw silk from Bagdad.'
[2] Hengst, 'stallion,' from M.H.G. *hęngest*, O.H.G. *hęngist*,
'gelding, horse' (generally).

empfing ihn die Klerifei mit dem Gefang Advenisti
desiderabilis; die Fürften begleiteten ihn noch in den
Dom, wo ein Tedeum gefungen und der Segen über ihn
ausgefprochen ward, und verließen ihn erft, als er in feiner
Wohnung in der Pfalz angekommen war.					5

Aber gleich hier, nachdem man kaum noch einmal, und
zwar auch in der Kirche, vereinigt gewefen, trat die große,
alles zerfetzende Frage, welche die Verfammlung befchäf=
tigen follte, in aller ihrer Schärfe hervor.

Die Proteftanten hatten den geiftlichen fowie den welt=			10
lichen Zeremonien beigewohnt, und es mochte dem Kaifer
ratfam erfcheinen, den erften Moment feiner Anwefenheit,
den Eindruck feiner Ankunft zu benutzen, um fie zu einer
wefentlichen Nachgiebigkeit zu vermögen.

Indem die übrigen Fürften fich entfernten, ließ der			15
Kaifer den Kurfürften von Sachfen, den Markgrafen Georg
von Brandenburg, den Herzog Franz von Lüneburg und
Landgraf Philipp in ein befonderes Zimmer rufen und fie
durch feinen Bruder auffordern, die Predigten nunmehr
abzuftellen. Die älteren Fürften erfchraken und fchwiegen.		20
Der Landgraf ergriff das Wort und fuchte die Weigerung
darauf zu begründen, daß ja in den Predigten nichts
anderes vorkomme, als das reine Gotteswort, wie es auch
St. Auguftinus gefaßt habe, Argumente, die dem Kaifer
höchft widerwärtig waren. Das Blut ftieg ihm darüber		25
ins Geficht, und er wiederholte feine Forderung um fo
ftärker. Allein er hatte, wie berührt, es hier mit einem
Widerftande ganz anderer Art zu thun, als ihm jene
italienifchen Mächte leifteten, die nur Intereffen eines
zweifelhaft gewordenen Intereffes verfochten. „Herr,“		30
fagte jetzt der alte Markgraf Georg, „ehe ich von Gottes
Wort abftünde, wollte ich lieber auf diefer Stelle nieder=

knien und mir den Kopf abhauen lassen." Der Kaiser, der
nichts als Worte der Milde von sich hören lassen wollte
und von Natur wohlwollend war, erschrak selbst über die
Möglichkeit, die ihm hier aus fremdem Munde entgegentrat.
5 „Lieber Fürst," erwiderte er dem Landgrafen in gebrochenem
Niederdeutsch, „nicht Köpfe ab."

Auch an der Frohnleichnamsprozession,[1] die des andern
Tages gehalten ward, weigerten sich die Protestanten teil=
zunehmen. Hätte der Kaiser ihre Begleitung verlangt
10 als einen Hofdienst, so würden sie ihm dieselbe wahrschein=
lich geleistet haben; sie sagten selbst, „wie Naeman in der
Schrift seinem König," allein er forderte sie auf „dem
allmächtigen Gott zu Ehren." Auf einen solchen Grund
sich einzustellen, würde ihnen als eine Verletzung des Ge=
15 wissens erschienen sein. Sie erwiderten, nicht dazu habe
Gott das Sakrament eingesetzt, daß man es anbete. Die
Prozession, der es überhaupt an dem alten Glanze fehle,
fand ohne sie statt.

In Hinsicht der Predigt gaben sie zwar zuletzt nach, aber
20 erst dann, als der Kaiser versprochen, auch der entgegen=
gesetzten Partei Stillschweigen zu gebieten. Er selbst er=
nannte einige Prediger, die aber nur den Text ohne alle
Auslegung verlesen sollten. Und auch soweit würden sie
nicht zu bringen gewesen sein, wenn man ihnen nicht be=
25 merklich gemacht hätte, daß der Reichsschluß von 1526, auf
den sie sich immer bezogen, den sie nicht hatten widerrufen
lassen wollen, dies rechtfertige.[2] Der Kaiser ward wenig=

---

[1] Frohnleichnam, M.H.G. *vrônlichnam*, 'Christ's body, the
host'; frohn, 'lordly, holy,' now only preserved as the first
30 component in archaic compounds, from M.H.G. *vrôn*, 'relating to the master or lord, sacred.'

[2] At the Diet held in Speyer in 1526, the party of the
Reformation was so strong, that no decree against it could

stens, so lange er anwesend war, als die rechtmäßige
Obrigkeit einer Reichsstadt betrachtet.

Daß die Sache noch durchgegangen, erschien dem Kaiser
als ein Vorteil für die katholische Kirche, und er rühmt es
seiner Gemahlin als einen guten Anfang, aber ein Zeichen 5
von Nachgiebigkeit konnte er darin nicht sehen.

Endlich am 20. Juni wurden die Verhandlungen eröffnet.
In der Proposition, die an diesem Tage verlesen ward,
drang der Kaiser, wie billig, vor allem auf eine dem Zwecke
entsprechende Rüstung wider die Türken; zugleich erklärte er 10
aber seine Absicht, die religiösen Irrungen in Milde und
Güte beizulegen, und wiederholte die Aufforderung des Aus-
schreibens, daß zu dem Ende ein jeder „seine Meinung, Gut-
bedünken, Opinion," ihm in Schriften überantworten möge.

Da der Reichsrat den Beschluß faßte, zuvörderst die 15
Religionssache vorzunehmen, so mußte sich der große Kampf
sofort eröffnen.

---

be passed; the question was left free. Ranke, in his graphic
style (II, p. 260), comments on the Reichsabschied (final decision reached at the Diet) thus: Der Gedanke brach sich Bahn, 20
jeder Landschaft, jedem Reichsstand in Hinsicht der Religion die
Autonomie zu gewähren, die sie einmal auszuüben begonnen hatten.
Es war das Leichteste, Natürlichste: Niemand wußte etwas Besseres anzugeben. Die Triebe der religiösen Sonderung, welche seit
1524 hervorgetreten, behielten über die Versuche, die Einheit durch 25
Reform zu behaupten und fester zu stellen, die Oberhand . . . In
dem Reichsabschied setzte man fest, bis zu der allgemeinen oder
nationalen Kirchenversammlung, um welche man bitte, werde jeder
Stand in Sachen der Religion „so leben, regieren und es halten,
wie er es gegen Gott und Kaiserliche Majestät zu verantworten sich 30
getraue." Diese unendlich wichtigen Worte enthalten die gesetzliche
Grundlage der Ausbildung der deutschen Landeskirchen; zugleich
aber, obwohl sie noch die Möglichkeit dereinstiger Wiedervereinigung
offen lassen, die Trennung der Nation in religiöser Hinsicht. Es
sind die für die deutschen Geschicke entscheidenden Worte. 35

VI.

Der Staat des Großen Kurfürsten.[1]

Von Joh. Gust. Droysen.[2]

[From „Geschichte der preußischen Politik," III. Band (selected).]

Mit dem dreißigjährigen Kriege endigt die territoriale Ge=
schichte des Hauses Brandenburg, beginnt die Geschichte des
preußischen Staates.[3]

---

[1] The greatest historical character among the German
rulers of the most disastrous period of German history is
Frederick William of Brandenburg, "The Great Elector"
(1640–1688). In bravery, energy, statesmanship and ad-
ministrative ability, he was the greatest Hohenzollern
before Frederick II and greater than any after him. No
sooner had the peace of Westphalia (1648) been declared
than he set to work to restore order to his wasted and
disturbed territory : he organized a standing army admirably
disciplined; he introduced a regular system of taxation and
justice, and encouraged trade and industry in all possible
ways; he united the Oder and Spree by a canal, built roads
and bridges, encouraged agriculture and the mechanic arts,
and set a personal example of industry, intelligence and
frugality to his people. His military successes, however
grand, were thwarted by Louis XIV, and his territories
remained divided and scattered, reaching from Königsberg

Dieſen Übergang veranlaßt, ihn geſchichtlich und mora=
liſch möglich gemacht zu haben, das iſt das Intereſſe, welches
für unſere Aufgabe der dreißigjährige Krieg hat. Die
Schrecken dieſes Krieges, die Zerrüttung alles Rechts, aller
Geſittung und Wohlfahrt, die Greuel[4] allgemeinen Unter= 5
gangs, das ſind die Wehen, unter denen der neue Staat
geboren iſt.

In dieſem Kriege, der großen, deutſchen Revolution,
vollzog ſich die Kritik der entarteten, verwucherten, unwahr
gewordenen Zuſtände, welche unter dem Namen des Reichs 10
deutſcher Nation befaßt waren. In ihm ging das alte

---

beyond the Rhine. But this territorial state without natural
boundaries, in spite of the many foreign elements welded
together by force, became a compact state, a perfect unity
owing to the superiority of its great Hohenzollern monarchs. 15
The old German Empire had become a shadow, the Brandenburg-Prussian state arose and formed the nucleus for
the new German Empire.

[2] Joh. Gust. Droysen, celebrated historian, became ex-
traordinary professor in Berlin in 1835, went to Kiel in 1840, 20
took a prominent part in the revolution of 1848. In 1859
he returned to Berlin as professor of history, where he
died in 1884. His historical works, embracing a wide range
of scholarship, especially his Geſchichte des Hellenismus and
Geſchichte der preußiſchen Politik, are monumental works of 25
historical classicism.

[3] The Great Elector smoothed the way for his proud and
ostentatious son to assume the royal title *in* (not "*of*")
Prussia. Since the traditional customs of the German
Empire did not permit another king than that of Bohemia 30
among the Electors, Frederick was obliged to take the
name of his detached Duchy of Prussia, the sovereignty
over which his father had won from Poland, whose vassal
he had been heretofore.

[4] Greuel, better Gräuel, M.H.G. *griul*, *griuwel*, 'terror, 35
horror,' allied to grauen, grauſam, Graus.

Deutschland für immer zu Grunde; wie ein tiefer Abgrund trennt er die Zeiten vorher und nachher.

In dieser Revolution löste sich die unlösbar gewordene deutsche Frage, indem unter immer neuen, immer wilderen Versuchen, eine Form für die deutschen Dinge zu finden, von diesen selbst nichts übrig blieb, was Gegenstand solcher Frage hätte sein können.

Wir werden sehen, was in dem Untergang unserer nationalen Geschichte an Gedanken, Aufgaben, Möglichkeiten zu retten blieb, und von dem Hause Brandenburg gerettet, in die Fundamente des neuen Staates mit eingesenkt wurde; denn das ist es, was ihn rechtfertigt, ihn erklärt, ihm seine Zukunft gab.

Es ist gesagt und wieder gesagt worden, an dem preußischen Staat sei das Reich deutscher Nation zu Grunde gegangen. Allerdings, daß er begann, bezeugt diesen Untergang, besiegelt ihn. Aber nicht die Schuld dieses Unterganges, sondern der Segen eines neuen Anfangs haftet an dem Namen des Großen Kurfürsten.

———————

Es war eine traurige Erbschaft, die Friedrich Wilhelm antrat.

Sein Haus war tief gesunken, in sich selbst zerrüttet, bei Freund und Feind verachtet; und alles war dazu gethan, das Verlassen der Bahnen, die es so tief erniedrigt hatten, unmöglich zu machen.[1] Der einzige ruhige Besitz, den

———————

[1] Under Georg Wilhelm, father of the Great Elector, and his minister Adam Schwarzenberg, a tool of the Emperor, Brandenburg was ravaged by the Swedes and Imperialists alike, its army destroyed or dissolved, the Elector himself since 1638 driven into his northeastern dependency, Prussia.

Georg Wilhelm noch gehabt hatte, der Preußens, war mit
ſeinem Tode außer Kraft bis zur neuen Belehnung und
Huldigung;[1] und welche Bedingungen die Krone Polen,
die Stände des Herzogtums fordern würden, war unbe=
rechenbar.   5

So übernahm der junge Fürſt das Regiment, „eine
ſchwere und faſt unerträgliche Regierungslaſt,“ wie er in
einem ſeiner erſten Schreiben ſagt.

Aber er war in der vollen Friſche unentweihter[2] Jugend,

„Kein Zeitgenoſſe,“ says Droysen, „kein geſandtſchaftlicher Be= 10
richt ſchildert — für wen hätte es auch ein Intereſſe haben können
— dieſen heruntergekommenen Hof und deſſen Vorgänge, das Netz
von Ränken und Umlauerungen, mit denen Schwarzenberg und ſeine
Anhänger auch in Preußen den ſiechen Fürſten umſponnen hielten.“

[1] The Duchy of Prussia was held by the Hohenzollern 15
princes as a fief of the Crown of Poland, which had to be
renewed with every new elector; a formal acknowledgment
of the Elector as Duke of Prussia by the States, i.e. a solemn
oath of homage by the nobility and the cities of the duchy
was also essential. How much forbearance, patience, self- 20
abnegation it required, what great sacrifices to Poland,
what concessions to the Prussian States the Elector had to
make, Droysen shows in the chapter „Souveränetät oder
Libertät,“ vol. II, pp. 367–462.

[2] After the spring of 1634 the hereditary prince lived in 25
Holland, to study in Leyden under his faithful guardian
von Leuchtmar. It is characteristic for the prince's pure
character that he fled from the wild festivities of the high-
born cavaliers to the camp of the Prince of Orange near
Breda, "a greater deed," exclaimed Orange honoring him- 30
self and his grand-nephew, "than if I take Breda." But
while the politics of his father, owing to Schwarzenberg's
influence, became more and more imperial, he lived at the
center of the opposition to the Catholic house of Habsburg,
under the influence of the court at Hague and of the field- 35
camp of Orange. He was forced at last to leave Holland in 1638.

von festem Gottvertrauen, durch innere Arbeit und den
Ernst der Zeit früh gereift.

Er hatte die Jahre, in denen der jugendliche Geist seine
Richtung fürs Leben empfängt, in den Niederlanden verlebt,
unter den Eindrücken großer Verhältnisse, weltumfassender
Interessen, kühn fortschreitender Bildung, man darf wohl
sagen in der Atmosphäre eines neuen Zeitalters. Er lebte
und webte in den Gedanken dieser neuen Zeit, in der der
reformierte Geist die ganze Segensfülle seiner Wirkungen
zeitigen zu sollen schien.

Dort im Feldlager und am Hofe seines Großoheims
hatte er eine Fürstenart kennen lernen, die sehr anders
war, als die im Reiche hergebrachte. Diese Oranier standen
an der Spitze der Republik, weil sie ihr mit unermüdlicher
Hingebung dienten; in Strömen war das Blut der Nas=
sauer für die Niederlande geflossen; sie hatten die Liebe des
freien Volkes, das in ihnen die Gründe seiner kirchlichen und
politischen Freiheit, die Träger seines Heldenruhmes sah.
Solches Vorbild haftete tief in der Seele des jungen Für=
sten; ihn bezeichnet sein Ausdruck: „ich will in meinem
fürstlichen Regiment stets eingedenk bleiben, daß es nicht
meine, sondern des Volkes Sache ist, die ich führe.“ Und
in einem denkwürdigen Moment seines Lebens sprach er
sein fürstliches Bekenntnis in dem Wahlspruche aus: pro
Deo et populo.[1]

Noch ein Drittes darf hervorgehoben werden. In den
deutschen Landen, vor allem auch an dem Hofe seines Va=
ters lebte man in einem Dunstkreise reichspatriotischer
Phrasen, verworrener Rechtstheorien, kirchlicher Verbitte=

---

[1] The inscription "pro Deo et populo" appeared on the
medal which he caused to be coined in commemoration of
his acquisition of Prussia's sovereignty.

rungen, in dem die nächsten und einfachsten Aufgaben alles staatlichen Lebens mehr und mehr verdunkelt wurden und dem Blicke entschwanden. Wie anders erschien von den Niederlanden aus beobachtet das Wesen des Reiches, die spanisch-österreichische Politik, der viel gepriesene Eifer Schwedens für das Evangelium, Frankreichs für die Libertät. Hier lernte der junge Fürst die heimischen Dinge in ihrem europäischen Zusammenhange, in ihrem pragmatischen Werte sehen.

Dann heimgekehrt hatte er eine andere schwerere Schule durchgemacht. Selbst Demütigungen wurden ihm nicht gespart: „man hat uns nicht mehr wie einem Wildfremden[1] getrauet, und von allen Consiliis ausgeschlossen." Er mußte „gleichsam in einem kümmerlichen Zustand" leben, daher, so sagt ein Schreiben Schwarzenbergs (17. Oktober 1639) bei Sr. fürstlichen Durchlaucht Gram und innerliche Traurigkeit entsteht." Es war eine schwere Prüfungszeit; sie drückte ihn nicht zu Boden. Sein stolzer und feuriger Geist wurde nur um so fester in sich und, wie zu doppelter Spannkraft zusammengepreßt.

Nah und fern sah man in dem Regierungswechsel ein wichtiges Ereignis. „Viele spitzen die Ohren[2] und meinen, es werde nach dem alten Sprichwort mit dem alten Schnee viel abgegangen sein." Man glaubte zu wissen, daß der junge Fürst mit der Politik seines Vaters nichts weniger als einverstanden sei, daß er sofort die entgegengesetzte ergreifen werde. Diejenigen, die es fürchteten und die es hofften, sahen nur die Alternative, „kaiserlich oder schwedisch," rüsteten sich darauf, jene mit der höhnischen Zuver-

---

[1] wildfremd, *adj.*, vulg., 'very strange'; cf. the intensifying compound adj. nagelneu, steinalt, blutjung, mausetot, etc.
[2] die Ohren spitzen, 'to prick up one's ears.'

ſicht, daß das bisherige Syſtem nicht mehr zu beſeitigen
ſei, dieſe mit dem ungeduldigen Eifer, daß jetzt oder nie
ihre Zeit beginne.

Gab es noch einen dritten Weg? entſchied ſich der
5 Kurfürſt für ihn?

Seine Lage war unermeßlich ſchwierig, ſie forderte die
äußerſte Behutſamkeit und Verwegenheit; mit jedem Schritt,
den er wagte oder nicht wagte, handelte es ſich für ihn um
alles. Mit dem erſten Verſuch eines freien Entſchluſſes
10 mußte er fürchten in ſeiner Ohnmacht zuſammenzubrechen,
bei dem erſten Erfolg erwarten, daß ſich die kämpfenden
Mächte zermalmend auf ihn ſtürzten. Und mit welchen
Mitteln ſollte er wagen? In ſeinen Landen war weder
die Kraft noch der Wille ſich zu erheben; es war jedes
15 auf andere Art elend und in Auflöſung. Es gab da wohl
Gegner des bisherigen Weſens, Neider Schwarzenbergs,
Anhänger Schwedens, kirchliche, ſtändiſche Parteien, aber
eine kurfürſtliche Partei, eine Partei der Einheit, der ge=
meinſamen Verteidigung und Rettung gab es nicht. Die
20 alten reformierten Freunde ſeines Hauſes waren zerſprengt,
ermattet, zum Teil landflüchtig, alle Stellen im Heer und
in der Verwaltung, alle Ämter in den Händen von Per=
ſonen, die nur zu ſehr in die bisherige demoraliſierende
Weiſe eingewöhnt waren. Wo Männer finden, auf deren
25 Treue, Hingebung, Energie er ſich verlaſſen konnte? Und
von woher draußen hätte ihm Hilfe oder Rat kommen
ſollen? Er kannte die Politik genug, um zu wiſſen, daß
jeder Fürſt in und außer dem Reich, jeder Staat, klein
oder groß, nur nach eigenem Intereſſe ihm Freund oder
30 Feind ſein, daß er unter ihnen ſoviel gelten werde, als
er ſie zwingen werde, ihn gelten zu laſſen; er wäre ein
Thor geweſen, wenn er noch irgend Schutz vom Kaiſer,

vom Reich, von Polen, wenn er irgend Hilfe von Glau=
bensverwandten, Blutsverwandten hätte hoffen wollen.[1]
Er mußte ſich auf ſich ſelbſt ſtellen; er mußte in dem
Wuſt[2] unwahrer und verwilderter Verhältniſſe, welche
alles um ihn her erfüllten, das Wirkliche und Dauernde
erkennen und erfaſſen; er mußte in ſeiner nächſten, der
landesherrlichen Pflicht die Kraft und die Mittel finden,
ſie zu erfüllen.

Es war ihm aus dem Herzen geſprochen, wenn in der

---

[1] The general sentiment about the rise of a Brandenburg
power, Droyſen well analyzes as follows: „Die Summe der
Verträge von Münſter und Osnabrück war, daß die deutſchen
Territorien zwiſchen Öſterreich und Frankreich, Öſterreich und
Schweden loſe, ohnmächtig, im Namen des Reichs formlos und
unformbar blieben. — So heftig in allem Andern die drei großen
Mächte in Osnabrück und Münſter gegen einander geſtanden, darin
waren ſie einig, dafür gemeinſam thätig geweſen, daß innerhalb
des Reiches kein Machtgebiet entſtände, groß genug, um die deut=
ſchen Intereſſen zu ſammeln und zu vertreten, dem vielleicht einſt
wieder erwachenden Leben der Nation einen Kern der Einigung zu
bieten. — Vor allem hatten ſie dafür geſorgt, den Beſitzſtand des
Hauſes Brandenburg in einer Weiſe zu ordnen, die deſſen dauernde
Inferiorität ſicher ſtellte. Die weitzerſtreute Lage der branden=
burgiſchen Territorien, der konfeſſionelle Gegenſatz in ihnen und
gegen das reformierte Bekenntnis des Landesherrn, die Libertät der
Stände, in Preußen unter dem Schutz der polniſchen Krone und
der Adelsrepublik, in den rheiniſchen Landen unter dem noch eigen=
ſüchtigeren der Staaten [Netherland, States-General], endlich
die Nähe der ſchwediſchen Übermacht in Lieſland, Pommern, den
Weſerlanden, — das alles ſchien dazu angethan, die Beſorgnis,
als könne aus dieſen allerlei Territorien je eine norddeutſche Macht
werden, für immer zu beſeitigen." Yet the almost impossible
task of forming a compact power out of the scattered territories was accomplished by the genius of the Great Elector.

[2] Wuſt, 'chaos, trash, filth,' M.H.G. (rare) *wuost*, 'devastation, chaos, refuse.'

Trauerrede am Sarge des Vaters das Schlußgebet für
ihn lautete: „Möge der Herr mit ihm sein, daß durch
ihn wieder gebaut werde, was so lange wüst gelegen,
daß er einen Grund lege, der für und für bleibe." Er
5 hoffte mit Gottes Hilfe es zu vollbringen.

Anderen Fürsten hat das Schicksal des Staates, des
Volkes, das in ihre Hand gelegt worden, ihre Aufgabe
und mit ihr die Wege, die Mittel, sie zu lösen, gegeben.
Seinen Staat sollte Friedrich Wilhelm erst schaffen, durch
10 denselben ein staatliches Gemeingefühl der ihm Zugehö=
rigen, ein Volk erst erwachsen. Er glich dem Künstler,
dem seine Aufgabe sich entwickelt, indem er sie löst; und
das dann geschaffene Werk ist ein Ausdruck seines eigen=
sten Wesens; sein Geist lebt in ihm.

---

15 Leibnitz[1] schreibt gleich nach dem Abschluß von Nym=
wegen:[2] „dieser Friede wird die Gestalt Europas ver=
ändern."

---

[1] Leibnitz, perhaps the most universal philosopher since
Aristotle, was born at Leipzig in 1646. There is scarcely a
20 branch of human knowledge which his wonderful mind has
not explored and enriched. With all his devotion to science
he was never unmindful of practical affairs. An accomplished statesman and politician, he was especially inter-
ested in effecting a reconciliation between Protestants and
25 Roman Catholics, convinced that the establishment of a
united Germany would alone give peace to Europe. His
endeavors to divert the mind of Louis XIV from a war with
Germany, his relations to the court of Berlin and other
courts belong to history in their scope and importance.
30 [2] The peace of Nymwegen was concluded by Louis XIV
with Holland, Spain and the German Empire — except
Brandenburg. Leopold I openly declared that he did not

Mehr noch als die Geſtalt der europäiſchen Staaten-
welt veränderte er die Prinzipien, auf denen ſie bisher
ſicher zu ruhen geſchienen, die Tendenzen, in denen ſie
ſich bisher bewegt hatte.

Der Krieg, den die Invaſion von 1672[1] eingeleitet   5
hatte, endete mit dem vollſtändigen Triumph derjenigen
Macht, die alles, was an dem Frieden, dem Völkerrecht,
dem Gleichgewicht Europas beteiligt war, mit jenem Ge-
waltakt herausgefordert hatte. Die Koalition, die ihr
entgegengetreten, war diplomatiſch wie militäriſch erlegen;   10
ſelbſt ihre Waffenerfolge im Norden hatten ſchließlich
nur dazu gedient, die Überlegenheit Frankreichs in deſto
glänzenderem Lichte erſcheinen zu laſſen. Einer Macht
nach der anderen hatte Ludwig XIV den Frieden diktiert;
und jeder dieſer Friedensſchlüſſe eröffnete ihm neue Wege,   15
das, was er im Frieden noch nicht zu erhalten vermocht
hatte, nachträglich zu nehmen. Es war ſein Stolz, in
unerhörten Willkürakten, die er Schlag auf Schlag folgen
ließ,[2] der Welt zu zeigen, daß er Herr in Europa ſei.
Gegen Freund und Feind in gleichem Maße Gewalt und   20
Willkür zu üben, hielt er für königlich.

mean to have a "Vandal kingdom" in the North. Thus the
Great Elector, the foremost defender of Germany against
both France and Sweden, was left at the mercy of France,
and deprived of the fruits of his many victories.   25

[1] In 1672 Louis XIV entered Holland, the bulwark of
freedom and religious toleration, with an army of 118,000
men, took Geldern, Utrecht and other fortresses, and would
soon have made himself master of the whole country, if its
inhabitants had not shown the sublimest courage and   30
sacrifice in connection with their great ally, the Elector of
Brandenburg.

[2] Such arbitrary acts were the capturing of Freiburg in
Baden (1677), and the ominous robbery of Strassburg without a declaration of war (1681).   35

Wer hätte ihn hindern sollen? Daß man den Branden=
burger nach seinem kühnen Feldzug in Kurland, in seinem
kühneren Vormarsch gegen die Weser¹ zusammenbrechen
ließ, zeigte, daß das alte Europa sich selbst aufgegeben.

5 Das Gleichgewicht der Macht hatte ein Ende. In der
Hand Ludwigs XIV lagen fortan die Geschicke der Staaten;
oder, wie der bittere Ausdruck des Kurfürsten lautete: „mit
der Erlaubnis Frankreichs leben wir in Ruhe."

Vor allem zwei Momente sind es, die in diesem Gang
10 der Dinge sich maßgebend zeigen, die, wenn ich so sagen
darf, den politischen Maßstab verändert haben.

Allerdings hatte die Uneinigkeit in der Koalition, die
gegenseitige Eifersucht der Alliierten, der Gegensatz ihrer
Interessen die Erfolge ermöglicht, die Ludwig XIV gewann.
15 Aber doch nicht bloß in ihren Fehlern bestand seine Kraft.
Daß er militärisch und diplomatisch Sieg auf Sieg ge=
wann, war das Ergebnis der staunenswürdigen Anspan=
nung aller Kräfte, die er seinem Land und Volk zumuten
durfte, des enthusiastischen Eifers, mit dem ihm von den=
20 jenigen Klassen der Gesellschaft gedient wurde, die anderer
Orten den lähmenden Kampf der Libertät gegen das
Staatsinteresse fortsetzten, der mächtigen Organisationen,
mit denen er alle militärischen, finanziellen und geistigen
Kräfte seines weiten Gebietes monarchisch in seiner Hand
25 vereinte.² Er hatte im letzten Kriegsjahr 280,000 Mann

---

¹ In two glorious campaigns against the Swedes in
Brandenburg and Pomerania (1675–76) and in Prussia, which
the Swedes had invaded through Curland from Livonia
(1679), the Elector broke the Swedish power completely.
30 Of the Swedish Livonian army of eighteen thousand men,
not three thousand returned home.

² The factors which constituted the power of France, the
weakness of Germany cannot be too strongly emphasized.

unter den Waffen, eine Machtentwicklung, die alles über-
ragte, was man bisher gekannt oder für möglich gehalten
hatte.

Mochten andere Staaten in der Freiheit, in dem Wohl-
ſtand und Behagen[1] ihrer Eingeſeſſenen, in der Heiligkeit
des Rechts und der Verträge ſich ſicher begründet glauben,
in dem Frankreich Ludwigs XIV galt als das Weſen des
Staates Macht zu ſein, Macht nicht bloß zu Schutz und
Trutz, ſondern Macht zu erobern, zu herrſchen, mächtig
über andere und über alle zu ſein, Macht um der Macht
willen.

Wie rüttelte ein ſo neues Weſen das alte Europa auf.
Mochte man es tyranniſch, abſcheulich, gottlos nennen, es
war da und in der ganzen Wucht ſeiner Überlegenheit
wirkſam. Entweder man beugte ſich vor dem Gewaltigen
und ertrug jede Willkür und jeden Frevel ſeines ſtolzen
Herrentums; oder man hörte auf, ſich mit dem faulen

"In France, the feudal head (i.e. the king) had absorbed
all the powers of the State, and left to the aristocracy only
a few privileges, odious indeed, but politically worthless.
In Germany, everything was taken from the sovereign, and
nothing given to the people; the representatives of those
who had been fief-holders of the first and second rank before
the great Interregnum (1254-1273) were now independent
potentates; and what had been once a monarchy was now
an aristocratic federation. The Diet, originally an assembly
of magnates, became in 1654 A.D. a permanent body, at
which the electors, princes and cities were represented by
their envoys. In other words, it was now not a national
council, but an international congress of diplomatists."
Bryce, H.R.E.

[1] Behagen, 'comfort,' from verb behagen (adj. behaglich),
equiv. M.H.G. behagen, O.Sax. bihagin,'to suit, please.' See
Kluge, Etym. Wört.

Spruche zu trösten, daß Recht doch Recht bleiben müsse, man that, was nötig war, um sich, seine Lande ünd Unterthanen davor zu schützen, und lernte in Anspannungen und Machtentwicklungen gleicher oder stärkerer Art den
5 Vorsprung, den Frankreich zu gewinnen verstanden hatte, einzuholen.

Nicht alle Staaten hatten die Kraft, sich so zu sammeln, umzuformen, zu verjüngen. Die es nicht konnten, begannen abzusterben.

10 Nur einen gab es, der sich auf eigene Art und auf anderen Wegen zu analogen Formen entwickelt hatte. Er kam an Gebiet kaum dem zehnten Teil Frankreichs gleich; er war an natürlichen Hilfsquellen ungleich ärmer; er lag in vielen Sprengstücken vom Rhein bis an den
15 Niemen verstreut. Gegen Schweden hatte Brandenburg Sieg auf Sieg gewonnen, aber vor der Übermacht Frankreichs hatte es weichen müssen. Es hatte sich zuletzt gebeugt und am tiefsten beugen müssen, um nicht zerschmettert zu werden.

20 Denn — das ist der zweite Gesichtspunkt — die universale Politik Frankreichs war doch anderer Natur, als diejenige, auf welche das Haus Österreich die „Universalmonarchie" zu gründen versucht hatte. Diese — schon seit Kaiser Friedrich III — hatte Kronen auf Kronen zu er-
25 werben getrachtet, aber sie kam nicht darüber hinaus, ein Konglomerat von Ländern zu sein, die, unter sich verschieden, fremd, zusammenhanglos, wie zufällig dasselbe Haupt hatten; während Frankreich wie von Einem Kern aus weiter wuchs, jedes Gebiet, das die Krone der Lilien gewann, dem
30 Körper des Staates einverleibend und angliedernd.[1] Es

1 This historical fact still exists, France being one compact State, Austria a conglomeration of many different

geſchah in eigentümlicher Weiſe, zugleich adminiſtratit und
militäriſch); und namentlich dieſe militäriſchen Formen ſind
lehrreich.

Wie lange hatte Frankreich gegen die erdrückende Über=
macht des Hauſes Öſterreich, von der es faſt auf allen   5
Landgrenzen eingeſchloſſen war, ringen müſſen; eben da,
in defenſivem Kampfe hatte es dieſe geſammelte und
konzentriſche Art der politiſchen Aktion ausgebildet; es war
der Ehrgeiz Heinrichs IV, Richelieus, Mazarins geweſen,
dem Staat haltbare Grenzen zu ſchaffen, die offenſiven   10
Poſitionen dem Gegner zu entreißen, ſie gegen ihn zu
kehren.   In der kühnen und gewaltſamen Politik Lud=
wigs XIV blieb dieſer Grundgedanke; jeder ſeiner Friedens=
ſchlüſſe baute die militäriſchen Grenzen des Staates voll=
kommener aus; mit dem Nymweger Frieden und ſeinen   15
unmittelbaren Folgen war das Weſentliche vollendet.
Nun reicht Frankreich mit der Freigrafſchaft[1] bis an den
Wall des Jura; bald nahm es Straßburg; es riß die reichs=
unmittelbaren Gebiete im Elſaß, in den „Diſtrikten" der
drei Bistümer, aus dem Reichsverband;[2] mit Freiburg und   20

---

states of different nationalities, with centrifugal tendencies,
combined only by the personal union in the Emperor.   Cf.
Woodrow Wilson, The State, p. 226: Feudalization of Germany and of France.

[1] Freigrafſchaft (Burgund), 'Franche Comté,' annexed by   25
France in 1678, according to the treaty of Nymwegen.   After
that, the remnants of Germanic life in the old duchy of
Charles the Bold were gradually annihilated.

[2] Reichsunmittelbare Gebiete, 'free cities with their territories, standing directly under the Empire without the media-   30
tion of German princes'; such places in Alsace and Lorraine,
belonging to the three bishoprics of Metz, Toul and Verdun,
were torn from the Empire and annexed to the monarchy
of Louis XIV, which thus was brought nearer to the heart

Breisach stand es diesseits des Rheins. In ähnlicher Weise wurden die Grenzen gegen Flandern, gegen Italien, gegen die Pyrenäen vorgeschoben und durch Festungen gesichert. Frankreichs militärisches Übergewicht in Europa beruhte fortan darauf, daß es selbst unangreifbar, jedem Nachbar zu unmittelbarem Angriff wie vor seiner Thüre stand.

Die militärische Formung des französischen Gebietes war ein zweites vorwärts treibendes Prinzip. Mit Ausnahme Englands, das durch seine insulare Lage sicher schien, war kein Staat Europas von irgend rationaler Gebietsbildung, von irgend haltbaren Grenzen; und die alte Art der Landesbefestigung durch zahllose kleine Festen wurde in dem Maße unausreichender, als die Kriegskunst rascher fortschritt und sich freier entwickelte.

Seit die spanische Monarchie aufgehört hatte, militärisch etwas zu bedeuten, lag Holland, das Reich, die Schweiz, Italien dem ganzen Druck der französischen Macht offen. Weder das holländische System der Barrieren in fremden Gebieten hatte sich haltbar gezeigt, noch waren die vorderen Reichskreise mehr für Österreich eine Deckung, noch Österreich für den deutschen Westen ein sicherer Rückhalt, da die Türkenmacht mit ihrer Grenze bis wenige Märsche vor Wien vorgeschoben stets zum Angriff bereit stand.

Schon vor dem letzten Kriege hatte der Kurfürst auf das Festungswesen seiner Lande die größte Aufmerksamkeit gerichtet; in der sogenannten „Väterlichen Vermahnung," die er 1667 für seinen Sohn niederschrieb, sagte er: „darauf beruht nicht allein die Wohlfahrt eurer Lande, sondern euer ganzer Staat." Die Lage seiner Lande ergab

of the Empire, by the so-called "réunions," begun in 1680 A.D., a pleasant euphemism for robbery in time of peace.

das Syſtem :* die Marken bildeten, ſozuſagen, das Kern=
werk, Berlin im Mittelpunkt ; davor Spandau und wei=
terhin Magdeburg, die Elbe feſtzuhalten, künftig ſollte auch
Halle befeſtigt werden ; gegen Süden Peitz vorgeſchoben,
eine zweite Südfeſtung ſollte bei Mühlroſe angelegt wer=   5
den ; nordwärts Löckenitz, um ins Schwediſche „hineinzu=
ſehen“; gegen Oſten die beſonders ſtark befeſtigte Oder=
linie : Küſtrin an der Mündung der Warte, und als
Außenwerk dazu Drieſen im Netzebruch, oberhalb Küſtrins
die Schanze bei Göritz und „Stadt und Schanze zu   10
Frankfurt,“ unterhalb Oderberg.   Es war unmöglich mit
Preußen unmittelbare Verbindung herzuſtellen ; es kam
darauf an, das Herzogtum in ſeinem Kern durchaus
ſicher zu ſtellen ; auf Pillau, Fiſchhauſen, die Citadelle von
Königsberg, und das vorgeſchobene Memel konzentrierte   15
ſich die Verteidigung des Landes; der Kurfürſt beabſich=
tigte, noch Wehlau und Labiau zu befeſtigen, damit Sam=
land feſtgehalten werden könne; denn von dort aus könne
man das ganze übrige Land, wenn es verloren ſei, wieder
nehmen.   Mit den weſtlichen Gebieten fehlte zwar auch   20
der unmittelbare Zuſammenhang, und ſchon 1679 zeigte
ſich, wie nachteilig es war, daß Hannover dazwiſchen lag.
Aber dafür lehnten ſie ſich an die Niederlande an ; Min=
den, der Sparenberg, Lippſtadt, Hamm, Weſel, Calcar bil=

---

* To understand the history of Brandenburg-Prussia in its   25
development, an accurate knowledge of the historical geography
of the country is necessary; cf. note, page 50. Historical geography, one of the most important auxiliary sciences of history,
will show that the policy regarding all the acquisitions was "eo
ipso" clearly defined for the uninterrupted line of Hohenzollern   30
princes to follow. An historical map of Prussia will make the weld-
ing together of the disjointed parts (Mark Brandenburg, Prussia,
the Rhenish States) clearer than any explanation could. — *H. S.*

deten eine Festungsreihe, in der nur Eine Lücke war, die
Dortmund ausgefüllt hätte; man sieht, warum der Kur=
fürst vom Reich als Satisfaktion Dortmund forderte,
warum Mühlhausen und Nordhausen, die Etappen von
5 Halle zur Weser auf der Südseite des Harzes mit Um=
gehung Hannovers. Mit vollkommen richtiger Einsicht
hatte der Kurfürst es als ein gemeinsames Interesse der
Koalition, als die einzige Sicherung der Mitte Europas
bezeichnet, daß den Schweden ihre deutschen Provinzen
10 nicht zurückgegeben, daß ihre pommerschen Lande ihm
gelassen würden.[1] Es wäre damit ein norddeutsches
Machtgebiet hergestellt gewesen, das, der Küsten Herr,
die schlaffe Republik Polen im Rücken, mit seiner ganzen
Spannkraft gegen Westen gewandt, den Druck Frankreichs
15 auf den Oberrhein paralysiert hätte.

Daß Frankreich alles daran setzte, es zu hindern, war
begreiflich; desto unbegreiflicher, daß die Alliierten, der
Kaiser und die Staaten in erster Linie, nicht das zu er=
zwingen suchten, was Frankreich so eifrig war zu hindern.
20 Je deutlicher der Kurfürst die militärische Lage Euro=
pas Frankreich gegenüber erkannte, desto furchtbarer mußte
für ihn die Wendung der Dinge sein, die ihn zwang,
das eroberte Pommern den so oft und so gründlich von
ihm geschlagenen Schweden zurückzugeben. Nicht bloß,
25 daß er damit von einer Höhe, die er bereits erstiegen
hatte, viele Stufen abwärts stieg; nun setzte der erbitterte
Nachbar ihm wieder den Fuß auf den Nacken, und er

---

[1] In spite of his glorious victories over Sweden, the
Elector was forced by the separate peace of St. Germain-en-
30 Laye to restore nearly the whole of Pomerania to Sweden,
thus leaving a hostile foreign power in the back of Brandenburg and the Empire.

mußte auf deffen Rache gefaßt fein. Zugleich von den Wejerlanden, von Pommern, von Liefland her konnte Schweden ihn faffen; vielleicht, daß der Polenkönig dann nachholte, was er 1679 verjäumt hatte;[1] vielleicht, daß die öfterreichifche Politik dann mithalf, daß nur ja nicht „das neue Königtum der Vandalen“ zur Wahrheit werde.

Nicht Neigung, noch Erbitterung trieb den Kurfürften, die Alliance Frankreichs zu juchen. Aber er ftand völlig ijoliert; er bedurfte eines Rückhaltes für den fchlimmften Fall, und es bot fich ihm kein anderer.

Aber mit diefer Wendung trat er vollftändig aus der politifchen Richtung hinaus, die er bisher verfolgt hatte. Er kam nicht bloß mit dem, was er fonft gethan und gewollt, in Widerfpruch, fondern die fchiefe Stellung, in die ihn die Gewalt der Umftände gebracht, machte fich ihm bei jedem weiteren Schritte auf das Peinlichfte fühlbar. Von den großen deutfchen und europäifchen Intereffen, die er bisher vertreten, war er auf das befcheidene Maß der Selbfterhaltung reduziert; und eben damit war das Wefen feines Staates gelähmt; das, was ihn von den anderen deutfchen Territorialbildungen unterfchied, was ihn rechtfertigte, war dahin.

Für des Kurfürften Art zu fein ein unerträglicher Zuftand. „Er kann die Leidenfchaftlichkeit nicht verbergen, mit der große Pläne in ihm gären,“ fchreibt einer der fremden Diplomaten an feinem Hofe. Er fuchte die Wege aus diefem Labyrinth falfcher Stellungen hinaus

---

[1] There was some danger that Poland, which had not interfered heretofore, would aid in a new Swedish invasion from Livonia into Prussia. At least no French money was spared in Poland to contribute to this end. Thus the Elector was forced into the treaty and alliance with France, a painful necessity, reversing his whole life and politics.

in Wendungen, deren Kühnheit die Welt in Erstaunen
setzte, mit einem Selbstgefühl der doch ungebrochenen
Kraft, der doch bleibenden Bedeutung seines Staates, das
diejenigen beschämte, die es bequem gefunden hatten, ihn
5 allein in der Bresche[1] zu lassen; nicht ohne einen scharfen
Zug von Groll gegen sie, die nun rat- und hilflos, wie
sie waren, ihn gern zum zweitenmale für die gute Sache,
die nur er retten könne, ins Feuer geschickt hätten.

---

[1] Bresche, 'breach, gap,' from Fr. *brèche*, usually traced
10 back to the O.G. stem of *brechen*.

VII.

Friedrich der Große.

Von Joh. Gust. Droysen.

[From „Geschichte der preußischen Politik" (selections)].

Übersicht.

Das achtzehnte Jahrhundert hat den Namen dafür, das
Jahrhundert der Aufklärung, der Humanität, der siegenden
Toleranz, der beginnenden Entlastung der unteren Massen,
unermeßlicher politischer und sozialer Fortschritte zu sein.

Wie wenig entsprechen die ersten vierzig Jahre desselben 5
solcher Vorstellung.   Die Vorgänge in dem Staaten= und
Völkerleben — sie sind in der Geschichte Friedrich Wil=
helms I[1] zum Teil besprochen worden — schienen, wenn
man Preußen ausnimmt, nicht eben der Art, neue lebens=
volle Weiterbildungen auch nur erwarten zu lassen.[2] 10

---

[1] The most authentic and classical history of Frederick
William I's reign, which provided Frederick II (the Great)
with the military and financial means for his Silesian wars,
was written by Droysen in three volumes (IV 1, 2, IV 3, IV 4) ;
see also Herbert Tuttle, History of Prussia to the Accession 15
of Frederick the Great ; Boston, 1884.

[2] Bryce judges still more harshly, and does not even except Prussia : "It would be hard to find, from the Peace of

Zuerst, nach dem furchtbaren Doppelkriege um die spa=
nische Succession und den Dominat im Norden, jene
Friedensschlüsse, welche die einst mächtigste Monarchie der
katholischen Welt zerstückten, die einst waffenstolzeste der
5 protestantischen verstümmelten und für immer lähmten.[1]
Dazu die Republik der freien Niederlande, bisher die erste
Welt= und Handelsmacht der Welt, finanziell zerrüttet,
politisch ermattend, im Schlepptau[2] Englands; die Krone
Frankreich, gegen deren drohende Universalmonarchie das
10 christliche Abendland zwei Menschenalter hindurch gerungen,

---

Westphalia to the French Revolution, a single grand character or a single noble enterprise; a single sacrifice made to
great public interests, a single instance in which the welfare
of nations was preferred to the selfish passions of their
15 princes. When we ask for an account of the political life of
Germany in the XVIIIth century, we hear nothing but the
scandals of buzzing courts, and the wrangling of diplomatists
at never-ending congresses." We will, however, soon find
how Frederick II subordinated his interests to those of the
20 State, how he — in spite of his enlightened despotism — con-
sidered himself "the first servant of the State," in glaring
contrast to the maxim of Louis XIV: "L'Etat c'est moi."

[1] The beginning of the XVIIIth century convulsed all
Europe by two terrible wars at the opposite ends of Europe,
25 the war of the Spanish Succession (1700–1714), terminated,
in 1713, by the Peace of Utrecht between France, England,
Holland, Savoy and Prussia, at Rastatt (Baden) between
Louis XIV and the Emperor; at the same time and even
protracted seven years longer the war in the North was
30 raging for "the balance of power" between Charles XII of
Sweden and Denmark, Poland and Russia, concluded by the
Peace of Stockholm and of Nystäd in 1720 and 1721, which
forever destroyed Sweden's supremacy among the northern
powers, just as the powerful Spanish monarchy had been
35 dismembered in 1713–14.

[2] Schlepptau, 'dragging-cable; tow.'

an Menſchen und Mitteln erſchöpft, in dem drückenden
Gefühl geſunkener Größe, — während im Oſten das noch
halb aſiatiſche Moskowiter Reich ſich wie plötzlich zu noch
drohenderer Gefahr für Europa erhob, um dann nach des
großen Zaren Tod unter ſchwächerer Führung ebenſo raſch 5
zu erlahmen.[1]

Nach ſo ungeheuren Zerrüttungen und Umgeſtaltungen
lange Jahre der Erſchöpfung, überall unfertige Zuſtände,
offene Wunden, ſchwebende Fragen, — eine Friedenszeit ohne
rechten Frieden; das Gleichgewicht der Macht, das ihn verbür= 10
gen ſollte, in ſtetem Schwanken und Wechſeln; die Staaten
und Völker fort und fort von den abenteuerlichſten[2] diplo=
matiſchen und wirtſchaftlichen Wagniſſen umgetrieben. Die
Fragen, welche ſeit Menſchenaltern die Welt bewegt und
erſchüttert hatten, die großen Prinzipien der „Staaten= und 15
Gewiſſensfreiheit,“ mit ihnen die großen Leidenſchaften,
die ihr Kämpfen erweckt und geadelt, waren erloſchen; der
Generation, die nun lebte, erſchien das mächtig bewegte
Zeitalter, das mit den großen Oraniern, mit Wallenſtein
und Guſtav Adolf begonnen, mit Hochſtädt und Malplaquet,[3] 20

---

[1] Russia emerged from barbarism only through the
efforts of Peter the Great (1689–1725), and her European
history properly begins at the time of the Northern War and
with the conquest of the Swedish-Baltic provinces. With
his death and under his weak successors Russia sank again 25
into insignificance, until Catherine II (the Great) raised her
to a power of first rank.

[2] abenteuerlich, cf. 3, page 87.

[3] The battles at Hochstädt and especially Malplaquet
(1709), in which Marlborough and Eugene of Savoy achieved 30
such a crushing victory over the French, that Louis XIV
offered to withdraw his claim to the Spanish succession,
and to restore Alsatia and Strassburg to Germany, would
have ended the war, had not Emperor Joseph I with a
strange blindness rejected this proposal. 35

Narva und Pultawa[1] seinen ergreifenden Ausgang gehabt
hatte, wie eine untergegangene Heroenzeit.

So diese Dezennien des Friedens, — eine müde, be=
klommene,[2] windstille Zeit, das letzte Absinken der Ebbe,
bevor die frische Flut eintritt.

Schon regten sich die Elemente zu neuen Gestaltungen.

In den wilden Jahren jenes Doppelkrieges, mehr noch
in den erschlafften[3] und erschlaffenden Zuständen, die ihnen
folgten, waren viele alte Bindungen-lose geworden, vieles,
was sonst für fest, gesund, in sich notwendig gegolten, als
morsch[4] und wurmstichig, als doch auch wandelbar erkannt
worden. In den Kreisen, wo man sonst keck und stolz
auch das Unmögliche zu wagen sich gewöhnt hatte, begann
empfunden zu werden, daß die Kraft der Staaten und
Völker in ihren Wurzeln vertrockne, daß man vom Kapital
zehre, daß man umkehren müsse. Denen, die weiter dach=
ten, erwachte die Einsicht, daß die Gedanken und Formen,
in denen man sich immer noch zu bewegen fortfuhr, nicht
mehr wahr seien, weder die politischen noch die sozialen,
weder die kirchlichen noch die wirtschaftlichen und die des
Rechtslebens.

Und schon waren in den stillen Höhen des Forschens

---

[1] The battle of Narva (1701) proved the tremendous
superiority of Charles XII and his Swedes over the Russians;
that of Pultawa (1709) was the turning point in Charles's
victorious career. This momentous defeat broke his power
forever.

[2] beklommen, 'oppressed,' from M.H.G. *klemmen* (O.H.G.
biklemmen), 'to seize with claws, to pinch, press.'

[3] erschlaffen, *tr.* and *intr.*, 'to make weak and to become weak,'
cognate to schlafen, M.H.G. *slâfen*, O.H.G. *slâfan*, *slâffan*, cf.
schlaff (L.G. *schlapp*), 'weak, powerless.'

[4] morsch, 'rotten, putrid,' cf. M.G. *zermorschen* = zer=
drücken.

und des Wiſſens Erkenntniſſe gewonnen, die kühn über die
Bannlinie[1] des Hergebrachten und der Autorität hinaus-
greifend für das, was das Recht haben ſollte zu ſein und
zu gelten, neue Grundlinien zu bieten ſchienen. Man begann zu erörtern, wie auf dieſe weiter zu bauen, in welchen   5
Formen, nach welchen Zwecken das Neue zu geſtalten ſei.
Dem, was war und galt,. gegenüber begann ſich das Bild
deſſen, was werden müſſe, zu entwickeln und zu klären.

Aber es blieb noch die weite Kluft von den Meinungen
zur That, von der Theorie zur Wirklichkeit; es blieb noch   10
in den Wirklichkeiten die träge Macht der Gewohnheit, der
Vorurteile, des Glaubens und des Aberglaubens, des
Widerſtandes derer, die opfern, des zäheren derer, die gewinnen ſollten. Und wo war der Punkt, in dem ſich die
treibenden Elemente, die zerſtreute Bewegung vereinigen,   15
wo die Maſchine, durch die ſie wirken, mit der ſie dieſe
Welt von Verkommenheiten und Unmöglichkeiten aus den
Angeln heben[2] ſollten?

Auch in der politiſchen Welt giebt es eine Wahrheit der
Dinge. Sie bewegt die Geſchicke der Staaten und Völker;   20
wahr zu ſein, das iſt ihr Geſetz, darin haben ſie ihr Gericht.

Eine Bewegung, die ſich raſtlos vollzieht, wenn auch oft
in langſamen Pulſen, oft unverſtanden, verleugnet, da und
dort gewaltſamen Hemmungen weichend, als werde Schein,
Willkür, Lüge für immer ſtatt der Wahrheit der Dinge ſein.   25
Bis dann von deren Ahnung[3] ergriffen, von deren Glut

---

[1] Bannlinie, from M.H.G. and O.H.G. *ban* (nn), 'jurisdiction and its circuit'; line or limit set by old customs and
traditions.

[2] aus den Angeln heben, idiom., 'to unhinge'; M.H.G. *angel*,   30
Engl. *angle*, Stachel, Fiſchangel, *Thürangel*, 'hinge.'

[3] Ahnung, origin dark, cf. Kluge, Etym. Wört., 'fore-
boding, anticipation, presentiment.'

entflammt und getrieben geniale Begabung, mächtiges
Wollen, Kühnheit des Gedankens und der That die Hemmnisse sprengt, den aufgehäuften Wust[1] durchreißt, das Tote
zu den Toten werfend Raum schafft, daß das Neue sich
5 gestalte.

Das Jahr 1740 bezeichnet einen solchen Wendepunkt.
Von dem Thronwechsel in Preußen datiert eine neue
Epoche.

Nicht bloß für Preußen und Deutschland, nicht bloß für
10 die Machtverhältnisse und das Staatensystem. Mit einem
großen politischen Akt, einem Schlage unerhörter Art be-
ginnend setzt die neue Bewegung ein, die, einmal im Rollen,
sich in immer tiefere Schichten hinab, in immer weitere
Fernen hinaus fortsetzt, in immer neuen Entfesselungen
15 und Erhebungen, in immer neuen Erschütterungen, endlich
den wildesten, sich steigernd, den Wust von Jahrhunderten
abzuthun, um aus neuen Gedanken in neuen Formen eine
neue Welt aufzubauen.

Der fridericianischen Zeit folgt die Washingtons, die
20 der französischen Revolution.

Ein anderes ist die Folgereihe von Wirkungen, zu
denen dieser große Fürst den Anstoß gegeben hat, ein
anderes, was er gewollt und gethan, wie er es gethan.
Nur dies gehört der preußischen Geschichte.

25 Wie sie ihm vorgearbeitet, wie der Vater ihm die
Maschine, die in seiner Hand so Großes wirken sollte,
gebaut hat, ist im Früheren dargestellt worden.

---

[1] Wust, M.H.G. (rare) *wuost*, 'devastation, débris, chaos';
cognate wüst, Wüste, 'desert.' Cf. 2, page 122. — Similarly
30 Treitschke: „Der helle Sonnenschein der Jugend strahlt über den
Anfängen der fridericianischen Zeit, da endlich nach langem Stocken
und Zagen die zähe Masse der erstarrten deutschen Welt wieder
in Fluß geriet," etc. (I, p. 49.)

Der Regierungsanfang.

Noch vor seinen letzten Agonien, am 31. Mai 1740,
hatte Friedrich Wilhelm I die Krone niedergelegt, „Stadt,
Land und Leute, die volle königliche Gewalt und Souveränität" dem Kronprinzen übergeben. Rascher als er erwartet, erlöste ihn der Tod. Am Nachmittag desselben 5
Tages starb er.

Es mag am Hofe und im Lande wenige gegeben haben,
die um ihn trauerten, wenige, auch in seiner nächsten Umgebung, die sich nicht nach dem Wechsel gesehnt hätten.
Die strenge Ordnung, die Härte, Knappheit,[1] Eigenwillig- 10
keit seines Regiments, der Zwang am Hofe, in den Garnisonen, in der ganzen Staatsmaschine hatte alle gebunden
und jeden gedrückt. Und wenn dafür wenigstens politische
Erfolge, Kriegsruhm, die stolzere Geltung des preußischen
Namens entschädigt hätten; statt dessen, so war das allge- 15
meine Gefühl, hatte die unsichere, lavierende, kleinlaute
Politik des Königs den Einfluß Preußens tiefer und tiefer
sinken machen; es wurde von den Kleinen nicht mehr ge-
fürchtet, von den Großen mißachtet; die Preußen schießen
nicht, war das Sprichwort der Welt.[2]   20

---

[1] Knappheit, new word only in Mod.H.G. from *adj.* knapp,
'narrow, tight.'

[2] Droysen characterizes his policy in vol. IV, p. 425, as
follows: „Seine auswärtige Politik war fast immer nur defensiv;
sie zögerte, schwankte, griff in entscheidenden Momenten fehl; immer 25
mißtrauend, wurde sie wiederholentlich getäuscht. Sie erschien die
ersten Jahre von Rußland abhängig, im weitern noch abhängiger
vom Wiener Hofe; sie nahm von dem hannövrischen Hofe mehr als
eine Insulte hin. So allgemein war schließlich die Überzeugung,
der König sei in den Fragen der auswärtigen Politik völlig un- 30
selbständig, völlig ratlos, ohne Einsicht und Entschluß, daß selbst

Alle Hoffnung hatte sich, und mit jedem Jahre mehr, auf den Kronprinzen gerichtet. Hell, freudig, hochherzig, für alles Große, Gute und Schöne offenen Sinnes, von glänzender Begabung, von unerschöpflicher Spannkraft des
5 Geistes, — so wurde er von denen geschildert, die ihn kannten. Wenn er mit dem Könige oder in dessen Auftrag nach Cleve, nach Pommern oder Preußen gekommen war, entzückte er alle, die in seine Nähe kamen.

Der allgemeine Jubel, unendliche Erwartung begrüßte
10 seinen Regierungsantritt. Auch er, meinten viele, werde sich wie aus einem Kerker befreit fühlen.

Ihn hatte der Tod des Vaters erschüttert. Im ersten Schmerz hat man ihn sagen hören: „mit Freuden würde er für immer auf die Krone verzichten, wenn er ihn ins Leben
15 zurückrufen könne." Und am folgenden Morgen unter Thränen hat er wiederholt: „mit dem Verlust meines Vaters habe ich alles verloren."

In seiner Trauer fühlte er die Pflichten, denen er sich nun hingeben mußte, als eine doppelt schwere Last: „unend=
20 liche Arbeit," so schreibt er, „die mir keine Zeit läßt für meinen gerechten Schmerz; aber seit ich meinen Vater verloren, halte ich mich schuldig, ganz dem Vaterland zu gehören."

Wie denkwürdig sind die ersten Schritte dieser neuen
25 Regierung. In dem ersten Erlaß, dem Patent vom 1. Juni, das den Landesbehörden den Regierungswechsel verkündete, heißt es: „wir wollen nicht, daß ihr euch bestreben sollt, uns mit Kränkung unserer Unterthanen zu bereichern, sondern vielmehr, daß ihr sowohl den Vorteil

30 ein so kleiner Herr, wie der Fürstbischof von Lüttich ihm Jahre lang Trotz zu bieten und über die preußische Herrschaft Herstall das Recht der Landeshoheit zu behaupten wagen durfte," cf. 2, page 153.

des Landes als unser besonderes Interesse zu eurem Augen=
merk nehmt, in Maßen wir zwischen beiden keinen Unter=
schied setzen." In demselben Sinne, in noch schärferem
Ausdruck, sprach er folgenden Tages zu den versammelten
Ministern: er wolle, daß wenn sein besonderes Interesse 5
mit dem allgemeinen Besten des Landes zu streiten scheine,
letzteres jederzeit den Vorzug behalte. Den Generalen,
die er nach der Eidesleistung der Berliner Garnison
empfing, machte er zur Pflicht, die Armee in ihrem vor=
trefflichen Stande zu erhalten, strenge Disziplin zu üben, 10
aber zugleich Unteroffiziere und Gemeine mit Güte und
Humanität zu behandeln.

Nach dem langen harten Winter war schwere Teuerung
im Lande, die Mißernte, die man fürchten mußte, steigerte
sie. Er befahl 2. Juni, den Bäckern in Berlin monatlich 15
400 Wispel[1] Korn aus den Magazinen zu überlassen;
den Magazinen in den Provinzen wurde aufgegeben, Vor=
räte für anderthalb Jahre aufzukaufen.

Es folgte am 3. Juni die Aufhebung der Tortur, die
Weisung an den Justizminister Cocceji, das Nötige deshalb 20
zu veranlassen. Es war der erste tiefe Schnitt in das rohe
und verwilderte System des peinlichen Rechts. An dem=
selben Tage die Verordnung, daß die für Eheschließungen
in verbotenen Graden erforderlichen landesherrlichen Dis=
pense, für welche namhafte Summen gezahlt werden 25
mußten, in Wegfall kommen sollten „in allen Fällen, wo
die Ehe nicht klar in Gottes Wort verboten ist." Die
quälerische Kasuistik, von der aus der römischen Kirche
nur zu viel in die evangelische übergegangen war, wurde
damit durchrissen und, wie es Kanzler Ludwig ausdrückte, 30
die evangelische Freiheit vollends hergestellt.

---

[1] Wispel, only Mod. H.G. Fundamental word (XIIth century) *wichschepel*, cf. Scheffel (twenty-four bushels).

Am 4. Juni erging an die Regimenter der Befehl, „bei Verlust von Ehre und Reputation" die Plackereien[1] gegen die noch nicht eingetretenen Enrollierten abzustellen; des weiteren eine scharfe Ordre gegen die gewaltsamen
5 Werbungen; „die gewohnten Brutalitäten" sollten für immer ein Ende haben.

Nicht minder wie eine öffentliche Genugthuung wurde es empfunden, daß jener Eckart, der mit fiskalischen Erpressungen des verstorbenen Königs Gunst zu erwerben
10 verstanden hatte, des Dienstes entlassen wurde.[2] Er war der einzige, den des Königs Ungnade traf; auch solche Offiziere und Räte, die dafür gegolten hatten, dem Kronprinzen feindlich zu sein, blieben in Amt und Ehren. Zwei von ihnen, des verstorbenen Königs Generaladju-
15 tant v. Hake und der Kabinetsrat Samuel v. Marschall, waren die ersten, welche den neugestifteten Orden pour le mérite erhielten.

---

[1] Plackereien, from placken, intensified form for plagen, 'to plague.'
20 Frederick the Great corrected the abuses of the recruiting laws and the ill treatment of the recruits by their older comrades, a custom somewhat similar to 'hazing,' as formerly practiced in our colleges.

[2] Although Frederick William I had been anxious to
25 abolish retributions in the tax system by the establishment of the „General=Oberste Finanz=, Kriegs= und Domänendirekto=rium," on the 19th January, 1723, yet many abuses remained in the collection of taxes. The spirit of the decree, „Seiner Majestät Nutzen und Bestes, insonderheit die wahre Verbesserung
30 und Vermehrung der sämtlichen Revenuen und Einkünfte nach allen Kräften zu fördern," was frequently misinterpreted by unscrupulous fiscal tax collectors, like Eckart.

fiskal, 'having a governmental right to collect taxes or to impose fines,'

Schon ergab sich ein Anlaß, dem konfessionellen Zwie=
spalt gegenüber die Richtung zu bezeichnen, die fortan
innegehalten werden sollte. Auf eine Anfrage der Behörde,
ob die katholische Schule für Soldatenkinder, durch welche
einzelne Übertritte zur römischen Kirche veranlaßt worden 5
waren, beibehalten werden sollte, lautete des Königs
Marginal: „die Religionen müssen alle toleriert werden
und muß der Fiskal nur das darauf haben, daß keine
der andern Abbruch thue, denn hier muß ein jeder nach
seiner Façon selig werden."] Wenn es den Lutherischen 10
für ihre Erbauung notwendig schien, daß das Singen
des Segens, der Einsetzungsworte beim Abendmahl, an=
dere Zeremonien, die ihnen seit 1736 untersagt waren,
wieder hergestellt würden, so erging die Weisung, es ihnen
freizustellen. Nur die Erbauungsstunden in Privathäu= 15
sern, wie sie ein Prediger in Potsdam eingerichtet hatte,
wurden untersagt: wenn die Sonntage nicht ausreichten,
so könne noch an einem Wochentage außerordentlicher Got=
tesdienst gehalten werden.

Schon am 5. Juni hatte der König, nachdem er des 20
Probsten[1] Reinbeck Predigt gehört, denselben beauftragt,
den Philosophen Wolf[2] zur Rückkehr nach Halle einzu=

---

[1] Probst (Propst), 'a superior clerical officer of the Lutheran
(Reformed) church.' M.H.G. orig. *probest, brobest,* O.H.G.
probost, probist (*provost*), 'superior, superintendent,' from 25
Lat. *propositus* (synk. *propostus*), Ital. *prevosto,* Fr. *prévot.*

[2] Christian Wolf, one of the foremost teachers at the
University of Halle, founded by the first king of Prussia in
1694, was removed from his professorship by order of
Frederick William I. Wolf's system of philosophy, however 30
great and efficient, is only a modification of that of Leibnitz;
it had undisputed sway in Germany, till it was displaced by
the Kantian revolution.

laden; „wie eine Conquête im Reich der Wahrheit," fügte
er hinzu, „gelte es ihm, daß er komme." Die tief ge=
sunkene Akademie der Wissenschaften[1] wieder emporzu=
richten, wurde Maupertuis berufen, es wurden Euler,
'8 Gravesande, Vaucanson, andere Forscher und Gelehrte
aufgefordert, nach Berlin zu kommen, um in dieselbe ein=
zutreten; an Graf Algarotti, der ihm versprochen hatte,
zurückzukehren, wenn er König sei, an den philosophischen
Freund Suhm, an den treuen Duhan ergingen Einladun=
gen, nun nach Berlin zu kommen. Das geistige Leben,
das dem Berliner Hofe so lange entfremdet gewesen war,
sollte neu und zur vollsten Bedeutung erwachen.[2]

Auch Maler, Bildhauer, Künstler aller Art gedachte der
König nach Berlin zu ziehen. Er trug sich mit Plänen
zu großen und glänzenden Bauten, eines Palastes für die
Königin=Witwe, eines Opernhauses u. s. w. Nicht bloß
um die Residenz zu schmücken; die bisherige Verwaltung
hatte nur die Industrie, die für das Massenbedürfnis
arbeitete, für produktiv gehalten; es galt zugleich der
höheren, in der die Arbeit um so viel lohnender ist, neue
Impulse zu geben. Es wurden Arbeiter für Sammet
und Seide aus Italien, Arbeiter für Brokate und andere

[1] Frederick I had commissioned the great philosopher
Leibnitz to draw up a plan for an Academy of Sciences which
was established at Berlin in 1711. Under the rude reign of
Frederick William I it greatly declined. It was revived by
the great Frederick and the great scholars called by him to
this Academy, men whose names belong to the history of
literature, science and culture of the century.

[2] It was natural that the Academy should decline under
the coarse, violent reign of Frederick William I, who ban-
ished the philosopher Wolf at forty-eight hours' notice, 'on
pain of the halter.' It had to be entirely reorganized, and
reached the highest standard under Maupertuis as president.

koftbare Stoffe aus Frankreich herbeigezogen; es wurden „nützliche und geschickte Leute" des Auslandes aufgefordert, sich in Berlin niederzulassen, ihnen Vergünstigungen und Forderungen aller Art geboten. Es wurde ein neues Departement im Generaldirektorium[1] unter S. v. Marschall „für Manufaktur und Kommerzienfachen" eingerichtet, das seine Arbeiten mit umfassenden statistischen Erhebungen über den Stand der Schiffahrt, die Aus- und Einfuhr, das Fabrikwesen in den einzelnen Provinzen begann.

Schon verbreitete sich das Gerücht, daß das Regiment der Potsdamer Riesen[2] aufgelöst werden sollte; zum letztenmal zog es bei der Leichenfeier am 22. Juni auf; folgenden Tages wurde es aufgehoben, den Leuten die Wahl gelassen, den Abschied zu nehmen oder weiter zu dienen. Viele gingen, die meisten blieben, um teils zu einem Grenadierbataillon vereint mit den zwei Bataillonen des Regiments Kronprinz das Garderegiment zu bilden, teils als Unteroffiziere anderen Regimentern zugewiesen zu werden; der Rest, meist Ausländer, wurde nach Magdeburg als Besatzung der Sternschanze gelegt.

Mit Staunen sah man im Inland und Ausland diese Anfänge. Nie war ein Wechsel vollständiger, plötzlicher, beglückender gewesen. In allem schien — geflissentlich,[3]

---

[1] This Generaldirektorium (cf. 2, page 143), divided into five departments, embraced all the branches of the Interior, each under a Minister, the king himself being its President, „um demfelben defto mehr Lüftre, Autorität und Nachdruck beizulegen." Frederick the Great established a new branch under a special Minister for Commerce and Manufactures.

[2] The giant-soldiers of Frederick William I, whom the king, otherwise so miserly, purchased and even kidnapped for enormous sums.

[3] geflissentlich, 'wilfully, purposely, designedly,' = mit Fleiß.

so mochten die Klugen meinen — das dem bisherigen Sy=
stem entgegengesetzte zu geschehen.

Friedrich II hat — kurz vor diesen bewegten Tagen und
in anderem Zusammenhang — den Ausdruck gebraucht:
5 „die Dekoration des Gebäudes wird eine andere sein, aber
die Fundamente, die Mauern bleiben unversehrt." Dieser
Bau, an dem der Vater treu und rastlos sein lebelang ge=
arbeitet, stand fest und fertig in sich da; aber er war bisher
unscheinbar und schmucklos, schien denen, die darin wohnten,
10 düster und kasernenhaft. Der junge König eilte, Licht und
Luft und heitere Wohnlichkeit zu schaffen. Er hatte sich —
die Briefe, die er als Kronprinz geschrieben, bezeugen es —
oft mit dem Gedanken beschäftigt, wie man einem Volke,
wenn man es auch nicht reich zu machen vermöge, doch das
15 Gefühl geben könne, glücklich zu sein, „glücklich," so sagte er,
„wie ein Armer, wenn er ein glänzendes Fest, ein erheben=
des Schauspiel sieht, seine Bedrängnis vergißt über die
großen Vorgänge, die seine Phantasie erfüllen."

Schon das, was seinem Volke diese ersten Wochen seiner
20 Regierung brachten, war doch mehr als ein erregendes
Schauspiel, als ein flüchtiger Rausch. Es sind neue
Bahnen, die er öffnet, neue Impulse, die die Geister er=
regen, ein neuer Anfang. In allem, was er thut und
wie er es thut, ist ein Etwas, das wie mit einem unwider=
25 stehlichem Zauber emporhebt und hinreißt. Man fühlt
den belebenden Hauch des freien Geistes, der Humanität,
wahrer Toleranz, ein Erwachen, wie wenn der Frühling be=
ginnt. Nun gilt es nicht mehr allein stummen Gehorsam
und starre Pflicht; die Freudigkeit des Dienstes, der Wett=
30 eifer der Ehre, der Ehrgeiz, unter des jungen Monarchen
Augen das Höchste zu leisten, entflammt alles um ihn
her. In weiten und immer weiteren Kreisen verbreitet

ſich der raſchere Pulsſchlag dieſes neuen Lebens; bis in die
entlegenen Garniſonen, bis in die Dörfer der Provinz
dringt es hinab; die Nachbarländer horchen hoch auf; die
unterdrückten Evangeliſchen[1] Schleſiens gedenken alter Pro=
phezeiungen, daß ihnen in ihren höchſten Nöten geholfen   5
werden ſolle; jetzt, meinten ſie, ſei die Zeit gekommen.

Nach den erſten Wochen der neuen Regierung ſchrieb
einer der Geſandten in Berlin an ſeinen Hof: „dieſer Fürſt
wird eine ſchwere Aufgabe zu erfüllen haben, wenn er den
Meinungen genügen will, welche die Welt von ihm ge=   10
faßt hat.“

In den fünf Monaten ſeit dem Thronwechſel in Preußen
hatte ſich die Scene der politiſchen Welt außerordentlich
verändert, und man konnte ſich nicht darüber täuſchen,
woher dieſe Veränderung komme.   15

Dies Preußen, das ſo lange gebückt, kleinlaut, mißachtet
ſeines einſamen Weges gegangen war, es richtete ſich auf,
reckte die gelöſten Glieder,[2] ſetzte durch die innere Kraft,
die es entwickelte, durch die muskulöſe Art, mit der es ſich
bewegte, die Welt in wachſende Spannung. Dieſer junge   20
Monarch, der als Kronprinz an den Höfen nah und fern
ſoviel mitleidige Teilnahme gefunden, deſſen ausſchließlich
litterariſches und künſtleriſches Intereſſe eine Regierung
ohne jeden politiſchen oder militäriſchen Ehrgeiz zu ver=
bürgen ſchien, auf deſſen Dankbarkeit die einen, auf deſſen 25

---

¹ Evangeliſch, the Lutherans and Reformed; in the chapter „Beſitznahme Schleſiens“ (vol. V, 1, pp. 189-198) Droysen
develops the oppression of Protestant Silesia by Austria.

² reckte die gelöſten Glieder, idiom. and fig., 'to stretch the
unfettered limbs.'   30

Unerfahrenheit und Leitbarkeit die anderen rechnen zu dürfen
gemeint hatten, — er täuschte alle Berechnungen, alle Er-
wartungen. Er schien sich darin zu gefallen, daß er mit
jedem Tage rätselhafter wurde. Er wich denen aus, die
sich um ihn bemühten, und wies die zurück, die sich ihm
nützlich zu machen wünschten; die ihn schon sicher zu haben
meinten, verloren ihn im nächsten Augenblick; wie ein
Proteus[1] verwandelte er sich vor ihren Augen, unter ihren
Händen. Es war nicht zu begreifen, was er damit wolle;
fast schien es nur ein Spiel seiner Laune, die lachende Lust
übermütiger Jugend, der Kitzel, die Welt von sich reden
zu machen; und während er immer das that, worauf man
am wenigsten gefaßt war, es in völlig ungewohnten Formen
that, alle Regeln, alles Herkommen, selbst die zwischen den
Höfen hergebrachte Courtoisie hinter sich warf, wagte doch
niemand, ihm in den Weg zu treten, oder man that es,
wie der Lütticher Bischof, Kurmainz, der Wiener Hof, zu
eigenem Schaden. Es wuchs das peinliche Gefühl, daß
dieser junge Herr sich sehr viel erlaube und leider erlauben
dürfe, die Sorge, wo das endlich hinaus wolle, ob es
wirklich so weiter gehen, ob es noch ärger werden könne.
Der Boden, auf dem man stand, schien nicht mehr fest zu
sein, seit dieser Alcibiades[2] über die Armee und den Schatz
seines Vaters verfügte. Und nun, im September, erschien

[1] Proteus, a Greek sea-god, who knew all things past,
present and future, but who, when caught, would try to
escape by assuming all sorts of shapes.

[2] There are indeed many remarkable analogies in the
character of both Alcibiades and Frederick, at least in the
period of his early reign. In self-will, versatility, flexibility,
adroitness, the Athenian was the equal of the philosopher
king, but the latter was immensely greater as statesman,
commander and man.

der Antimacchiavelli;[1] mit Erſtaunen las die Welt dies
politiſche Glaubensbekenntnis des jungen Monarchen, das
die Geheimniſſe der alten Staatsweisheit ſo ſchonungslos
enthüllte und brandmarkte, den Ideen des Jahrhunderts,
den Forderungen der Humanität einen ſo ſcharfen und   5
beredten Ausdruck gab, dies Programm der neuen Re=
gierung. Am merkwürdigſten, wie in des Königs Umge=
bung ſelbſt die Stimmungen und Urteile über ihn wechſelten.
Ein Schreiben aus den erſten vierzehn Tagen der neuen
Regierung ſagt: „Alles iſt außer ſich vor Freude, der   10
Enthuſiasmus allgemein.“ Dann begann der Rauſch ſich
zu legen. Zuerſt enttäuſcht waren die Höflinge, die ſich
zu bereichern, die Rheinsberger Freunde,[2] die auf Einfluß,
die jungen Kavaliere, die auf ein Leben in Saus und
Braus[3] gehofft hatten. Dann ſanken auch die Hoffnungen   15
der Schöngeiſter, Philoſophen, Weltverbeſſerer; der alte
Abbé St. Pierre[4] unter ihnen, der nach Berlin gekommen

---

1 The Antimacchiavelli, written during the happy days of
Rheinsberg and issued by Voltaire in Hague in 1740, con-
tains a generous exposition of some of the favorite ideas of   20
the XVIIIth-century philosophers respecting the duties of
sovereigns. For Machiavelli, see 1, page 91.

2 Die Rheinsberger Freunde, ‘those friends who enjoyed his
company at the castle of Rheinsberg, near Potsdam, where
his leisure was devoted to philosophical studies, to corre-   25
spondence with Voltaire and other distinguished authors.’

3 Saus und Braus; already in M.H.G. in dem suse lüben.
sausen, M.H.G. susen, O.H.G. susón, onomatopoetic word,
like summen, zischen, knarren, knirschen.

4 Abbé de St. Pierre, since 1695 member of the French   30
Academy, expelled in 1718 for having censured the governmental system of Louis XIV. He died at Paris in 1743.
Most famous are his works: “Projets de Paix perpétuelle,”
3 vols., Utrecht, 1713; inspired by the terrible wars of the

war, an dem neuen Weltglück mitzubauen und, da er nicht
Beachtung fand, in übler Laune wieder heim reiste. Graf
Manteuffel, der „Alethophile,"[1] der im Interesse Sachsens
auf eine opulente und ästhetische Regierung gerechnet hatte,
5 sah sich mit jedem Tage mehr enttäuscht; er begann an dem
Charakter des hochbegabten jungen Herrn irre zu werden:
„nicht einmal die Rekrutenkasse," schreibt er, „wird abge=
schafft, nicht einmal die Accise[2] gemindert, das Kanton=
wesen[3] aufgehoben." Seine Briefe an Graf Brühl[4] sind
10 voll davon, wie sich der König, eitel darauf, geistreich zu
sein, in billigen Sarkasmen ergehe, wie sich von Tag zu
Tage die Zahl der Mißvergnügten mehre, wie des Königs
Knauserei[5] in Geldsachen, sein Besserwissenwollen in

---

time. —"Mémoire sur les pauvres mendiants" (1724), and
15 his "Annales politiques," London, 1757.

[1] Alethophile (ἀληθής-φιλεῖν), 'the friend of truth.' Manteuffel was at that time Saxon Ambassador at the Prussian
court.

[2] Accise, 'excise duty,' an inland tax levied on commodi-
20 ties of home consumption.

[3] Kantonwesen, 'recruiting of soldiers according to circuits
and districts of the Prussian provinces as opposed to the old
system of hiring mercenaries'; cf. Droysen, vol. IV, 2, p.
348: „Wie oft und streng auch den Werbern alle Gewaltsamkeiten
25 untersagt wurden, sie blieben unvermeidlich, so lange man nicht
das System änderte. Es wurden 1724 die ersten Vorbereitungen
gemacht, um in das Kantonsystem überzuleiten; die roten Hals=
binden, welche die jungen Bursche auf dem Lande, die zum En-
rollieren bestimmt wurden, erhielten, waren der Anfang dazu."

30 [4] Count Brühl is the famous Saxon Minister and enemy
of Prussia, who then played the same rôle which Count
Beust played in 1866 against Prussia.

[5] Knauserei, 'closeness, stinginess,' new word, perhaps
from M.H.G. knûz, keck, verwegen, (gegen Arme) hochfahrend;
35 syn. Knickerei, 'niggardliness.'

Dingen, die er nicht verſtehe, der Gamaſchendienſt[1] in der
Armee, die Haſt und Laſt im Zivildienſt unerträglich werde;
ſelbſt Graf Gotter, den der König als Obermarſchall nach
Berlin berufen habe, ſei außer ſich, da ihm nur 5000
Thaler Umzugsgelder bewilligt ſeien, und habe unver= 5
hohlen geſagt, er begreife nicht, wie ein Monarch von ſo ſu=
perieurem Geiſt ſo kleinlich ſein könne; mit ſeinen Launen,
ſeinen Übereilungen, ſeiner Knickerei werde er ſich um
Ehre und Reputation bringen, wenn er nicht bald umkehre.

Und wie erſt murrte Fürſt Leopold von Deſſau.[2] Er, 10
der einzige preußiſche General, der Armeen kommandiert
und Schlachten gewonnen hatte, der gehofft haben mochte,
an des jungen Königs Seite als eine Art Konnetable[3] von
Preußen zu ſtehen, ſah ſich ohne Einfluß, förmlich zur
Seite geſchoben, jüngere Offiziere, die kein Verdienſt hatten, 15
als geiſtreich zu ſein und franzöſiſch zu parlieren, in des
Königs Gunſt. Als eine perſönliche Kränkung empfand
er es, daß der ihm verhaßte General von Schwerin[4] auch

[1] Gamaſchendienſt, from Gamaſchen, 'gaiters' (O.Fr. *guestres*,
Fr. *guêtres*), and Dienſt, 'service'; military slang, expressing 20
the drudgery of garrison life in peace.

[2] Leopold von Dessau (1676–1747), Prince of Anhalt-Des-
sau, „der alte Deſſauer." It was in no small degree to his in-
structions in military tactics, and the splendid perfection to
which he had brought the army of Prussia, that Frederick II 25
owed his great military triumphs. Leopold's victory of
Kesselsdorf in Saxony brought about the Peace of Dresden,
December 25th, 1745.

[3] Konnetable (M.Lat. *comes stabuli*, Stallmeiſter). Since the
XIIth century, the Connétable de France, the highest State 30
official, has been supreme commander of the troops, and had
an almost dictatorial power in war. Louis XIII abolished
the office by edict of 1627.

[4] How wise Frederick II was in the selection of his com-
manders, is proved by precisely such cases as that of 30

zum Feldmarschall ernannt und vier Wochen darauf noch
dazu in den Grafenstand erhoben wurde. Dieser Schwerin,
so mochte er meinen, dessen Heldenthaten darin bestanden,
daß er vor zwanzig Jahren eine Handvoll Hannoveraner
5 bei Waldmühlen zurückgedrängt hatte.

Darf man Manteuffel glauben, so war auch unter den
Ministern Mißmut und wenig Hoffnung für die Zukunft.
Von denen in den auswärtigen Geschäften — der alte
General von Borcke konnte kaum mehr gerechnet werden
10 — blieb auch Graf Podewils, der vielseitige, umsichtige,
mit den Staatsinteressen vertrauteste unter des verstor=
benen Königs Räten, ohne Kenntnis von dem, was im
Kabinet des Königs mit Camas,¹ mit Truchseß korre=
spondiert wurde.' Und von dem ehrenfesten Thulemeier
15 sagte man, ihn habe der Schlag gerührt, als er auf das von
ihm verfaßte Gutachten über die Herstaler² Sache und die
Gefahren eines Konflikts einen Bescheid des Königs er=
halten, der allerdings unverdient hart war.

Aber eben dies Marginal des Königs konnte Manteuffel
20 zwei Tage später nach Dresden mitteilen. Er hatte Pöll=
nitz³ an der Hand; er hatte den Geheimenrat Weinreich im

General v. Schwerin. He won the almost lost battle of Mollwitz (April 10th, 1741), in the First Silesian War, and again in
the Seven Years' War gained the victory of Prague (1757),
25 where he died while carrying the standard against the
enemy.

¹ Camas, Truchsess, Thulemeier, Ministers of the king.

² Concerning the affair of Herstal, cf. 2, page 140 and 141.

³ Pöllnitz, a man of restless and adventurous disposition,
30 who after squandering his fortune traveled from court to
court. He was made reader to Frederick the Great, and
afterwards director of a theatre. He became famous as a
writer of Memoirs and secret scandal stories of the courts
of Berlin and Dresden.

auswärtigen Amt, den Münzſammler, durch einige goldene
Medaillen gewonnen; er hoffte, daß Suhm, der ſächſiſche
Geſandte in Petersburg, dem der Dresdener Hof auf Fried=
richs II Wunſch mit Vergnügen den Abſchied gab, um in
preußiſchen Dienſt zu treten, demnächſt an Thulemeiers   5
Stelle kommen werde. Manteuffel ſuchte und fand immer
neue Schleichwege, er horchte überall umher.

Und wie Manteuffel, ſo die andern geheimen Agenten
und offiziellen Diplomaten fremder Höfe; jeder ſuchte ſich
Kundſchafter, etwas zu erlauſchen, Kanäle und Hinter=   10
thüren, zu ſeinen Zwecken zu gelangen. Wie Freiherr von
Münchhauſen auf die bekannte Verehrung des jungen Kö=
nigs für ſeine Mutter ſpekuliert hatte, ſo kam Graf Ba=
thyany mit der Hoffnung, mit Hilfe der Gemahlin des
Königs ſein Spiel zu machen; andere rechneten auf des   15
Königs Lieblingsſchweſter, die Markgräfin von Baireuth,[1]
die zum Oktober in Berlin erwartet wurde, andere auf
Voltaire, der um dieſelbe Zeit nach Berlin kam, und Vol=
taire auf ſich ſelbſt.

Der König verehrte ſeine Mutter, er liebte ſeine   20
Schweſter, er bewunderte Voltaires litterariſches Talent.
Aber die Geſchäfte gehörten in ein anderes Regiſter; wie
viel mehr die Kombinationen der erſt werdenden Politik,
die Projekte, die ſie verwirklichen ſollten. Auch den Ver=
trauteſten verſchloß der König das Geheimnis ſeines   25
Willens; keiner von ſeinen Miniſtern, ſeinen Generalen
erfuhr die ganze Abſicht deſſen, was er ſie ausführen
ließ. Mochten ſie lernen, das, was er jeden an ſeiner
Stelle zu thun anwies, richtig zu erfaſſen und genau

---

[1] Frederick's favorite sister, Wilhelmine, a bright and in-   30
telligent princess, famous for her Memoirs, for whom
Frederick preserved a lifelong warm affection.

zu vollziehen; noch mehr als einmal hatte er zu bedauern,
daß er in den Maßregeln der Ausführung ihren Rat hören,
in der Vollziehung ihnen Raum lassen mußte.

Seltsam; als einen Salomon, Titus, Marc Aurel und
5 wie die schönen Namen weiter lauteten, hatte man diesen
König begrüßt, von ihm sich alles Größte und Schönste, das
Ideal einer Regierung, wie jeder nach seinen Zwecken
oder Schwächen es sich ausmalte, erwartet. Daß er doch
nicht so war, daß er nach eigener Kraft und Art, hell, scharf,
10 oft rücksichtslos, immer vollkommen selbstwillig vorwärts
schritt, enttäuschte die einen, entmutigte die andern, ver-
stimmte alle; daß er, überall mit seinen Gedanken voraus,
raschen Entschlusses, noch ohne die fertige Übung der Geschäfte, da und dort fehlgriff, gab Anstoß genug zu Na-
15 senrümpfen¹ und Schadenfreude. Und zunächst nur die
Edelsten und Tüchtigsten lernten sich bescheiden, die Überlegenheit seines Geistes anerkennen, der Kühnheit seiner
Intuitionen folgen, wenn er in dem trüben Gewirr der
werdenden Dinge das einzig Mögliche ergriff, dessen
20 Schwanken, dessen Wirkungen voraussah, wie ohne Mittel-
glieder denkend, — selbst sie im entscheidenden Augenblick
noch zweifelnd, widerstrebend, vor dem ungeheuren Wag-
nis erschreckend, dem er dann sich hingab, als verstehe es
sich von selbst, daß er sich und alles einsetze; auch da, wie
25 Gustav Adolf, von dem sein treuer Kanzler sagt: „sein
Entschluß ist wie ein Fatum, eine göttliche Schickung,
der dunkle Drang des Genius."

Freilich nur Dinge von geringem Belang und von ge-

---

¹ Nasenrümpfen, 'sneering; turning up one's nose'; from
30 M.H.G. *rümphen*, 'to wrinkle, to contract,' sc. the nose, as a
sign of contempt.

ringer Fährlichkeit,[1] ſo mochten die Höfe und die Höflinge
denken, hatte er bisher angefaßt. Aber wie ungern man es
ſich geſtehen mochte, die Art, wie er es that, plötzlich, kühn,
mit kurzem Stoß ſicher treffend, ließ auch das an ſich Ge=
ringe, was er that, bedeutſam erſcheinen, machte alle Be=
ziehungen geſpannter, empfindlicher, exploſiver. Wer acht=
ſam war, mußte inne werden, daß militäriſch und politiſch
das Wertmaß der Macht und der Mächte, ehe ſie ſich noch
gemeſſen, ein anderes geworden ſei.

Was endlich wollte er? —

Friedrichs II Politik, November 1740.

Hätte es noch, — hätte es ſchon eine deutſche Nation
gegeben, ſie hätte ahnen müſſen, daß Friedrich II ihre
Sache führe. Wie irrten die, die ihn für durch und durch
franzöſiſch hielten. Und wie ſehr er die derbe Geſundheit
und Kraft Englands bewunderte, die Selbſtſucht und Hoff=
art[2] der engliſchen Politik hatte er in ſeinen traurigen
Jugendjahren zur Genüge kennen gelernt. „Ich hätte nie
geglaubt,“ ſagte er in dieſen Tagen, „daß ich ein ſo guter
Deutſcher bin.“

Nicht an eine Reform des Reichs dachte er; wie ver=
worren und ohnmächtig es ſein mochte, es ließ wie allen,
ſo den preußiſchen Territorien Raum genug, ſich nach
eigener Art zu bewegen. Ein ſtarkes Preußen im Reich
war vorerſt Reform genug.

---

[1] Fährlichkeit, rarely used for Geſahr, ‘danger, risk,’ from
M.H.G. vâre, O.H.G. fâra, Nachſtellung, Hinterliſt, cogn. to E.
fear.

[2] Hoffart, ‘haughtiness, overbearing, demeanor,’ from
M.H.G. hôchvart, Art vornehm zu leben, Edelſinn, Glanz, Pracht
[hoch-vart, M.H.G. varn, ‘to live,’ as in Wohlfahrt].

Nicht die Zertrümmerung des Hauses Österreich lag in
seiner Absicht und in seinem Wunsche; die Macht Österreichs mußte ihm, wie er sich die künftige Gestaltung des
Staatensystems dachte, unentbehrlich erscheinen.[1] Aber
er hätte unverantwortlich gegen seinen Staat gehandelt,
wenn er diesem sinkenden Hause, das sich so oft, so schwer
gegen Preußen versündigt hatte, irgend einen Dienst ohne
Sicherstellung, ohne Gegenleistung, als wäre es seine
Schuldigkeit, hätte leisten wollen.

Wenn ihm der Wiener Hof gerecht werden wollte, so
war er bereit, mit seiner ganzen Macht die Thronfolge
Maria Theresias,[2] ihren Gesamtbesitz der Kron= und Erb-
lande, die Kaiserwahl ihres Gemahls zu unterstützen, diejenige Wahl, deren nächste Folge der Krieg mit Frankreich
sein mußte.

Auf Schlesien wiesen ihn alte Ansprüche seines Hauses.
Als Sühne alten Unrechts, das man seinem Hause gethan,

---

[1] Justly Bryce remarks on that subject, "Useless and
helpless as the Empire had become, it was not without its
importance to the neighboring countries, with whose fortunes
it had been linked by the Peace of Westphalia. It was the
pivot on which the political system of Europe was to re-
volve : the scales, so to speak, which marked the equipoise
of power that had become the grand object of the policy of
all states."

[2] When Maria Theresa, after the demise of her father
(October 20th, 1740), assumed the government, immediately
counter-claims were advanced on all sides. The elector
of Bavaria claimed to be the rightful heir to the kingdom of
Bohemia and the imperial crown; the elector of Saxony
and the king of Spain claimed the entire succession; the
king of Sardinia laid claim to the duchy of Milan. Since
France espoused the cause of Bavaria, any aid given by
Frederick II to Austria would have meant war with France.

und als Preis der neuen Dienſte, die er zu leiſten ſich
erbot, forderte er, daß ihm hier Gebiete überwieſen wür=
den, die zugleich Preußen deckten und Öſterreich nötigten,
ſich die Freundſchaft Preußens zu erhalten.   In dem
Maße, als er ein größeres Stück Schleſien gewann, wurde   5
nicht bloß Preußens Stellung zwiſchen Polen und Sachſen
ſicherer und die Öſterreichs gegen Preußen minder offen=
ſiv, ſondern Böhmen, das wie eine vorgeſchobene Baſtion
Nord= und Süddeutſchland trennte und beide beherrſchte,
erhielt eine Art Gegengewicht durch das preußiſche Schleſien   10
in ſeinem Rücken.

Endlich, er war bereit, als Äquivalent für Schleſien, ſein
Recht auf die jülich=bergiſche Succeſſion an Öſterreich ab=
zutreten;[1] Öſterreich hätte damit eine bedeutende Verſtär=
kung ſeiner Niederlande, es hätte mit Düſſeldorf den feſten   15
Rheinübergang dorthin gewonnen, es wäre gegen Frank=
reich um ſo ſtärker geworden.

Man ſieht, es iſt eine große politiſche Kombination, die
Friedrich II dem Wiener Hofe anbietet; und er traut ihm
die Einſicht zu, in den Gefahren, welche die junge Königin   20
bedrohen, ſein Anerbieten zu würdigen.

---

[1] In 1666 the Great Elector received, by the settlement of
the Jülich-Cleve dispute, the duchy of Cleve proper, while
Jülich and Berg were to fall to Brandenburg in the event
of the Pfalz-Neuburg line dying out.   Thus Frederick II   25
offered a future substantial compensation for Silesia, to
which he firmly believed that he had lawful claims, however
vague and complicated they may appear to us.   But Maria
Theresa, in spite of her desperate condition, declined the
proposal, and the First Silesian War followed, which brought   30
Lower and Upper Silesia to Prussia by the Peace of Breslau
(June 11th, 1742).

Das Ergebnis des ersten schlesischen Krieges (1740–1742).

Es giebt zahlreiche Nachrichten über die Sieges= und Friedensfeier in den preußischen Landen; auch von den Festreden, Gedichten, Schützenfesten, von den Devisen[1] und Emblemen[2] der Illuminationen ist manches erhalten.

5 Selten, aber doch hier und da klingt etwas hindurch, was erkennen läßt, wie die großen Vorgänge der letzten zwei Jahre die Stimmungen erregt, das Gefühl von der neuen Stellung Preußens erweckt haben.

Glückliche Schlachten hatte auch der Große Kurfürst 10 geschlagen; aber in seinen Friedensschlüssen war er — dank der Mißgunst seiner Verbündeten — immer wieder gezwungen gewesen aufzugeben, was er gewonnen.

In des ersten Königs Zeit hatten preußische Armeen die glorreichsten Siege in Ungarn, Italien, den Nieder= 15 landen mit erkämpft, aber als Auxiliartruppen oder im Solde der Seemächte.

Friedrich Wilhelm I hatte gleich im Anfang seiner Regierung gegen Karl XII zu kämpfen, und die Erobe= rung von Rügen und Stralsund bewährte die Tüchtig= 20 keit seiner Truppen. Aber er hatte die Sachsen, Dänen, Hannoveraner zu Verbündeten; kaum daß er vor ihren geschwinderen Händen in dem endlichen Frieden einen Teil des Anspruches rettete, den er mit den größeren Leistungen und der größeren Gefahr sich erworben hatte.

25 In den fünfundzwanzig Friedensjahren, die dann folg=

---

[1] Devise, from 'device, motto'; an ensign, formerly borne on shields or embroidered on banners as a cognizance.

[2] Emblem [Gr. ἔμβλημα (ἐμβάλλω), that which is put in or on], 'an allusive figure, symbol, type.'

ten, war freilich die Armee fort und fort gemehrt, ſie war
fleißig gedrillt, in ſtrenger Zucht gehalten worden. Aber
jahraus, jahrein im Friedensdienſt ſchien ſie nur zur Pa=
rade zu dienen, eine koſtſpielige Liebhaberei zu ſein, für
den Krieg unbrauchbar zu werden. In ihrer geſchloſ= 5
ſenen Organiſation, mit ihren Anſprüchen und mit
ihren Vorrechten ſtand ſie der zivilen Bevölkerung um ſo
fremder gegenüber und mochte dieſer nur um ſo läſtiger
und zweckloſer erſcheinen. Sie ſelbſt verlor in dem ewigen
Einerlei des Garniſondienſtes das Verſtändnis ihrer Auf= 10
gabe und den Maßſtab ihrer Tüchtigkeit; ſie war wie ein
kunſtreicher, aber toter Mechanismus.

Wie anders jetzt. Der Geiſt ihres königlichen Feld=
herrn hatte ſie belebt, ſie mit Thatkraft, Selbſtgefühl,
Wetteifer in jeder Art militäriſcher Tugend erfüllt. Die 15
Truppen hatten ihren König im wildeſten Schlachtgewühl
bei Mollwitz[1] geſehen; die mühſeligſten Wintermärſche in
Mähren hatte er zu Fuß an ihrer Seite mitgemacht.
Und wie verſtand er mit ſeinen Offizieren und Leuten
zu ſprechen, wie zu loben und zu tadeln: ſo jenes Wort 20
über den Rittmeiſter Bronikowsky, den Bruder des Hu=
ſarenobriſten: „euer Bruder iſt mir zu toll und allzu brav
bei den Huſaren, den will ich zu den Reitern ſetzen.“
Welcher Geiſt in dieſer Armee war, zeigt eine Tagesliſte
der Truppen in Schleſien, in der unter 12,000 Mann nur 25
39 Arreſtanten angeführt werden, zeigt die Verluſtliſte von

---

1 On the 10th of April, 1741, Frederick won his first
victory at Mollwitz. Yet the credit of this victory was due
more to his generals, for the king himſelf, under the im-
preſſion that the battle was loſt, rode rapidly away at an 30
early ſtage of the ſtruggle, — a proceeding which for a time
cauſed his perſonal bravery to be doubted; cf. 4, page 152.

Chotusitz,[1] nach der die sechs Bataillone des linken Flügels,
die den schwersten Kampf auszuhalten gehabt, auf 1183
Tote und Verwundete nur 8 Vermißte zählten. In dieser
Armee war alles Ordnung, Disziplin, Reinlichkeit, Für-
5 sorge für die Leute, regelmäßiger Dienst; in dem Parole-
buch aus den Tagen von Chotusitz ist zwei Tage nach der
Schlacht der Befehl eingezeichnet: fleißig exerzieren zu
lassen und namentlich die Rekruten im Schießen zu üben.
Vor allem die Kavallerie ist wie neugeschaffen; im Anfang
10 des Feldzugs steif, schwerfällig, den österreichischen Reitern
ein Gespött, hat sie sich bei Chotusitz an Gewandtheit,
Kühnheit, Ungestüm völlig überlegen gezeigt; preußische
Husaren sprengen feindliche Quarrés, während österreichische Küraffiere nicht einmal den Versuch wagen, ein
15 preußisches Bataillon anzugreifen.

Jetzt kehren diese ruhmgekrönten Regimenter unter dem
Glockengeläut der Friedensfeier in ihre Garnisonen zurück.
Man wird sie da wohl mit andern Augen als sonst angesehen haben; man wird inne geworden sein, daß Preußen,
20 dank dieser Armee, stolzer dastehe, denn je zuvor, mächtig
genug, nach eigenem Interesse Krieg zu führen und Frieden
zu schließen, wie sonst nur die großen Mächte, — daß Preußen ihnen, wie lieb oder leid es ihnen sein mochte, ebenbürtig zur Seite stehe. War es eine Genugthuung, über
25 das alte herrische Österreich gesiegt zu haben, als eine nicht
mindere wurde es empfunden, daß nun die leidige Verbindung mit den Franzosen ein Ende habe, daß nun nicht
mehr lange ihres Bleibens im Reiche sein werde.[2]

---

[1] A second Prussian victory at Chotusitz, near Czaslau
30 (Bohemia), on the 17th of May, 1752, fairly terminated the
war in the king's favor.
[2] It was hoped and desired that Maria Theresa would now

Und weiter: Preußen hatte zwei Jahre Krieg gehabt,
ohne daß an einem Punkt des Staates der Feind einge=
brochen oder Handel und Wandel geſtört worden war, ohne
irgend eine Erhöhung der Steuern oder Lieferungen, ohne
Anleihe oder fremde Subſidien. Wie im tiefſten Frieden   5
hatten die Geſchäfte in allen Zweigen der Juſtiz und Ver=
waltung, alle privaten Geſchäfte ihren Fortgang gehabt.
Mochten die Polen mit Stolz von ihrer Freiheit,[1] die Eng=
länder und Holländer mit Bedauern von den Staaten
„mit despotiſchem Regiment" ſprechen, in Preußen empfand 10
man den Segen einer Monarchie, deren Träger ſich als den
erſten Diener des Staates anſah.

Daß vor vierzig Jahren Friedrich I die königliche Würde
angenommen, hatte ſeine Lande von der Maas bis zum
Niemen zu der Gemeinſchaft des preußiſchen Namens ver= 15
bunden; jetzt hatte dieſer Name einen lebendigen Inhalt.
Was die deutſchen Lande ſonſt in der Ohnmacht ihrer Zer=
ſplitterung nicht mehr hatten und kaum mehr empfanden zu
entbehren, das Gefühl der Macht, der echten Staatlichkeit,
der Bedeutung in Europa, das erfüllte und erhob nun   20
einen Teil dieſes deutſchen Volkes und begann über die
preußiſchen Schlagbäume[2] hinaus zu wirken.

be enabled to drive the French, who supported the elector
of Bavaria, now Emperor Charles VII, out of German lands.

[1] Exaggerated liberties which so frequently degenerated 25
into license, and which concerned only the *szlachta* (nobility),
while oppressing the peasants to the utmost, were one of
the many causes that brought about Poland's fall, which
Bryce calls "the greatest public misfortune."

[2] Schlagbaum, 'bar, turnpike, field-gate,' sc. the poles 30
marking the boundaries of countries, usually painted with
the country colors, cf. Alfred Meissner's famous Austrian
novel „Schwarz=gelb."

Schon vor diesem Friedensschluß mächtig genug, um es mit dem ersten Hause im Reich aufzunehmen, hatte er mit demselben einen Machtzuwachs erhalten, der ihn in den Stand setzte, zu behaupten, was er gewonnen hatte.

5 Es war ein Gebiet, das den preußischen Staat um ein Drittel seines Areals, um die volle Hälfte seiner Bevölkerung vergrößerte. Er zählte nun 2840 Quadratmeilen, über 3½ Millionen Einwohner.

Diese neue Provinz war fast durchgehend, bis in die Ge= 10 birge hinauf von fruchtbarem Boden, in alter Kultur, voller Dörfer und Städte. Sie war einst in mannigfacher In= dustrie reich gewesen; aber unter der österreichischen Ver= waltung, unter dem Doppeldruck kirchlicher Verfolgungen und eines tief verrotteten ständischen Wesens[1] war das 15 reiche Land zurückgekommen, vieler Orten entvölkert.

Noch nie hatte sich ein Staat Aufgaben gestellt, wie sie Friedrich II in Schlesien löste. In der Einrichtung und Umgewöhnung dieser neuen Provinz bewährte das preu= ßische Wesen den ganzen Vorzug seiner straffen, gesunden, 20 sachgemäß einfachen Organisation, die ganze Überlegenheit seiner inneren Politik.

---

[1] This self-administration of the states, the *conventus publicus*, in Silesia, and the Austrian policy of religious op- pression and financial extortion, had gradually ruined the 25 province. „Das Land krankte an allen Schäden der verrotteten Libertät und der höfischen Monarchie; die Verwaltung war so schlaff, schwerfällig, lähmend wie möglich," says Droysen in another chapter.

VIII.

Preußens Erhebung.

Von Heinrich von Treitschke.[1]

[From „Deutsche Geschichte im neunzehnten Jahrhundert," I, p. 269 ff.]

Schon mehrmals hatte Preußen durch das plötzliche Her=
vorbrechen seiner verborgenen sittlichen Kräfte die deutsche
Welt in Erstaunen gesetzt: so einst, da Kurfürst Friedrich
Wilhelm seinen kleinen Staat hineindrängte in die Reihe
der alten Mächte;[2] so wieder, als König Friedrich den   5

---

[1] Heinrich von Treitschke, famous patriotic historian
and parliamentarian of Germany; at present professor of
history in Berlin; author of the celebrated works: „Zehn
Jahre deutscher Kämpfe, 1865–74," „Historische und politische Auf=
sätze," and the greatest of all „Deutsche Geschichte im neunzehnten   10
Jahrhundert."

[2] Frederick William, surnamed the Great Elector (1640–
1688), raised his Brandenburg-Prussian land, rendered prac-
tically a desert by the Thirty Years' War, to the standard
of the first power in Germany beside Austria. After the   15
Westphalian Peace, Treitschke remarks, „trat als ein Fürst
ohne Land, mit einem Stecken und einer Schleuder [appropriate
allusion to the biblical king David], Kurfürst Friedrich Wilhelm
ein in das verwüstete deutsche Leben, der größte deutsche Mann seiner
Tage, und beseelte die schlummernden Kräfte seines Staates mit   20
der Macht des Wollens," cf. chapter VI.

Kampf um Schlesien wagte.[1] Aber keine von den großen
Überraschungen der preußischen Geschichte kam den Deut=
schen so unerwartet, wie die rasche und stolze Erhebung der
halbzertrümmerten Großmacht nach dem tiefen Falle von
5 Jena.[2] Während die gefeierten Namen der alten Zeit
samt und sonders[3] verächtlich zu den Toten geworfen
wurden und in Preußen selbst jedermann den gänzlichen
Mangel an fähigem jungem Nachwuchs beklagte, scharte
sich mit einemmale ein neues Geschlecht um den Thron:
10 mächtige Charaktere, begeisterte Herzen, helle Köpfe in un=
absehbarer Reihe, eine dichte Schar von Talenten des Rates
und des Lagers, die den litterarischen Großen[4] der Nation

---

[1] Frederick the Great won Silesia in three Silesian wars
(1740–1742, 1743–1745, 1756–1763) from Austria, and in the
15 third war, the Seven Years' War, against all Europe.
Through him Prussia becomes a first-rate power in
Europe.

[2] The defeat of the Prussian army at Jena and Auerstädt
(14th of October, 1806) was so complete, so unexampled, that
20 the end of that kingdom seemed to have come. All Prussian
land on the left bank of the Elbe was taken and incor-
porated as a part of France. „Beispiellos wie das Aufsteigen
dieses Staates gewesen, sollten auch seine Niederlagen werden, allen
kommenden Geschlechtern unvergeßlich wie selbsterlebtes Leid, allen
25 eine Mahnung zur Wachsamkeit, zur Demut und zur Treue."
Treitschke, I, p. 246.

[3] samt und sonders, 'all together, each and all'; alliteration;
samt, prep. adv. 'together with'; M.H.G. samt, earlier sament,
O.H.G. samant, root to zusammen, sammeln; sonder(s), M.H.G.
30 sunder, prep., adv. and conj. 'aside, separately; but, rather';
O.H.G. suntar, adv., 'separately, especially'; A.S. sundor,
E. asunder.

[4] Intellectually the German nation was just at this time
of political humiliation and disgrace in the zenith of its
35 glory. Schiller did not live to see Jena, but his Posa, Max

ebenbürtig an die Seite traten. Und wie einſt Friedrich
auf den Schlachtfeldern Böhmens nur erntete, was ſein
Vater in mühereichen Friedenszeiten ſtill geſäet hatte,[1] ſo
war auch dies ſchnelle Wiedererſtarken der gebeugten Monarchie nur die reife Frucht der ſchweren Arbeit langer   5
Jahre. Indem der Staat ſich innerlich zuſammenraffte,

Piccolomini, his Jungfrau von Orleans did. „Am Tell vornehmlich nährte das heranwachſende Geſchlecht ſeine Begeiſterung
für Freiheit und Vaterland. Die ganz dramatiſch gedachte Mahnung: ‚ſeid einig, einig, einig,‘ erſchien den jungen Schwärmern   10
wie ein heiliges Vermächtnis des Dichters an ſein eignes Volk.“
Treitschke, p. 202.—Goethe's victories weighed heavier"than
the laurels of Marengo."—Kant, Schleiermacher, Fichte lived,
three philosophers, the like of whom no nation has produced at
the same time. Kant's "categorical imperative," the essence   15
of his moral philosophy, with which the young generation
allowed itself to be permeated, hastened not a little the
political rebirth. — Ernst Moritz Arndt began to inspire the
German youth with his patriotic songs and writings. — The
Romantic school fostered patriotism, even a national pas-   20
sion. „Noch einmal kam der deutſchen Litteratur eine Zeit der
Jugend. Die neue Romantik begrüßte mit trunkenem Entzücken
jeden glücklichen Fund, der eine Kunde brachte von der alten Größe
des Vaterlandes. Sie beſtaunte das deutſche Altertum mit großen
Kinderaugen; durch alles was ſie dachte und träumte geht ein Zug 25
hiſtoriſcher Pietät, ein bewußter Gegenſatz zu der Verſtandesbildung
und der Pflege der exakten Wiſſenſchaften im napoleoniſchen Reiche.
Aus der Gärung dieſer romantiſchen Tage ſtieg die große Zeit der
hiſtoriſch-philologiſchen Wiſſenſchaften hervor, welche nunmehr, die
Dichtung überflügelnd, auf lange hinaus in den Vordergrund un-   30
ſeres geiſtigen Lebens traten.“ Treitschke, p. I, 309.

[1] It is well known that only the organization of a powerful army and a well-filled treasury, as well as a perfectly
developed civil administration, left by Frederick the Great's
father, Frederick William I, enabled the son to carry on   35
the wars against Austria for the possession of Silesia.

machte er sich alles zu eigen, was Deutschlands Dichter
und Denker während der letzten Jahrzehnte über Menschen=
würde und Menschenfreiheit, über des Lebens sittliche
Zwecke gedacht hatten. Er vertraute auf die befreiende
5 Macht des Geistes, ließ den vollen Strom der Ideen des
neuen Deutschlands über sich hereinfluten.

Jetzt erst wurde Preußen in Wahrheit der deutsche Staat,
die Besten und Kühnsten aus allen Stämmen des Vater=
landes, die letzten Deutschen sammelten sich unter den
10 schwarzundweißen Fahnen. Der schwungvolle Idealismus
einer lauteren[1] Bildung wies der alten preußischen Tapfer=
keit und Treue neue Pflichten und Ziele, erstarkte selber in
der Zucht des politischen Lebens zu opferfreudiger That=
kraft. Der Staat gab die kleinliche Vorliebe für das hand=
15 greiflich[2] Nützliche auf; die Wissenschaft erkannte, daß sie
des Vaterlandes bedurfte, um menschlich wahr zu sein.
Das alte harte kriegerische Preußentum und die Gedanken=
fülle der modernen deutschen Bildung fanden sich endlich
zusammen, um nicht wieder voneinander zu lassen. Diese
20 Versöhnung zwischen den beiden schöpferischen Mächten
unserer neuen Geschichte giebt den schweren Jahren, welche
dem Tilsiter Frieden[3] folgten, ihre historische Größe. In
dieser Zeit des Leidens und der Selbstbestimmung haben sich
alle die politischen Ideale zuerst gebildet, an deren Verwirk=
25 lichung die deutsche Nation bis zum heutigen Tage arbeitet.

---

[1] lauter, 'pure, more'; M.H.G. lûter, 'bright, pure, clear';
O.H.G. lûttar, hlûttar (orig. from Lat. lautus, 'washed'; (?);
Greek κλυδ, stem to κλύζω, 'to wash').

[2] handgreiflich, „was man mit Händen greifen kann," 'sub-
30 stantial; palpable, evident.'

[3] Tilsiter Frieden, signed on the 7th and 9th July, 1807, „der
grausamste aller Friedensschlüsse, unerhört nach Form und Inhalt."

Nirgends hatte die Willkür des Eroberers grausamer ge=
haust als in Preußen; darum ward auch der große Sinn
des Kampfes, der die Welt erschütterte, nirgends tiefer, be=
wußter, leidenschaftlicher empfunden[1] als unter den deut=
schen Patrioten. Gegen die abenteuerlichen[2] Pläne des
napoleonischen Weltreichs erhob sich der Gedanke der
Staatenfreiheit, derselbe Gedanke, für den einst der Neu=
gründer des preußischen Staates gegen den vierzehnten
Ludwig gefochten hatte.[3] Den kosmopolitischen Lehren
der bewaffneten Revolution trat die nationale Gesinnung,
die Begeisterung für Vaterland, Volkstum und heimische
Eigenart entgegen. Im Kampfe wider die erdrückende
Staatsallmacht des Bonapartismus erwuchs eine neue
lebendige Anschauung vom Staate, die in der freien Ent=
faltung der persönlichen Kraft den sittlichen Halt der
Nationen sah. Die großen Gegensätze, die hier aufein=
ander stießen, spiegelten sich getreulich wieder in den Per=
sonen der leitenden Männer. Dort jener eine Mann, der sich
vermaß,[4] er selber sei das Schicksal, aus ihm rede und
wirke die Natur der Dinge — der Übermächtige, der mit
der Wucht[5] seines herrischen Genius jeden anderen Willen
erdrückte, tief unter ihm ein Dienergefolge von tapferen

---

[1] empfinden, cf. 1, page 13.

[2] abenteuerlich, cf. 3, page 87.

[3] The Great Elector stood alone against the overbearing
Louis XIV, when all Germany submitted to him. When,
finally defeated, he signed the treaty of St. Germain-en-
Laye, he is said to have prophetically uttered the renowned
words: " Exoriare nostris ex ossibus ultor ! "

[4] sich vermessen, from M.H.G. *vermёzzen*, O.H.G. *firmёzzan*,
refl., 'to estimate one's strength too high, have an over-
weening opinion of one's self.'

[5] Wucht, 'weight, burden,' a variant of Gewicht.

Landsknechten[1] und brauchbaren Geschäftsmännern, aber
fast kein einziger aufrechter Charakter, fast keiner, dessen
inneres Leben sich über das platt Alltägliche erhob. Hier
eine lange Schar ungewöhnlicher Menschen, scharf ausge=
prägte,[2] eigensinnige Naturen, jeder eine kleine Welt für
sich selber voll deutschen Trotzes[3] und deutscher Tadel=
sucht,[4] jeder eines Biographen würdig, zu selbständig und
gedankenreich, um kurzweg zu gehorchen, doch allesamt einig
in dem glühenden Verlangen, die Freiheit und Ehre ihres
geschändeten Vaterlandes wieder aufzurichten.

Einer aber stand in diesem Kreise nicht als Herrscher,
doch als der erste unter gleichen: der Freiherr von Stein,
der Bahnbrecher[5] des Zeitalters der Reformen. Das
Schloß seiner Ahnen lag zu Nassau,[6] mitten im buntesten

[1] Landsknecht, 'lansquenet,' one of a class of mercenary
foot-soldiers or pikemen, who in the XVIth and XVIIth
centuries formed a large proportion of both the German and
the French armies.

[2] ausgeprägt, 'strongly marked,' from prägen, 'to stamp,
impress,' M.H.G. praechen, braechen. M.H.G. braech, 'stamp,
impression,' as in Greek χαρακτήρ from χαράσσω, 'to stamp.'

[3] Trotz, 'boldness, defiance,' M.H.G. (M.G.) trotz, more
commonly tratz, trutz, 'refractoriness,' unknown in O.H.G.
and the other Teut. dialects. — Lat. trux, trucis, but Kluge sees
no reason to suppose that it has been borrowed from Latin.

[4] Tadelsucht, 'censoriousness, spirit of fault-finding';
Sucht, 'sickness, disease'; cf. siech.

[5] Bahnbrecher, 'man opening new paths, marking a new
epoch, pioneer.'

[6] Nassau, a little town on the right bank of the Lahn.
Adjacent are Burg Stein and Burg Nassau, the cradle of the
Nassovian dukes. — Ems, the famous watering-place on the
Lahn river, where in 1870 the rebuke by King William I, of
the French Ambassador Benedetti, was the immediate cause
of the Franco-Prussian War.

Ländergemenge der Kleinstaaterei; von der Lahnbrücke im
nahen Ems konnte der Knabe in die Gebiete von acht
deutschen Fürsten und Herren zugleich hineinschauen.
Dort wuchs er auf, in der freien Luft, unter der strengen
Zucht eines stolzen, frommen, ehrenfesten, altritterlichen 5
Hauses, das sich allen Fürsten des Reiches gleich dünkte.
Standen doch die Stammburgen der Häuser Stein und
Nassau dicht bei einander auf demselben Felsen; warum
sollte das alte Wappenschild mit den Rosen und den
Balken[1] weniger gelten als der sächsische Rautenkranz[2] 10
oder die würtembergischen Hirschgeweihe?[3] Der Gedanke
der deutschen Einheit, zu dem die geborenen Unterthanen
erst auf den weiten Umwegen der historischen Bildung ge-
langten, war diesem stolzen reichsfreien[4] Herrn in die
Wiege gebunden. Er wußte gar nicht anders: „ich habe nur 15
ein Vaterland, das heißt Deutschland, und da ich nach alter
Verfassung nur ihm und keinem besonderen Teile desselben
angehöre, so bin ich auch nur ihm und nicht einem Teile
desselben von ganzem Herzen ergeben." Wenig berührt
von der ästhetischen Begeisterung der Zeitgenossen versenkte 20
sich sein thatkräftiger, auf das Wirkliche gerichteter Geist
früh in die historischen Dinge. Alle die Wunder der vaterländischen Geschichte, von den Kohortenstürmern des Teuto-
burger Waldes[5] bis herab zu Friedrichs Grenadieren,

---

[1] Balken, 'beam, loft.'　25

[2] Rautenkranz, 'wreath, crown of rue' (in the Saxon coat
of arms); M.H.G. rûte, 'lozenge in heraldry.'

[3] Hirschgeweih, 'horns of a stag, antlers' (in the Würtem-
berg coat of arms).

[4] reichsfrei, reichsfreiherrlich, 'belonging or relating to a 30
baron of the German empire.'

[5] The battle in the Teutoburg Forest, fought by Arminius,
the prince of the Cherusci, against the legions of Quintilius

ſtanden lebendig vor ſeinen Blicken. Dem ganzen großen
Deutſchland, ſoweit die deutſche Zunge klingt, galt ſeine
feurige Liebe. Keinen, der nur jemals von der Kraft und
der Großheit[1] deutſchen Weſens Kunde gegeben, ſchloß er
5 von ſeinem Herzen aus; als er im Alter in ſeinem Naſſau
einen Turm erbaute zur Erinnerung an Deutſchlands
ruhmvolle Thaten, hing er die Bilder von Friedrich dem
Großen und Maria Thereſia, von Scharnhorſt[2] und
Wallenſtein friedlich neben einander. Sein Ideal war das
10 gewaltige deutſche Königtum der Sachſenkaiſer;[3] die neuen

---

Varus, in the year 9 A.D., freed Germany from the attempted
Roman yoke. See Klopstock's "Hermann-Trilogy," Heinrich von Kleist († 1811), whose Varus and the Romans rep-
resent Napoleon and the French, and the „Hermannsſchlacht"
15 by Grabbe; the old hero thus occupies a broad space in
modern German literature.

[1] Großheit, uncommon, fig. word for Größe. New words
have been frequently coined by the great historians to ex-
press new concepts, some of which have been generally ac-
20 cepted. Johannes Scherr especially formed new words with
great freedom.

[2] Scharnhorst, the great reorganizer of the Prussian
army after its absolute ruin. He did under the greatest
difficulties the same thing, which Roon and Moltke did later
25 to prepare the Prussian army for Königgrätz and Sedan; *
see H. von Sybel, Preface, cf. Treitschke's excellent appre-
ciation of the hero: I, p. 289 ff.

[3] Sachſenkaiſer: *Henry the Fowler* (919–936), who laid the
foundations of a firm monarchy, driving back the Magyars
30 and Wends, recovering Lotharingia, founding towns to be
centers of orderly life and strongholds against Hungarian
irruptions. — The Holy Roman Empire, as denoting the
sovereignty of Germany and Italy vested in a Germanic

---

* „Der mächtige Geiſt, aus deſſen lichtem Haupte das deutſche Volksheer
35 gepanzert aufſtieg wie Pallas aus dem Haupte des Zeus."

Teilſtaaten, die ſich ſeitdem über den Trümmern der Mo=
narchie erhoben hatten, erſchienen ihm ſamt und ſonders
nur als Gebilde der Willkür, heimiſchen Verrates, aus=
ländiſcher Ränke,[1] reif zur Vernichtung, ſobald irgendwo
und irgendwie die Majeſtät des alten rechtmäßigen König= 5
tums wieder erſtünde. Sein ſchonungsloſer Freimut gegen
die gekrönten Häupter entſprang nicht bloß der angebornen
Tapferkeit eines heldenhaften Gemütes, ſondern auch dem
Stolze des Reichsritters, der in allen dieſen fürſtlichen
Herren nur pflichtvergeſſene, auf Koſten des Kaiſertums 10
bereicherte Standesgenoſſen ſah und nicht begreifen wollte,
warum man mit ſolchen Zaunkönigen[2] ſo viel Umſtände
mache.

Er hatte die rheiniſchen Feldzüge in der Nähe beobachtet
und die Überzeugung gewonnen, die er einmal der Kaiſerin 15
von Rußland vor verſammeltem Hofe ausſprach: das Volk
ſei treu und tüchtig, nur die Erbärmlichkeit ſeiner Fürſten
verſchulde Deutſchlands Verderben. Er haßte die Fremd=
herrſchaft mit der ganzen dämoniſchen Macht ſeiner natur=
wüchſigen Leidenſchaft; die einmal ausbrechend unbändig 20
wie ein Bergſtrom dahinbrauſte; doch nicht von der Wieder=
aufrichtung der verlebten alten Staatsgewalten, noch von
den künſtlichen Gleichgewichtslehren der alten Diplomatie

prince, is the creation of *Otto the Great* (936–973) ; under his
two successors, *Otto II* (973–983) and *Otto III* (983–1002), the 25
Saxon power falls to pieces—and the direct line of Henry
the Fowler is now ended. Their reign is short and sad,
full of bright promise never fulfilled ; cf. chapters II and III.

[1] Rank, *pl.* Ränke, 'winding, intrigue, wile'; M.H.G. *ranc*
(k), corresponding to A.S. *wrenc*, 'bend, cunning, plot,' E. 30
wrench.

[2] Zaunkönig, 'wren.' In M.H.G. *küniclîn*, O.H.G. *chuningli*,
'little king.'

erwartete er das Heil Europas. Sein freier großer Sinn
drang überall gradaus in den sittlichen Kern der Dinge.
Mit dem Blick des Sehers erkannte er jetzt schon, wie Gneisenau,[1] die Grundzüge eines dauerhaften Neubaues der
5 Staatengesellschaft. Das unnatürliche Übergewicht Frankreichs — so lautete sein Urteil — steht und fällt mit der
Schwäche Deutschlands und Italiens; ein neues Gleichgewicht der Mächte kann nur erstehen, wenn jedes der beiden
großen Völker Mitteleuropas zu einem kräftigen Staate
10 vereinigt wird. Stein war der erste Staatsmann, der die
treibende Kraft des neuen Jahrhunderts, den Drang nach
nationaler Staatenbildung, ahnend erkannte; erst zwei
Menschenalter später sollte der Gang der Geschichte die
Weissagungen des Genius rechtfertigen.[2] Noch war sein
15 Traum vom einigen Deutschland mehr eine hochherzige
Schwärmerei als ein klarer politischer Gedanke; er wußte
noch nicht, wie fremd Österreich dem modernen Leben
der Nation geworden war, wollte in den Kämpfen um
Schlesien nichts sehen als einen beklagenswerten Bür-
20 gerkrieg.

Immerhin[3] hatte er schon in jungen Jahren die lebendige Macht des preußischen Staates erkannt und, weit ab-
weichend von den Gewohnheiten des Reichsadels, sich in
den Dienst der protestantischen Großmacht begeben. Wie

25 [1] Gneisenau, called by the king into the commission for
reorganizing the army, and appointed chief of the engineer-
corps (1807), became one of the greatest reorganizers of the
Prussian State and its army.

[2] Italy accomplished her national union in the same year
30 as Germany (1871). Cf. Treitschke, Einheitsbestrebungen zer-
teilter Völker (*Cavour*).

[3] immerhin, expressing consent, 'no matter, never mind;
nevertheless, at any rate.'

ward ihm so wohl in der naturfrischen, den Körper stählen-
den Thätigkeit des Bergbaues, und nachher, da er als
Kammerpräsident unter den freien Bauern und dem stolzen
alteingesessenen Adel der westfälischen Lande eine zweite
Heimat fand, bei Wind und Wetter immer selbst zur   5
Stelle, um nach dem Rechten zu sehen, herrisch durchgrei-
fend, rastlos anfeuernd, aber auch gütig und treuherzig,
durch und durch praktisch, nicht minder besorgt um die Kühe
der kleinen Kötter[1] wie um die Wasserwege für die reichen
Kohlenwerke — ein echter Edelmann, vornehm zugleich und 10
leutselig, großartig in allem, ein kleiner König in seiner
Provinz. Den Osten der Monarchie kannte er wenig. Der
Rheinfranke konnte das landschaftliche Vorurteil gegen die
dürftigen Kolonistenlande jenseits der Elbe lang nicht über-
winden; er meinte in den ernsthaften verwitterten[2] Zügen 15
der brandenburgischen Bauern, die freilich die Spuren langer Not und Unfreiheit trugen, einen scheuen, bösen Wolfs-
blick zu erkennen, und mit dem naiven Stolze des Reichsritters sah er auf das arme anspruchsvolle Junkertum[3]
der Marken herunter, das doch für Deutschlands neue   20
Geschichte unvergleichlich mehr geleistet hatte als der gesamte Reichsadel. Sold[4] zu nehmen und seinen steifen
Nacken in das Joch des Dienstes zu schmiegen,[5] fiel dem

---

[1] Kötter, also Kotsasse, by assimilation Kossasse, Kotse, 'person settled in a small farm'; from Kot, Kote, 'cot,' Low 25
Germ. word for 'hut.'

[2] verwittert [Wetter, 'weather'], 'weather-beaten'; also
'decomposed, decayed,' cf. E. 'to wither.'

[3] Junkertum, mod. slang, 'squir(e)archy,' abstr. 'oppres-
sive, haughty rule of the petty feudal nobility.'   30

[4] Sold, cf. 2, page 82.

[5] schmiegen, 'to wind, incline; twine, nestle,' from M.H.G.
smiegen, 'to cling close to, stoop'; cf. schmücken, Kluge,
Etym. Wört.

Reichsfreiherrn von Haus aus schwer. Als er dann auf
der roten Erde[1] die noch lebensfähigen Überreste altger=
manischer Gemeindefreiheit und altständischer Institutionen
kennen lernte, als er die gemeinnützige Wirksamkeit der
5 Landstände, der bäuerlichen Erbentage, der Stadträte und
Kirchensynoden beobachtete[2] und damit die formensteife
Kleinmeisterei,[3] die allfürsorgende Zudringlichkeit des könig=
lichen Beamtentums verglich, da überkam ihn eine tiefe
Verachtung gegen das Nichtige des toten Buchstabens und
10 der Papierthätigkeit. Mit harten und oftmals ungerechten
Worten schalt er auf die besoldeten, buchgelehrten, interesse=
losen, eigentumslosen Buralisten, die, es regne oder es
scheine die Sonne, ihren Gehalt aus der Staatskasse erhe=
ben und schreiben, schreiben, schreiben.
15 So in rüstigem Handeln, in lebendigem Verkehr mit
allen Ständen des Volkes bildete er sich nach und nach eine
selbständige Ansicht vom Wesen politischer Freiheit, die sich
zu den demokratischen Doktrinen der Revolution verhielt
wie die deutsche zur französischen Staatsgesinnung. Adam
20 Smiths Lehre von der freien Bewegung der wirtschaft=

---

[1] Westphalia, called the „Rote Erde," from the nature of
its soil.

[2] These are remnants of the Westphalian self-government
and old liberties of all states, the nobility as represented by
25 the „Landstände" (a kind of provincial diet), the proud free
peasantry with their old Teutonic assemblies (nowhere described better or more completely than in *Immermann's* „Ober=
hof"), the free cities with their self-administration by the
town councils, their own church synods regulating their
30 own affairs.

[3] Kleinmeisterei, 'coxcombry,' 'the pedantic interference
and over-officiousness (Zudringlichkeit) of a petty bureaucracy'
(Buralisten, from Bureau).

lichen Kräfte[1] hatte schon dem Jüngling einen tiefen Ein=
druck hinterlassen; nur lag dem deutschen Freiherrn nichts
ferner, als jene Überschätzung der wirtschaftlichen Güter,
worein die blinden Anhänger des Schotten verfielen, viel=
mehr bekannte er sich laut zu der fridericianischen Meinung, 5
daß übermäßiger Reichtum das Verderben der Völker sei.
Justus Mösers[2] lebenswarme Erzählungen von der Bau=
ernfreiheit der germanischen Urzeit ergriffen ihn lebhaft, das
Studium der deutschen und der englischen Verfassungsge=
schichte kam seiner politischen Bildung zu statten, und sicher 10
hat die romantische Weltanschauung des Zeitalters, die all=
gemeine Schwärmerei für die ungebrochene Kraft jugend=
lichen Volkslebens unbewußt auch auf ihn eingewirkt. Doch
der eigentliche Quell seiner politischen Überzeugung war
ein starker, sittlicher Idealismus, der, mehr als der Frei= 15
herr selbst gestehen wollte, durch die harte Schule des preu=
ßischen Beamtendienstes gestählt worden war.

Die Verwaltungsordnung des ersten Friedrich Wilhelm
hatte einst das dem öffentlichen Leben ganz entfremdete
Volk in den Dienst des Staates hineingezwungen.[3] Stein 20

---

[1] Adam Smith (1723–1790), the greatest of the old English
political economists. On his work "Wealth of the Nations"
Smith's fame mainly rests. It operated powerfully through
the harmony of its critical side with the tendencies of the
half century which followed its publication to the assertion 25
of personal freedom and "natural rights." It discredited
the economic policy of the past, and promoted the overthrow
of institutions unsuited to modern society.

[2] Justus Möser, famous publicist and historian, born in
1720 at Osnabrück (Hanover). All his works were pub= 30
lished in ten volumes, Berlin, 1842–43. His „Patriotische
Phantasien“ are a true national work.

[3] Cf. 1, page 166.

erkannte, daß die also erzogenen nunmehr fähig waren,
unter der Aufsicht des Staates die Geschäfte von Kreis[1]
und Gemeinde selbst zu besorgen. Er wollte an die Stelle
der verlebten alten Geburtsstände die Rechtsgleichheit der
5 modernen bürgerlichen Gesellschaft setzen, aber nicht die
unterschiedslose Masse souveräner Einzelmenschen, sondern
eine neue gerechtere Gliederung der Gesellschaft, die den
„Eigentümern," den Wohlhabenden und vornehmlich den
Grundbesitzern, die Last des kommunalen Ehrendienstes
10 auferlegte und ihnen dadurch erhöhte Macht gäbe — eine
junge auf dem Gedanken der politischen Pflicht ruhenden
Aristokratie.[2] Er dachte die Revolution mit ihren eigenen
Waffen zu bekämpfen, den Streit der Stände auszugleichen,
die Idee des Einheitsstaates in der Verwaltungsordnung
15 vollständig zu verwirklichen; doch mit der Thatkraft des
Neuerers verband er eine tiefe Pietät für das historisch Ge=
wordene, vor allem für die Macht der Krone. Eine Ver=
fassung bilden, sagte er oft, heißt das Gegenwärtige aus
dem Vergangenen entwickeln. Er strebte von jenen künst=

20   [1] The self-administration of the Prussian town and village
communities is Stein's work. A number of such villages
and commonly one city form a district (Kreis) under a
„Landrat," a number of such districts form a circuit (Re=
gierungsbezirk) under a President (called Landrost in Hanover),
25 two to five such circuits constitute a province under a
Superior President (Regierungs=Oberpräsident). The Prussian
monarchy has at present thirteen provinces.
  [2] This plan of imposing the honorable duty of governing
the communities and districts upon the proprietors, espe-
30 cially the landowners, is not the establishment of an
aristocracy, but of a "timocracy," as first established by
Solon in Athens, imitated in Rome by the Servian census
administration.

lichen Zuſtänden der Bevormundung[1] und des Zwanges,
die ſich einſt aus dem Elend des dreißigjährigen Krieges
herausgebildet hatten, wieder zurück zu den einfachen und
freien Anſchauungen der deutſchen Altvordern, denen der
Waffendienſt als das Ehrenrecht jedes freien Mannes, die 5
Sorge für den Haushalt der Gemeinde als die natürliche
Aufgabe des Bürgers und des Bauern erſchien. Dem be-
gehrlichen revolutionären Sinne, der von dem Staate unendliche Menſchenrechte heiſchte,[2] trat das ſtrenge altpreu-
ßiſche Pflichtgefühl entgegen, dem dreiſten Dilettantismus[3] 10
der Staatsphiloſophen die Sach- und Menſchenkenntnis
eines gewiegten Verwaltungsbeamten, der aus den Erfahrungen des Lebens die Einſicht gewonnen hatte, daß der
Neubau des Staates von unten her beginnen muß, daß
konſtitutionelle Formen wertlos ſind, wenn ihnen der Un- 15
terbau der freien Verwaltung fehlt.

Dieſe Gedanken, wie neu und kühn ſie auch erſcheinen,
ergaben ſich doch notwendig aus der inneren Entwicklung,
welche der preußiſche Staat ſeit der Vernichtung der alten
Standesherrſchaft bis zum Erſcheinen des allgemeinen 20
Landrechts[4] durchlaufen hatte; ſie berührten ſich zugleich

---

[1] Bevormundung, 'guardianship, tutelage'; M.H.G. vor-
munt (d), also vormünde, vormunde, 'intercessor, protector,
guardian'; O.H.G. foramunto, 'intercessor,' allied to Mund
(der Mündel). 25

[2] heiſchen, 'to ask for, demand,' M.H.G. heischen, prop.
eischen; O.H.G. eiskôn, 'to ask'; cf. anheiſchig, 'bound, en-
gaged.'

[3] Dilettantismus, 'desultoriness and frivolity in following
art, science, literature or politics; from Ital. dilettare, 'to 30
take delight in,' Lat. delectare.

[4] Allgemeine Landrecht, the common law of Prussia, codified
in 1794.

so nahe mit dem sittlichen Ernst der Kantischen Philosophie
und dem wiedererwachenden historischen Sinne der deutschen Wissenschaft, daß sie uns Nachlebenden wie der
politische Niederschlag[1] der klassischen Zeit unserer Litteratur
5 erscheinen. Gleichzeitig, wie auf ein gegebenes Stichwort,[2]
wurden sofort nach dem Untergange der alten Ordnung die
nämlichen Ideen von den besten Männern des Schwertes
und der Feder geäußert, von keinem freilich so umfassend
und eigentümlich wie von Stein. In den Briefen und
10 Denkschriften von Scharnhorst und Gneisenau, von Vincke[3]
und Niebuhr[4] kehrt überall derselbe leitende Gedanke
wieder: es gelte, die Nation zu selbständiger, verantwort-
licher politischer Arbeit aufzurufen und ihr dadurch das
Selbstvertrauen, den Mut und Opfermut der lebendigen
15 Vaterlandsliebe zu erwecken. Ein geschlossenes System
politischer Ideen aufzubauen, lag nicht in der Weise dieser
praktischen Staatsmänner; sie rühmten vielmehr als einen

---

[1] Niederschlag, 'deposit, sediment.'
[2] Stichwort, 'catchword.'
20 [3] Treitschke gives the following characteristic of the
man: „Unter allen stand der westfälische Freiherr von Vincke den
Anschauungen Steins am nächsten. Auch er hatte sich seine Ansicht vom Staate unter dem Adel und den Bauern der roten Erde
gebildet, nur daß der geborene Preuße die Verdienste des Soldbe-
25 amtentums unbefangener anerkannte als der Reichsritter; er rechnete sich selber nicht zu den schöpferischen Köpfen, seine Stärke war
die Ausführung, die rastlose Thätigkeit des Verwaltungsbeamten.“
[4] Niebuhr, cf. 3, page 4; as political coworker of Stein,
characterized by Treitschke. „Niebuhr, der geniale Gelehrte,
30 zu reizbar, zu abhängig von der Stimmung des Augenblicks, um
sich leicht in die gleichmäßige Thätigkeit der Bureaus zu finden,
aber allen unschätzbar durch den unerschöpflichen Reichtum eines
lebendigen Wissens, durch die Weite seines Blicks, durch den Adel
einer hohen Leidenschaft.“

Vorzug des englischen Lebens, daß dort die politische
Doktrin so wenig gelte. Und so war auch das einzige
litterarische Werk, das unter Steins Augen entstand,
Vinckes Abhandlung über die britische Verwaltung, der
Betrachtung des Wirklichen zugewendet. Die kleine Schrift 5
gab zum erstenmale ein getreues Bild von der Selbstver=
waltung der englischen Grafschaften, die bisher neben der
bewunderten Gewaltenteilung des konstitutionellen Muster=
staates[1] noch gar keine Beachtung gefunden hatte; sie
enthielt zugleich eine so unzweideutige Kriegserklärung 10
gegen die rheinbündisch=französische Bureaukratie, daß sie
erst nach dem Sturze der napoleonischen Herrschaft gedruckt
werden durfte. Darum ist den Zeitgenossen der ganze
Tiefsinn der Staatsgedanken Steins niemals recht zum
Bewußtsein gekommen. Erst die Gegenwart erkennt, daß 15
dieser stolze Mann mit der Idee des nationalen Staates
auch den Gedanken der Selbstverwaltung, eine edlere, aus
uralten unvergessenen Überlieferungen der germanischen
Geschichte geschöpfte Auffassung der Volksfreiheit für das
Festland gerettet hat. Jeder Fortschritt unseres politischen 20
Lebens hat die Nation zu Steins Idealen zurückgeführt.

Es war der Schatten seiner Tugenden, daß er in den
verschlungenen Wegen der auswärtigen Politik sich nicht
zurecht fand und die unentbehrlichen Künste diplomatischer
Verschlagenheit als niederträchtiges Finassieren[2] verachtete. 25

---

[1] As the spirit of the free institutions in English local
and State government has served as a model to Montesquieu
and the French Encyclopædists, so it became now the intellectual basis for the reconstruction of the shattered
Prussian Monarchy.　　　　　　　　　　　　　　　　　　30

[2] niederträchtiges Finassieren [from Fr. *finesse*], 'low-aspir-
ing, base, vile subtlety.'

Ihm fehlte die List,[1] die Behutsamkeit,[2] die Gabe des
Zauderns und Hinhaltens. Auf dem Gebiete der Verwaltung bewegte er sich mit vollendeter Sicherheit. Wenn
aber eine Aussicht auf die Befreiung seines Vaterlandes
5 sich zu eröffnen schien, so verließ ihn die besonnene Ruhe,
und fortgerissen von dem wilden Ungestüm seiner patrioti-
schen Begeisterung rechnete er dann leicht mit dem Unmöglichen.

Den Staat bedachtsam zwischen den Klippen hindurch-
10 zusteuern, bis der rechte Augenblick der Erhebung erschien,
war diesem Helden des heiligen Zornes und der stürmischen
Wahrhaftigkeit nicht gegeben. Doch niemand war wie er
für die Aufgaben des politischen Reformators geboren.
Der zerrütteten Monarchie wieder die Richtung auf hohe
15 sittliche Ziele zu geben, ihre schlummernden herrlichen
Kräfte durch den Weckruf eines feurigen Willens zu beleben — das vermochte nur Stein, denn keiner besaß wie
er die fortreißende, überwältigende Macht der großen Persönlichkeit. Jedes unedle Wort verstummte, keine Be-
20 schönigung der Schwäche und der Selbstsucht wagte sich
mehr heraus, wenn er seine schwerwiegenden Gedanken in
markigem,[3] altväterischem Deutsch aussprach, ganz kunstlos,
volkstümlich derb,[4] in jener wuchtigen Kürze, die dem Ge-

---

1 List, syn. Verschlagenheit, 'art, cunning, stratagem, trick,
25 deceit.'

2 Behutsamkeit, syn. Bedachtsamkeit, 'cautiousness, heed-
fulness; circumspection. M.H.G. *huot, huote*, O.H.G. *huota*,
'oversight and foresight as a preventive against harm, care,
guard.'

30 3 markig, 'full of marrow; strong, pithy, vigorous'; M.H.G.
marc (gen. *marges*), O.H.G. *marg, marag*, 'marrow.' The root
is Sans. *majj*, 'to immerse,' the same stem with Lat. *mergere.*

4 derb, 'compact, stout, blunt, uncouth', M.H.G. *dërp,*

dankenreichtum, der verhaltenen Leidenschaft des echten
Germanen natürlich ist.　Die Gemeinheit zitterte vor der
Unbarmherzigkeit seines stachligen[1] Spottes, vor den zer=
malmenden Schlägen seines Zornes.　Wer aber ein Mann
war, ging immer leuchtenden Blickes und gehobenen Mutes　5
von dem Glaubensstarken hinweg.　Unauslöschlich prägte
sich das Bild des Reichsfreiherrn in die Herzen der besten
Männer Deutschlands: die gedrungene Gestalt mit dem
breiten Nacken, den starken, wie für den Panzer geschaffenen
Schultern; tiefe, funkelnde braune Augen unter dem mäch=　10
tigen Gehäuse der Stirn, eine Eulennase über den schmalen,
ausdrucksvoll belebten Lippen; jede Bewegung der großen
Hände jäh,[2] eckig, gebieterisch: ein Charakter wie aus dem
hochgemuten sechzehnten Jahrhundert, der unwillkürlich an
Dürers[3] Bild vom Ritter Franz von Sickingen[4] erinnerte　15

'unleavened,' but blended in meaning with a word derbe,
derb, 'worthy, honest,' from O.H.G. and M.H.G. bidérbe.
See Kluge, Etym. Wört.

[1] stach(e)lig, stach(e)licht, 'prickly, spiny, thorny'; fig.
'pungent, biting'; from Stachel 'sting, prickle, goad,' deriv.　20
from stechen.

[2] jäh, gähe [jach, gach], 'steep, precipitous, hasty'; M.H.G.
gaehe (also gâch), O.H.G. gahî, 'quick, suddenly, impetu-
ous.'

[3] Albrecht Dürer, the greatest German painter in the　25
XVIth century, born at Nuremberg in 1471; in the history
of art, his name is equal to that of the greatest of the
Italians.　North of the Alps, his only peer was Holbein,
whose prime of life and art, however, was spent in England.
Dürer lived a German among Germans, and is the true　30
representative artist of that nation.

[4] Franz von Sickingen, Ulrich von Hutten, Götz von
Berlichingen, though different in character, yet representing the same ideals and principles, are the most perfect

— so geistvoll und so einfach), so tapfer unter den Menschen und so demütig vor Gott — der ganze Mann eine wunder= bare Verbindung von Naturkraft und Bildung, Freisinn und Gerechtigkeit, von glühender Leidenschaft und billiger
5 Erwägung — eine Natur, die mit ihrer Unfähigkeit zu jeder selbstischen Berechnung für Napoleon und die Ge= nossen seines Glücks immer ein unbegreifliches Rätsel blieb. Er war der Mann der Lage; selbst seine Schwächen und einseitigen Ansichten entsprachen dem Bedürfnis des Augen=
10 blicks. Wenn er das Beamtentum und den kleinen Adel ungebührlich hart beurteilte, die Österreicher schlechtweg[1] als Preußens deutsche Brüder ansah: um so besser für den Staat, der jetzt die adligen Privilegien, die Alleinherrschaft der Bureaukratie zerstören und alles, was trennend zwischen
15 den beiden deutschen Großmächten stand, hochherzig ver= gessen mußte.

Nach seinem vergeblichen Kampfe gegen die Kabinets=

---

types of knighthood at the end of the Middle Ages and the beginning of the Modern Era. It is interesting to notice,
20 how different Treitschke's hero, Franz von Sickingen, ap= peared for instance to Joh. Janssen, who characterizes him as follows: „Götz von Berlichingen und Franz von Sickingen kön= nen als die Hauptvertreter jener gewaltthätigen Partei im Reiche angesehen werden, welche die Machtlosigkeit des Kaisers benutzend,
25 aller höheren Autorität, zuerst der weltlichen, später auch der geist= lichen, einen offenen Krieg erklärten und in dem ununterbrochenen Kampf gegen die bestehende Ordnung der Dinge gleichsam ihre Lebensaufgabe erblickten. Beide Männer waren durchaus zer= störende Naturen, voll Wildheit, Rauflust und Gewinnsucht . . .
30 Das Raubwesen war für sie ein förmlich berufs= und geschäftsmäßig betriebenes Gewerbe, dem sie mit Kühnheit und Verschlagenheit, mit System und Methode nachgingen." Janssen, I, p. 574.

[1] schlechtweg, schlechthin (from schlicht, cf. 2, page 197), 'simply, plainly, merely, unceremoniously.'

regierung und seiner schnöden Entlassung hatte Stein still
in Nassau gelebt und dort schon in einer umfassenden
Denkschrift einige Umrisse für die Neugestaltung des
Staates aufgezeichnet.[1] Da traf ihn die Kunde von dem
unseligen Frieden und warf den Heißblütigen auf das
Krankenbett. Bald darauf kam die Aufforderung zur
Rückkehr. Er nahm an; jede Kränkung war vergessen;
nach drei Tagen wurde sein Wille des Fiebers Herr. Am
30. September 1807 traf er in Memel ein, und der König
legte vertrauungsvoll die Leitung des gesamten Staats=
wesens in die Hände des Ministers. Welch eine Lage!
An seinem letzten Geburtstage hatte Friedrich Wilhelm,
da die Räumung des Landes gar nicht beginnen wollte, in
einem eigenhändigen Briefe dem Imperator geradezu die
Frage gestellt, ob er Preußen zu vernichten beabsichtige.
Napoleon blieb stumm, die Thaten gaben die Antwort.
Mitten im Frieden standen 160,000 Franzosen in den
Festungen und in großen Lagern, über das ganze Staats=
gebiet verteilt, allein Ostpreußen ausgenommen. Der
Kern der alten preußischen Armee, mehr als 15,000 Mann,
lag noch kriegsgefangen bei Nancy, und woher sollte die
ausgeplünderte Monarchie die Mittel nehmen für die Bil=
dung eines neuen Heeres? An verfügbarem jährlichem
Einkommen verblieben dem Staate noch 13½ Millionen
Thaler, kaum zwei Drittel seiner früheren Einnahmen.
Überall, wo Napoleons Truppen standen, wurden die

---

[1] Freiherr von Stein passionately demanded of the king
after the battle of Eylau the removal of his absolutistic
Cabinet government, since the latter could not harmonize
with the independent responsibility of the Ministers, but
the king dismissed him with severe and unjust reproaches.
Hardenberg became Minister of Foreign Affairs in his place.

Staatseinkünfte, als ob der Krieg noch fortwährte, für
Frankreich in Beschlag genommen, so daß der König nahezu
nichts erhielt, hunderte der auf halben Sold entlassenen
Offiziere unbezahlt darben[1] mußten. Die einst vielbeneidete
5 Seehandlung[2] hatte, wie die Bank, ihre Zahlungen einge=
stellt; ihre Obligationen sanken im Kurse bis auf 25. Die
Tresorscheine[3] fielen bis auf 27, da an die Einlösung[4] nicht
mehr zu denken war und die französischen Behörden das
Papiergeld zu Wuchergeschäften[5] mißbrauchten. Massen
10 entwerteter Scheidemünzen strömten aus den abgetretenen
Provinzen in das Land zurück, und die Franzosen ließen,
um das Unheil zu vermehren, in der Berliner Münze noch
für 3 Millionen Thaler neues Kleingeld prägen. Der
Staatskredit war gänzlich vernichtet, daß eine Prämien=
15 anleihe von einer Million, in kleinen Scheinen zu 25 Tha=
lern ausgegeben, nach drei Jahren noch immer nicht ver=
griffen war. In der diplomatischen Welt galt Preußen
kaum noch so viel wie eines der Königreiche des Rhein=
bundes; der holländische Gesandte, ein französischer Konsul
20 und ein österreichischer Geschäftsträger bildeten im Jahre
1808 die gesamte Vertretung des Auslandes am Königs=

---

[1] darben, 'to suffer want, famish,' M.H.G. *darben*; O.H.G.
darbên, 'to dispense with, be deficient,' cf. dürfen.

[2] Seehandlung, a commercial institute founded in 1772 in
25 Berlin, to stimulate the Prussian commerce with foreign
countries and to carry on the intermediate trade with
Poland, carried on heretofore by the free city of Danzig.
The events of 1806 broke its financial power.

[3] Tresorscheine, 'Prussian Government bonds.'

30 [4] Einlösung, 'act of redeeming, redemption, discharge (at
the time of expiration).'

[5] Wuchergeschäfte, 'usury business'; M.H.G. *wuocher*,
G.H.G. *wuohhar*, 'produce, fruit, gain, profit.'

berger Hofe. Die französische Militärverwaltung unter
Darus brutaler Leitung hauste im Frieden ärger als im
Kriege und jeder ihrer Übergriffe erfolgte auf Napoleons
ausdrücklichen Befehl: eine Kontribution drängte die an=
dere, und monatelang blieb es ein tiefes Geheimnis, wie= 5
viel der unersättliche Feind noch von dem erschöpften Lande
fordern wolle. In Oft= und Westpreußen wurde zur Ab=
tragung der Kriegslasten eine progressive Einkommensteuer,
die bis zu 20 vom Hundert stieg, ausgeschrieben; ein keines=
wegs reicher Stettiner Kaufmann mußte in dem Jahre 10
nach dem Frieden für Kontribution und Einquartierung
mehr als 15,000 Thaler zahlen.

Handel und Wandel stockten.[1] Der britische Kauf=
mannsneid hatte den letzten Krieg rücksichtslos benutzt, um
die stärkste Handelsmarine der Ostseeküften[2] zu zerstören. 15
Als nachher der Krieg gegen Frankreich ausbrach, der Friede
mit England noch nicht geschlossen war, sah sich die preußi=
sche Flagge gleichzeitig durch die britischen und die französi=
schen Kreuzer bedroht. Dann kam der Jammer der Kon=
tinentalsperre.[3] Die Rhederei[4] der pommerschen Häfen 20

---

[1] stocken, 'to stop, to cease to circulate; to be at a stand-
still.'

[2] Immediately after the peace of Tilsit, England sent a
fleet to Copenhagen to demand the surrender of the Danish
fleet as a pledge that Denmark would not support the 25
French. When this was refused, the English began a terrible bombardment of the capital, forced it to surrender, and
took the entire Danish fleet.

[3] Kontinentalsperre, 'the plan of Napoleon I to exclude
England from all connection with the European Continent, 30
and to ruin thereby the English trade.'

[4] Rhederei, 'shipping-trade'; from Rhede, 'roadstead, road,'
occurs only in M. Low G. Dutch ree, reede; M.E. ráde, E. road.
Orig. sense probably 'place where ships are equipped.'

verringerte sich in kurzer Zeit von 34,000 auf 20,000
Last.[1] Die alten natürlichen Straßen des Welthandels
lagen verödet; die baltischen Provinzen verloren, da ihnen
gute Landstraßen noch fast gänzlich fehlten, den Absatzweg
5 für ihren einzigen Exportartikel, das Getreide. Ein heil=
loser Schmuggelhandel führte von Gothenburg und Helgo=
land, dem neuen Klein-London, die Waren der Kolonien
ins Land; andere Warenzüge kamen aus Malta und Corfu
durch Bosnien und Ungarn. Der preußische Mittelstand
10 konnte die Preise der gewohnten Genußmittel nicht mehr
erschwingen; man trank Cichorienwasser,[2] rauchte Huflattich[3]
und Nußblätter. Bettelhaftes Elend in jedem Haushalt,
jedem Gewerb: die Königsberger Buchdrucker verlangten
drei Wochen Frist, um ein sechs Bogen langes Gesetz zu
15 drucken, weil sie nur für einen Bogen Satz hatten.
Schön,[4] der gewiegte Finanzmann, der sich gern seines alt=
preußischen Mutes rühmte, fand die Zustände so hoffnungs=
los, daß er schon vier Monate nach dem Frieden in einer
Denkschrift ausführte: man müsse den Sieger durch die
20 Abtretung des Magdeburgischen rechts der Elbe und eines
Teiles von Oberschlesien befriedigen, sonst gehe das Land
durch den Steuerdruck zu Grunde.

---

1 Last, 'tun.'

2 Cichorie (*Cichorium intybus*), 'succory, chiccory, wild
25 endive.'

3 Huflattich (*Tussilago farfara*), 'colt's foot.'

4 Schön, praised here as an efficient financier, is characterized by Treitschke thus: „Ganz und gar von den Ideen Kants
erfüllt, in mancher Hinsicht ein getreuer Vertreter des stolzen, frei=
30 sinnigen, gedankenreichen ostpreußischen Wesens, freilich auch ein
Doktrinär der unbedingten Freihandelslehre, zudem maßlos eitel,
unfähig fremdes Verdienst anzuerkennen und, gegen die Art seines
edlen Stammes, unwahrhaftig."

Alles erinnerte an jene jammervollen Zeiten,[1] da einst die Wallensteiner in den Marken hausten und Georg Wilhelm als ein Fürst ohne Land in Königsberg weilte. Aber welche Saat von Liebe und Treue war während der sechs Menschenalter seitdem aufgegangen! Damals widersetzte sich der Königsberger Landtag in störrischem[2] Trotze seinem Kurfürsten; jetzt standen Fürst und Volk zu einander wie eine große Familie. Das ärmliche Landhaus bei Memel und die düsteren Räume des alten Ordensschlosses in Königsberg wurden nicht leer von Besuchern, die ihrem Könige in seiner Not eine Freude bereiten, ein gutes Wort sagen wollten; zu der Taufe[3] der neugebornen Königstochter erschienen die Stände von Ostpreußen als Paten;[4]

---

[1] It is the time of the Thirty Years' War, graphically described by Treitschke in the Preface: „Da endlich bricht der letzte entscheidende Krieg des Zeitalters der Glaubenskämpfe über das Reich herein. Die Heimat des Protestantismus wird auch sein Schlachtfeld. Sämtliche Mächte Europas greifen ein in den Krieg, der Auswurf aller Völker haust auf deutscher Erde. In einer Zerstörung ohnegleichen geht das alte Deutschland zu Grunde . . . Zwei Drittel der Nation hat der greuelvolle Krieg dahingerafft; das verwilderte Geschlecht, das noch in Schmutz und Armut ein gedrücktes Leben führt, zeigt nichts mehr von der alten Großheit des deutschen Charakters, nichts mehr von dem freimütig heiteren Heldentum der Väter . . . Noch einmal stürzte der Staat der Hohenzollern von seiner kaum errungenen Machtstellung herab; er trieb dem Untergange entgegen, so lange Georg Wilhelm (father of the Great Elector) aus matten Augen schläfrig in die Welt blickte."

[2] störrisch, störrig, 'stubborn, obstinate,' M.H.G. only; lit. 'clod-like, of the nature of a clod,' from O.H.G. storrên, M.H.G. storren, 'to stand out, project,' cf. starr, starren.

[3] Taufe, 'baptism, christening,' from M.H.G. toufen, 'to dip under.'

[4] Pate, Pathe, 'godfather,' from Lat. pater; M.Lat. patrinus, Fr. parrain.

an allen Läden hing das neue Bild, das den König in der
häßlichen Uniform der Zeit inmitten seiner Kinder dar=
stellte. Und wieviel königlicher als der Vater des Großen
Kurfürsten wußte Friedrich Wilhelm sein hartes Los zu
5 tragen. Eine tiefe Bitterkeit erfüllte ihm die Seele, mehr
als je bedurfte er des herzlichen Zuspruchs seiner Gemahlin;
er hatte Stunden, wo ihm zu Mute war, als ob nichts ihm
gelänge, als ob er nur für das Unglück geboren sei. Als
er im Königsberger Dome die Inschriften auf den Gräbern
10 der preußischen Herzöge las, wählte er sich den Sinnspruch
für sein hartes Leben: meine Zeit in Unruhe, meine Hoff=
nung in Gott! Doch diese Hoffnung hielt ihn aufrecht.
Niemals wollte er sich überzeugen, daß die gemeinen
Seelen aus der Familie Bonaparte, die jetzt Europas
15 Kronen trugen, wirkliche Fürsten seien, daß dies mit allem
seinem Ruhm und Glanz so windige, so schwindelhafte
Abenteuer des napoleonischen Weltreichs in der vernünf=
tigen Gotteswelt auf die Dauer bestehen könne. Niemals
ließ er sich zu einer persönlichen Freundlichkeit gegen Napo=
20 leon herbei. Selbst Stein riet einmal, den Imperator
durch Schmeichelei milder zu stimmen und ihn als Paten
zur Taufe der neugebornen Prinzessin zu laden. Aber
der König wies den Gedanken weit von sich. Dagegen
ging er willig und ohne Vorbehalt auf die politischen Vor=
25 schläge seines großen Ministers ein. An Steins Gesetzen
hatte er weit größeren Anteil als die Zeitgenossen wußten.
Vieles, was sich jetzt vollendete, war ja nur die kühne Durch=
führung jener Reformgedanken, worüber der unentschlossene
Fürst ein Jahrzehnt hindurch gebrütet[1] hatte. Nur so
30 werden die raschen, durchschlagenden Erfolge des einen
kurzen Jahres der Steinschen Verwaltung verständlich.

---

[1] brüten, 'to brood,' fig. like sinnen; M.H.G. *brüeten*, O.H.G.
bruoten, 'to breed.'

IX.

Preußen nach Österreichs Niederlage. im Jahre 1866.

Erlöschen des preußischen Verfassungsstreits.[1]

Von Heinrich von Sybel.[2]

[From „Die Begründung des Deutschen Reiches durch Wilhelm I,“ V,
München und Leipzig 1890, pp. 339–358.]

Wie nach einem heftigen Orkan[3] das Tosen[4] der Meeres=
wellen längere Zeit fortdauert, ja an einzelnen Küsten=

[1] The constitutional conflict between the royal government of Prussia and the representatives of the people
(Abgeordnetenhaus) had lasted for four years (1862–1866). 5
The expensive reorganization of the army during these years
by Roon, Moltke and Bismarck had been brought about
without the sanction of the House. After the stupendous
military success of the Prussian arms against Austria and
the German confederation, however, the House of Repre- 10
sentatives granted to the government "indemnity" for the
unconstitutional appropriations of four fiscal years. The
House of Lords (Herrenhaus) unanimously followed on the
8th of September, 1866.

[2] Heinrich von Sybel; cf. I, pp. 6–7, perhaps the most ex- 15
cellent historian of Ranke's school; founder of the „Historische
Zeitschrift“ (1859); as Director of the Prussian State archives

190

punkten die Brandung[4] noch gefährlicher als während des
Brausens der Windsbraut[5] erscheinen kann, so erging es
auf dem Meere der deutschen und der europäischen Politik,
als am 26. Juli der Sturm des bewaffneten Kampfes
beschwichtigt[6] worden war. Wohl war an der entscheiden=
den Stelle[7] fester Grund gewonnen; überall aber waren
die Elemente noch in unruhiger Gärung;[8] auf mehr als
einer Seite galt es, den hochgehenden Wellen festen Wider=
stand entgegenzusetzen. Es waren arbeitsvolle Tage für
Bismarck, welche in Nikolsburg auf die Zeichnung und
die Ratifikation der Friedenspräliminarien[9] folgten.

Trotz der kräftigen Abweisung, welche Freiherr von der
Pforbten[10] erfahren hatte, drängten sich jetzt die Besiegten

he began the edition of Prussian archival documents; the
well-nigh perfect state of modern German history is mostly
due to him. The distinguished historian died August first a.c.

[3] Orfan, 'hurricane,' a modern word introduced from
America, said to be of Carribean origin.

[4] tofen, 'to rage, storm'; onomatopoetic word from M.H.G.
dösen, O.H.G. dôsôn; cf. brausen, branden (Brandung), 'to
surge,' lit. 'to blaze,' move like flames.

[5] Windsbraut, 'gust or blast of wind, storm, hurricane,
whirlwind'; M.H.G. windesbrût, O.H.G. wintesbrût, probably
referring to mythological ideas. See Kluge, Etym. Wört.

[6] beschwichtigen, 'to appease, compose,' corresponding to
M.H.G. swiften, 'to pacify,' O.H.G. swiftôn, 'to be quiet.'
See Kluge, Etym. Wört.

[7] The place where the decision was reached, was, of
course, the Austrian seat of war, i.e. Bohemia.

[8] Gärung, see 2, page 93.

[9] The preliminaries of peace had been signed and ratified
on the 26th of July in Nikolsburg, at the headquarters of
King William I.

[10] Freiherr von der Pfordten, Bavarian Minister at Vienna,
hastened without previous notice and without passport

an das preußische Hauptquartier, Frieden erbittend und
gute Gesinnung beteuernd, heran. Schon am 24. Juli
hatte der Großherzog von Baden, welcher ja nur gezwungen in den Kampf eingetreten war, an seinen königlichen
Schwiegervater geschrieben, um Waffenruhe gebeten, und   5
seine Vermittlung zwischen Preußen und den Südstaaten
angeboten.   In Bekräftigung dieses Sinnes entließ er
zwei Tage später seinen stets noch gegen den Frieden
wühlenden[1] Minister Edelsheim, bildete sich einen Mi-
nisterrat von entschieden preußischer Farbe und meldete 10
in Augsburg seinen Austritt aus dem Bunde[2] an; auch
war er der erste, welcher seine Truppen aus dem Ver-
bande des achten Bundeskorps zurück und in die Heimat
berief.   König Wilhelm kam ihm, wie man sich denken
kann, mit wohlwollendem Herzen entgegen.   Anders war 15
seine Stimmung gegen den alten Herzog Bernhard von
Meiningen, der früher einer der zähesten Gegner Preußens gewesen, dann aber am 22. Juli um seine Aufnahme in den norddeutschen Bund eingekommen war.
Die Antwort lautete am 29. dahin, daß die Aufnahme   20
sofort erfolgen könne, wenn der Herzog zu Gunsten seines
Sohnes abdanken wolle: andernfalls möge er mit Preußen in derselben Weise wie die süddeutschen Staaten

---

through the Prussian outposts to Nikolsburg, in order to
obtain favorable conditions for Bavaria, but was ill-received 25
by Bismarck, who said to him: „Wissen Sie, daß ich Sie als
Kriegsgefangenen verhaften lassen könnte?"

[1] wühlen, 'to root, grub up, stir up'; M.H.G. *wüelen*,
O.H.G. *wuolen*, from *wuol* (A.S. *wôl*, 'defeat, ruin').

[2] Distinguish this confederation (der Deutsche Bund) with 30
its diet (Bundestag) at Frankfort on the Main, which was
broken by Prussia in 1866, from the „Norddeutscher Bund," as
founded by Bismarck after Austria's defeat.

unterhandeln und zu diesem Zwecke einen Bevollmäch=
tigten nach Berlin senden. König Georg von Hannover[1]
hatte nach kurzem Verweilen in Thüringen, trotz dringen=
der Vorstellungen besonnener Ratgeber, seinen Aufenthalt
5 in Hietzing bei Wien genommen, anfangs mit Freuden be=
grüßt, jetzt der österreichischen Regierung eine Last, so daß
er eine Unterhandlung mit Preußen zu eröffnen beschloß.
Am 28. Juli meldete sich einer seiner Adjutanten in
Nikolsburg als Überbringer eines Briefes seines Fürsten
10 an König Wilhelm an. Allein er erhielt die kurze Ant=
wort, daß Se. Majestät nicht in der Lage sei, das Schrei=
ben entgegenzunehmen. Ferner in Stuttgart hatte die
Königin Olga, im Vertrauen auf ihren Bruder, den
Zaren, der Einleitung einer Friedensverhandlung wider=
15 sprochen, König Karl aber doch bei dem trostlosen Rückzug
des Bundeskorps hinter den Main, eine Abordnung nach
Nikolsburg beschlossen, bestehend aus seinem Vetter, dem
Prinzen Friedrich, und dem Minister von Varnbüler.
Die Herren kamen am 29. Juli in Nikolsburg an, leider
20 in demselben Augenblicke, in welchem der König seine
Rückreise begann, also den Prinzen nicht mehr empfangen
konnte. Am folgenden Tage erschien auch der Darm=
städter Minister von Dalwigk, nächst Beust,[2] bisher einer
der geschäftigsten und feindseligsten Widersacher der preu=

---

25 [1] The dethronement of King George of Hanover was the
last episode in the seven hundred years' struggle between
the centripetal power of the Hohenstaufens and the heirs of
their politics, the Hohenzollerns, and the centrifugal pro-
clivities of the Welfs: Henry the Lion and Frederick I
30 Barbarossa; King George and William I represented the
same tendencies and aims.

[2] Beust, the Saxon Minister, was the staunchest oppo-
nent of the Prussian politics.

ßischen Politik. Jetzt aber strömte er von patriotischer
Bundesfreundschaft über, begehrte, wie Varnbüler, Auf=
nahme in den norddeutschen Bund, und erklärte, daß keine
Bedingung für die Erfüllung dieses Wunsches dem Groß=
herzog zu schwer sein würde. Wir werden später sehen,   5
an welcher anderen Stelle[1] er sich leichtere Bedingungen
zu schaffen hoffte: einstweilen belobte Bismarck das na=
tional=gesinnte Anerbieten der Herren, mußte aber leider
bedauern, daß die Rücksicht auf Frankreich[2] die Annahme
desselben für jetzt unthunlich mache, und er sie einstweilen   10
also nur auf die in Berlin zu führenden Separatunter=
handlungen verweisen könne.

Auf der Rückreise, zunächst nach Prag, wohin Bismarck

---

[1] This „andere Stelle" was Paris.   Dalwigk, the Minister
of Hesse-Darmstadt, while overflowing with German patriot-   15
ism, secretly exhorted Napoleon III to send an army into
the Palatinate of the Rhine and Rhenish Hesse.   Sybel says,
vol. V, p. 391, with bitter irony: „Ein erbauliches Bild, dieser
hessische Minister, welcher in glücklicher Unwissenheit um Hilfe bei
der französischen Regierung bettelt, die eben ein Drittel des hessischen   20
Staates gefordert hat, welcher Himmel und Hölle gegen den Staats=
mann anruft, der die Hand an den Schwertgriff legt, um das
französische Begehren in Deutschlands Namen abzuweisen.   Zu=
weilen zeigt der Lauf der Weltgeschichte ironische Momente."

[2] Rücksicht auf Frankreich, 'regard for France,' which had   25
stipulated that no treaty could be concluded between Prussia and the conquered German States without her inter-
cession, and which still tried to maintain the old Napoleonic
rôle of a protectorship over the smaller German States.
This 'regard for France' was, however, but a pretext, for   30
Bismarck in a telegram to the German Ambassador Goltz in
Paris protested against Napoleon as a mediator between
Prussia and the States, „ihnen müssen wir besondere Bedingun=
gen machen, und die Mediation des Kaisers, die sie (the States) nicht
angerufen, bezieht sich nur auf Österreich." Sybel, vol. V, p. 289.   35

dem Könige einige Tage später folgte, sprach er endlich
den von dem Könige in das Hauptquartier beschiedenen
Senator Müller aus Frankfurt am Main. Es handelte
sich um die tiefe Erregung hervorrufende Frage der beiden
5 der Stadt auferlegten Kriegskontributionen von sechs und
von fünfundzwanzig Millionen. Die erste war beinahe
ganz gezahlt worden; die Erlegung der zweiten wurde
fortdauernd als absolut unmöglich bezeichnet. Bismarck
erklärte jetzt dem Abgesandten die königliche Entscheidung,
10 daß die zweite erlassen sei, und noch mehr, daß die erste
zurückgezahlt werden solle, wenn die Stadt aus freien
Stücken um ihren Eintritt in die preußische Monarchie
nachsuchen wollte. Darauf aber konnte Müller nach seinen
Instruktionen nicht eingehen, und Bismarck sagte: dann
15 also bleibt die Kontribution in unsern Kassen und Frankfurt eine eroberte Stadt.

Während auf diese Art den bisherigen Gegnern Gnade
und Ungnade in wohlberechnetem Maße zugeteilt wurde,
erfolgten entscheidende Schritte auf dem Gebiete der in-
20 nern preußischen Politik.

Der 3. Juli hatte der preußischen Regierung nicht bloß
den überwältigenden Sieg über Österreich (bei Königs-
grätz), sondern auch einen durchschlagenden Erfolg gegen
die heimische Opposition gebracht. In denselben Stun-
25 den, in denen die preußischen Bataillone Österreichs Heer
zermalmten,[1] erlitt die Opposition bei den Landtagswahlen solche Verluste, daß die Regierung, deren Partei
in den Jahren des Verfassungsstreites zu Zeiten bis auf
elf Köpfe geschmolzen war, beinahe für die Hälfte des

30 [1] zermalmen, 'to crush, crunch, grind'; comp. from mahlen,
'to grind'; M.H.G. *maln*, O.H.G. *malan*; Lat. *molo*, Gr.
μύλλω.

Abgeordnetenhauses ihre Kandidaten durchsetzte. Bei einem solchen Zusammentreffen politischer und militärischer Triumphe, wie viele der großen Eroberer alter und neuer Zeit hätten der Versuchung widerstanden, nach außen die völlige Zertrümmerung des feindlichen Reiches und im Innern den Sturz aller Verfassungsschranken sich vorzunehmen?

Aber Bismarck war aus anderem Stoffe geformt. Er strebte nicht nach Weltherrschaft und nicht nach schrankenloser Gewalt, sondern nach Sicherheit und Stärkung seines preußischen Vaterlandes. Soviel an Machtbefugnis[1] und Landgewinn hierfür nötig war, faßte er mit eisernem Griff — so viel und nicht mehr. Niemals hat ein Siegesrausch die Klarheit seines Urteils getrübt oder seine feste Mäßigung überwältigt. Wie auf dem Schlachtfelde von Königgrätz sein erster Gedanke die Herstellung der alten Freundschaft mit Österreich war, so antwortete er aus Horschitz dem Finanzminister von der Heydt auf den Vorschlag, nach dem günstigen Ausfall der Landtagswahlen Schritte zur Beendigung des Verfassungsstreites zu thun, mit herzlicher Zustimmung. Der Blick auf Frankreich bestärkte seine Überzeugung in beiden Richtungen: hinter dem Abschluß des jetzigen Krieges sah er weitere Gefahren emporwachsen,[2] welchen er Preußen, und hoffentlich ganz Deutschland, in gesunder Einigkeit entgegenzustellen wünschte.

[1] Machtbefugnis, 'authoritative power,' from Fug, 'due authority,' M.H.G. *vuoc* (g), 'propriety'; M.H.G. *Fuge* akin to fügen.

[2] Bismarck's prophetic statesmanship saw the unavoidable war with France growing out of the present victory. This seems a reminiscence of Pericles' words in Thucydides: "I see the floods of war rolling against us from the Peloponnesus."

Dem mächtigen Staatsmanne war übrigens auch hier
keine mühelose Erreichung seines Zweckes bestimmt. Sein
Gedanke ging seit der Entscheidung des Krieges dahin, von
dem neuen Landtag Indemnität für die budgetlose Finanz-
5 verwaltung der letzten Jahre zu begehren, und dies gleich
bei der Eröffnung durch die königliche Thronrede anzukün-
digen. Am 18. Juli erschien die königliche Verordnung,
welche den Landtag auf den 30. nach Berlin berief, und an
demselben Tage begann im Staatsministerium die Bera-
10 tung der Thronrede. Aber als hier der Finanzminister
den ihn angehenden Teil derselben verlas, und am Schlusse
die Vorlage[1] eines Indemnitätsgesetzes verhieß, da erhob
sich lebhafter Widerspruch bei der großen Mehrzahl der
Kollegen. Sie hatten vier Jahre hindurch stets behauptet,
15 daß das Verfahren der Regierung vollkommen verfassungs-
mäßig sei und mithin keiner Indemnität bedürfe; eine
solche jetzt verlangen, bedeute also das Eingeständnis,
daß die Regierung in dem vierjährigen Kampfe unrecht
gehabt, und die Anklagen der Opposition vollkommen
20 begründet gewesen; bei der siegreichen Stellung der Regierung fanden sie schlechterdings[2] keinen Grund zu einer
solchen Demütigung, sondern hofften jetzt auf leichte Bän-

---

[1] Vorlage eines Gesetzes, 'proposal of a a bill,' form or draft
of a law, presented to a legislature, but not yet enacted, or
25 before it is enacted. Here the question is of an act of indemnity to relieve the Prussian Ministers from the odium
of having unconstitutionally appropriated public funds for
the military reform against the parliamentary majority.

[2] schlechterdings, 'by all means, absolutely, positively.' The
30 Mod.H.G. adj. *schlecht*, 'bad, base, mean,' has obtained its neg-
ative sense by a peculiar development from M.H.G. and O.H.G.
slëht, 'honest, straight, simple,' the sense of which is still re-
tained in schlicht, 'plain, homely, honest, simple,' cf. 1, page 183.

bigung der halsstarrigen[1] Opposition. Diese Erörterungen
setzten sich den 19. Juli fort. Von der Heydts Auffassung
wurde dabei nur noch von dem Baron Werther, dem bis=
herigen Gesandten in Wien, unterstützt, welcher zur Zeit
als Bismarcks Stellvertreter die Geschäfte des Auswär= 5
tigen Amtes in Berlin leitete, und jetzt nach der Sitzung
von Eulenburg freundlich darauf angesprochen wurde,
daß er sich ja[2] recht entschieden den Standpunkt der Fort=
schrittspartei[3] angeeignet habe. Auf den König machte der
Bericht doch einen tiefen Eindruck, indessen gelang es 10
Bismarck, die Besorgnisse des Monarchen zu beschwich=
tigen. „Wie ist es möglich,“ sagte er, „in dem Antrage
auf Indemnität ein reumütiges[4] Sündenbekenntnis zu
sehen? Gerade das Gegenteil ist der Fall. Wenn wir
Indemnität beantragen, fordern wir den Landtag zu der 15
Erklärung auf, daß wir recht gethan, indem wir han=
delten, wie geschehen. Bisher hat das Haus der Abge=
ordneten uns bestritten, daß wir durch zwingende Gründe
zu diesem Verfahren genötigt gewesen: wenn es uns
heute Indemnität bewilligt, so liegt darin sein Einge= 20
ständnis, daß man früher jene Gründe nicht begriffen oder
nicht gewürdigt habe, jetzt aber sie anerkenne und deshalb
dem Vorgehen des Ministeriums nachträglich Zustimmung
erteile. Wie darin eine Demütigung der Regierung
liegen soll, ist nicht abzusehen.“ Der König, der ebenso 25
wie sein Minister den innern Frieden wünschte, ließ sich

---

¹ halsstarrig, ‘headstrong, stubborn,’ lit. ‘stiff-necked.’

² ja, ‘truly, forsooth,’ ironically.

³ Fortschrittspartei, ‘the progressive party,’ i.e. the liberals
and radicals, the opposition against the government and the 30
conservatives.

⁴ reumütig, reuig, ‘repenting.’

endlich überzeugen; der betreffende Satz der Thronrede
wurde genehmigt, die Befugnis und Verpflichtung der
Regierung zu budgetlosem Regimente, wenn ein Etats=
gesetz[1] nicht zu stande komme, nach wie vor behauptet, zu=
5 gleich aber auch die Regelwidrigkeit eines solchen Zustandes
und die Notwendigkeit eines allseitig genehmigten Etats=
gesetzes anerkannt.   Jedoch der Widerstreit im Staats=
ministerium dauert fort.   In der Sitzung vom 28. Juli
erhob sich namentlich Graf Lippe in lebhafter Entrüstung[2]
10 gegen das Indemnitätsgesetz: dies stelle die Minister als
Verbrecher hin, welche um Begnadigung bettelten.   Der
Finanzminister erwiderte, daß das bisherige Verhalten der
Minister durch das Gesuch nicht im mindesten verleugnet
werde; es bleibe völlig korrekt und pflichtmäßig, aber
15 ebenso bleibe wahr, daß nur ein mit dem Landtage ver=
einbartes Budget ein gesetzmäßiges, und folglich eine nach=
trägliche Zustimmung des Landtags erforderlich sei.   Er
schrieb darauf an Bismarck, daß die Allerhöchste Entschlie=
ßung in dieser Frage für seine Stellung als Finanzmi=
20 nister entscheidend sein würde; er müsse an dem Prinzip
festhalten, wie unbequem er auch dadurch den Herren
werden möge.   Bismarck stand ihm mit unerschütterlicher
Festigkeit zur Seite.   Die Eröffnung des Landtags mußte
hinausgeschoben werden, aber am 3. August brachte Bis=
25 marck in Prag, wohin er dem Könige nachgereist war,
bei diesem die Redaktion der Thronrede zum Abschluß.   Den
Satz über die Indemnität schrieb er selbst nieder, nach
Randbemerkungen des Königs zu dem Entwurf.   Dann

---

[1] Etatsgesetz, 'law on the budget, or estimate of state ex-
30 penses, on appropriations' (Americ.).

[2] Entrüstung, 'exasperation, irritation,' from *entrüsted*, part.
of M.H.G. *entrüsten*, 'to take off one's armor, to disconcert.'

ſandte er die Urkunde mit der ausdrücklichen Bemerkung
nach Berlin, daß der König weitere Verhandlung darüber
nicht verſtatte; ſeiner Gemahlin aber ſchrieb er: mit den
Feinden wird man fertig, aber die Freunde! Sie tragen
faſt alle Scheuklappen[1] und ſehen nur einen Fleck von der   5
Welt.

Neben dieſen Verfaſſungsfragen nahm auch die euro-
päiſche Politik die Sorge des Miniſters unausgeſetzt in An-
ſpruch. Faſt in demſelben Augenblick, in welchem König
Wilhelm die Friedenspräliminarien ratifizierte, lief in Ni-   10
kolsburg am 27. Juli ein Telegramm des Herrn von Werther ein, daß der ruſſiſche Botſchafter, Baron Oubril, jetzt
auch amtlich den Antrag auf Berufung des von Preußen
ſchon vor dem Kriege genehmgiten Kongreſſes eingebracht,[2]
und die gleichzeitige Vorlage des Antrags in Paris und   15
London berichtet habe. Während dann am folgenden Tage
die Ratifikationen der Präliminarien ausgetauſcht wurden, telegraphierte Graf Goltz, daß tags zuvor Napoleon
ihn vertraulich befragt hatte, ob Frankreich nicht bei der
endlichen Regelung der deutſchen Angelegenheiten Landau   20
und Luxemburg[3] erhalten könne; es ergebe dies nur eine

---

[1] Scheuklappen, 'winker-pieces, blinkers, blinds.' Bismarck
means, of course, that his Ministers do not see the dangers
ahead, to ward off which the absolute union of all forces will
be necessary.   25

[2] Antrag einbringen or ſtellen, parl. 'to bring forward a
motion, to move.'

[3] Landau and Luxemburg.— Landau, city in the Bavarian
Palatinate. — The Luxemburg question; the intended sale
of the duchy by the king of Holland to France in 1867 was   30
strongly resisted by Bismarck, and almost brought about a
war between the two powers; yet it was avoided by England's intervention.

Stärkung der französischen Defensive, ohne irgendwie
Deutschlands Sicherheit zu schädigen; die öffentliche Mei=
nung in Paris sei äußerst aufgeregt und bedrohe die Dy=
nastie, wenn Frankreich völlig leer ausgehe.[1] So rückte die
Gefahr auf beiden Seiten näher; Bismarck erstattete dem
Könige darüber Vortrag unmittelbar vor der Abreise des=
selben aus Nikolsburg, und erhielt auf der Stelle die Zu=
stimmung zu der Ansicht, daß beiden Zumutungen die ent=
schlossenste Abweisung entgegenzusetzen sei. Was Frankreich
betraf, so dachte er nichts zu thun, bis Benedetti[2] die am 26.
Juli verheißene amtliche Eröffnung gemacht hätte; in der
russischen Sache telegraphierte er gleich den 29. an Wer=
ther, Preußen sei im Mai auf den Kongreßantrag ein=
gegangen, um den Krieg zu vermeiden; nachdem man aber
den Krieg mit Gefahr des eigenen Daseins habe führen
müssen, könne man die schwer erkauften Vorteile nicht
von der Entscheidung eines Kongresses abhängig machen.
Man könne also einem solchen nur zustimmen, wenn vor=
her eine Basis feststehe, welche Preußen diese Vorteile
sichere. Der König erwarte von der Gerechtigkeit und
Freundschaft des Kaisers Alexander, daß dieser keine wei=
tern Schritte in der Richtung des Kongresses thue, ohne
sich vorher mit Preußen zu verständigen.

---

[1] Napoleon's confession to the German Ambassador, that
a revolution against his dynasty is imminent, if he cannot
soothe public opinion by the acquisition of German land, is
very characteristic, but not more so than Bismarck's later
telegram to Czar Alexander II, which expresses the same
fear in Prussia for the same reasons. See the following
pages, especially page 202.

[2] Benedetti, French Ambassador in Berlin, the ill-fated
statesman who played such an important rôle in bringing
about the Franco-Prussian War (1870).

Von dieser Erwartung schien aber das Gegenteil ein-
zutreten, als am 30. Juli der Militärbevollmächtigte am
russischen Hofe, Herr von Schweinitz, berichtete, daß Rußland auf dem Kongresse bestehe und, was besonders schwer
in das Gewicht fiel, dafür bereits Frankreichs Zusage er- 5
halten habe. Wenn zwischen Paris und Petersburg ein
solches Einverständnis wirklich geschlossen war, so lag die
Besorgnis nahe, daß dann auch Österreich demselben nicht
fremd, und damit der Übergang von den Präliminarien
zu dem definitiven Frieden gefährdet sei. Demnach nahm 10
Bismarck in energischer Weise Stellung nach allen Seiten. Am 31. Juli erging ein (von dem Könige geneh-
migtes) Telegramm an Schweinitz, er möge bei dem
Kaiser in vorsichtig freundlicher Weise geltend machen,
daß es für uns ohne Revolution in Preußen und Deutsch- 15
land vollständig unmöglich wäre, auf die Früchte unserer,
mit Gefahr der Existenz erkämpften Siege zu verzichten,
oder die Gestaltung Deutschlands von den Beschlüssen
eines Kongresses abhängig zu machen. Der König, fuhr
die Depesche fort, ist abwesend; ich kann aber Sr. Ma- 20
jestät nur raten, wenn die Einwirkung des Auslandes
auf unsere Verhältnisse schärfere Umrisse annehmen[1] sollte,
die volle nationale Kraft Deutschlands und der angrenzenden Länder zum Behuf[2] des Widerstandes zu entfesseln.
Dies waren deutliche Worte, und der Hinweis auf „die 25
angrenzenden Länder" mochte den Beherrschern Polens[3]

---

[1] Umrisse annehmen, idiom. 'shape itself into stronger forms,
outlines.'

[2] Behuf, cf. 2, page 85.

[3] Poland was by no means absolutely pacified in 1866, after 30
the last bloody revolution of 1863. The Poles were eagerly
awaiting an opportunity of breaking forth against Russia.

und Ungarns[1] zu denken geben.   Für die Bildung einer
ungarischen Legion hatte Bismarck sich bisher mit geringe=
rem Eifer als Usedom und Moltke interessiert; jetzt aber
befahl er, soweit wie möglich für ihre Verstärkung zu sor=
5 gen.   Ein entsprechendes Telegram wurde gleichzeitig an
den Grafen Goltz nach Paris erlassen.   „Die Behauptung,"
hieß es darin, „daß Frankreich auf den russischen Antrag
eingegangen, ohne sich mit uns in Beziehung zu setzen,
überrascht mich.   Ew. Excellenz wollen dem Kaiserlichen
10 Kabinet keinen Zweifel darüber lassen, daß wir, wenn man
uns das Zugesagte verkümmern[2] will, den Handschuh[3] auf=
nehmen, und wenn wir nicht befriedigende Zusagen erhal=
ten, zunächst einen neuen Vertrag mit Italien zu schließen
suchen [werden], der weitere Ziele steckt, und auch, wenn
15 Frankreich seine uns gegebnen Versprechungen nicht hält, daß
wir uns an die Mainlinie nicht binden werden."[4] Abschrift
des an Schweinitz gesandten Telegramms wurde beigefügt.
   Glücklicherweise zeigte sich sehr bald, daß so scharfe Mittel
zur Abwendung des russischen Eingreifens nicht erforderlich
20 sein würden.   Noch am 31. selbst konnte Graf Bernstorff

---

[1] Hungary was at that time in open conflict with Austria.
The exiles of 1848, especially Kossuth, tried to excite another revolution to shake off the Austrian yoke from all the
countries of St. Steven's crown.   The Prussian Ambassador,
25 Count Usedom, was secretly in close relation with the
revolutionary party of Hungary.   Even Moltke strongly
favored the plan of stirring up a Hungarian revolution.   He
wrote at that time: „Österreich hat ein zähes Leben, es kann
zwei oder drei Schlachten ohne große Gefahr verlieren, aber eine
30 Revolution in Ungarn macht der Sache ein Ende."

[2] verkümmern, cf. 3, page 88.

[3] The glove is the old knightly symbol of strife and battle.

[4] That is to say: we will annex even countries beyond
the Main line, i.e. the States of South Germany.

nach einem Gespräche mit Lord Stanley aus London mel=
den, daß die Erstarkung Preußens zwar in Rußland mit
Abneigung und Mißtrauen, in England aber mit lebhafter
Befriedigung aufgenommen werde, daß England den Kon=
greß nicht wünsche, und sich freuen würde, wenn Preußen 5
ihn ablehne; habe doch nach den Besitzänderungen von
1859 [1] niemand einen Kongreß begehrt; übrigens sei jetzt
auch eine verneinende Antwort Napoleons wahrscheinlich,
da er keinen Drang zu einem Kongreß haben werde, wo er
zum erstenmale nicht die führende Rolle spielen könnte. 10
Diese Vermutung wurde gleich nachher durch die franzö=
sische Ablehnung des Kongresses bestätigt, sehr begreiflich,
nachdem Napoleon einmal die Partie ergriffen hatte, Preu=
ßens Vergrößerung nicht zu hindern, sondern eine ent=
sprechende Erwerbung für sich zu begehren, der Kongreß 15
aber höchstens für jenes, sicher aber nicht für dieses das
brauchbare Mittel gewesen wäre.

Es war mithin der russische Kongreßplan wenige Tage
nach seiner Geburt einer raschen Auflösung verfallen, und
vergebens versuchte ihn eine Woche später Fürst Gortscha= 20
koff [2] in abgeschwächter Gestalt noch einmal in das Leben

---

[1] The war of 1859 between Austria on one side, Italy or
rather Victor Emanuel, king of Sardinia, aided by France,
on the other side, wrought great changes on the map of the
three States respectively. France obtained Nice and Savoy 25
from Italy, the consolidation of which began in this year
and was finished in 1871.

[2] Prince Gortschakoff, Russian Prime Minister, born in
1798, died 1883. In 1856–76 he greatly contributed to mak-
ing Russia the first European power next to Germany. 30
Though friendly to France, he did not interfere with
Prussia's progress, but became hostile to the latter after
the Congress of 1877 at Berlin.

zurückzurufen. Dagegen gönnte Kaiser Alexander gleich
der ersten Depesche Bismarcks eine freundliche Aufnahme.
Er sagte zu Schweinitz: der König wünscht, daß ich vor
einer Verständigung mit ihm keinen weitern Schritt thue,
5 nun wohl, ich verlange nichts besseres; freilich, schrift=
lich geht das schlecht, aber mit wahrem Eifer würde ich jede
Person empfangen, welche das königliche Vertrauen genöße
und mich über die intimen Intentionen des königlichen
Kabinets aufklären könnte. Es schien hiernach, daß mit
10 diesem Begehren einer außerordentlichen Sendung Alex=
ander sich die Brücke zu einem anständigen Rückzug schlagen
wollte; der Sendbote, würde man später sagen, hätte so
überzeugende Mitteilungen gebracht, daß Rußland unbe=
denklich den Verzicht[1] auf den Kongreß und die Anerken=
15 nung der preußischen Annexionen hätte aussprechen können.
Bismarck fiel gleich auf General Manteuffel[2] als die ge=
eignete Person, und nachdem der König am 3. August in
Prag sein Einverständnis erklärt, wurde der General, da=
mals in Frankfurt am Main, zu schleuniger Herüberkunft
20 nach Berlin befohlen.
    Freieres[3] Herzens konnte also am 4. August König Wil=
helm Prag verlassen, um mit Bismarck und dem großen

---

[1] Verzicht, 'renunciation, resignation, act of disclaiming,'
and verb verzichten, allied to verzeihen, 'to pardon,' M.H.G.
25 verzihen, 'to deny'; 'to renounce, abandon.'
    [2] General Manteuffel, later Statthalter of Alsace-Lorraine,
had the king's and Bismarck's absolute confidence. Already
in this war of 1866 against Hanover and South Germany, he
had been made commander-in-chief of the Main army, re-
30 placing General Vogel von Falckenstein who had brilliantly
fought, but disregarded Moltke's orders.
    [3] Freieres Herzens, now commonly freieren Herzens. Sybel
uses the first form all through his works. See Sanders'

Hauptquartier über Görlitz nach Berlin zu reisen, wo er
bei der Ankunft von der Bevölkerung mit unermeßlichem
Jubel empfangen wurde.　Noch an demselben Tage erfolgte der erste Schritt zur Verwirklichung des norddeutschen
Bundes.　In einer Zirkulardepesche benachrichtigte Bis-　5
marck die zum Beitritt eingeladenen Staaten, daß bis auf
Sachsen-Meiningen und Reuß ältere Linie die allseitige
Bereitwilligkeit kundgegeben sei, und legte ihnen auf Grund
des hierbei gepflogenen[1] Schriftwechsels den Entwurf eines
Bündnisvertrages mit der Bitte um thunlichst baldigen Ab-　10
schluß vor.　Der Entwurf bezeichnete als Zweck des Bünd-
nisses die Erhaltung der Unabhängigkeit und Integrität,
sowie der innern und äußern Sicherheit der zusammen-
tretenden Staaten.　Dieser Zweck solle definitiv durch eine
Bundesverfassung[2] auf der Basis der preußischen Grund-　15
züge vom 10. Juni 1866, unter Mitwirkung eines gemein-
schaftlich zu berufenden Parlaments, sicher gestellt werden.

Hauptschwierigkeiten der deutschen Sprache: Declension of ad-
jectives, p. 92; cf. Goethe's Reinete Fuchs, V, 97: „Feines
Silbers genug und roten Goldes."　　　　　　　　　　　20

[1] Unterhandlungen pflegen, 'to carry on negotiations';
M.H.G. *pflegen*, O.H.G. *pflegan*, 'to take care of, provide for,
carry on, be wont or accustomed to'; O.H.G. and early
M.H.G. also 'to promise, stand security for.'

[2] The basis of the constitution of the North German Con-　25
federacy was the consolidation, under Prussia's hegemony,
of the States above the Main line, excluding South Germany
altogether, without giving up the hope of a future peaceable
alliance of these States.　„Wenn er (Bismarck) sich jetzt zur Ab-
wehr einer französischen Einmischung auf eine feste Konsolidation　30
des deutschen Nordens beschränkte, so verlor er doch keinen Augenblick den Zusammenhang Gesamtdeutschlands und die Verkörperung
desselben in fester Rechtsform aus dem Auge."　Cf. Sybel, V,
pp. 249-253.

Die Truppen der Verbündeten stehen unter dem Oberbefehl Sr. Majestät des Königs von Preußen. Die Wahlen zum Parlamente erfolgen gleichzeitig mit Preußen auf Grundlage des Reichsgesetzes von 1849. Bevollmächtigte 5 der Staaten werden in Berlin zusammentreten, um den dem Parlamente vorzulegenden Verfassungsentwurf nach Maßgabe der Grundsätze vom 10. Juni auszuarbeiten.

Auch in diesem Schriftstücke sprach sich der Charakter der damaligen preußischen Politik, Festigung und Mäßigung, 10 einer Politik begrenzter, aber dauerhafter Ergebnisse, unverkennbar aus. Nichts war deutlicher, als daß in diesem Augenblicke Preußen die Macht besaß, den sämtlichen Kleinstaaten seinen unbeschränkten Herrscherwillen aufzuerlegen. Aber dem Könige, wie seinem Minister, lagen 15 solche Gedanken fern. Nicht eine Silbe wurde nach den großen Siegen an den vor dem Kriege gemachten Anerbietungen und Verheißungen geändert. Es stand schon jetzt also fest, daß man als Faktoren der Gesetzgebung einen Bundestag und neben demselben ein Parlament aus 20 allgemeinen und geheimen Volkswahlen haben würde. Die Wirksamkeit derselben würde sich auf Heerwesen, Marine, Diplomatie, Handels-, Zoll- und Verkehrsangelegenheiten erstrecken, innere Verwaltung aber, Justiz, Kirche und Schule den Einzelstaaten überlassen bleiben. Was die 25 Exekutivgewalt im neuen Bunde betraf, so enthielt weder das Zirkular vom 10. Juni, noch das vom 4. August darüber eine nähere Bestimmung, daraus ergab sich von selbst, daß sie ungeändert in der Hand des Bundestags, d. h. der Gesamtheit sämtlicher Regierungen, liegen sollte, wie sich 30 versteht unter der Leitung des Königs von Preußen, der schon als stehender Bundesfeldherr eine früher im Bunde nicht vorhandene Stellung einnehmen, und in der künftigen

Verfassung als Bundespräsident wohl auch im Vergleiche mit dem früheren Zustand mehrfach verstärkte Rechte erhalten würde. Immer aber würde der wahre Träger der Souveränität im Reiche nicht der Bundespräsident, sondern wie bisher der Bundestag sein. Es war der entscheidende Punkt dieser neuen Vorschläge im Gegensatz zu den Beschlüssen der Paulskirche.[1] Damals hatte eine machtlose Versammlung die deutschen Fürsten aus der Reichsregierung hinausdekretiert; jetzt gab ihnen ein mächtiger Sieger, allerdings unter seiner starken Leitung, die volle Teilnahme daran zurück. Daß der neue Bund weder despotisch nach innen, noch offensiv nach außen wirken würde, darüber ließen bereits diese Grundlinien keinen Zweifel: um so gewisser meinten die Zeitgenossen in dem volkstümlichen Parlament und dem preußischen Heerbefehle feste Bollwerke der künftigen Einheit zu sehen.

An demselben 4. August geschah es, daß zwar nicht die preußische Regierung, wohl aber eine große Versammlung einflußreicher Notabeln den süddeutschen Stammesbrüdern zu praktischer Vereinigung die Hand über die Mainlinie hinüber reichte.

Für den Augenblick hatte der Krieg die Bande zerrissen, welche den deutschen Zollverein[2] seit den Verträgen von

---

[1] Beschlüsse der Paulskirche. In the year 1815, during the Vienna Congress, the German Confederacy (Deutscher Bund) was formed, consisting of thirty-eight sovereign States and free cities. The diet of the Confederacy (opened 5th of Nov., 1816) was held in Frankfort on the Main in the historical church of St. Paul's. Austria presided over the confederate Assembly. After the revolution of 1848–49, the Confederacy was reorganized and modified, but its unnatural condition brought about its dissolution in consequence of Prussia's victorious war in 1866.

[2] Deutsche Zollverein, 'the customs union of the German

1864 zusammenschlossen. Allerorten wurde die sofortige
Herstellung derselben als selbstverständlich angesehen, und
ebenso lag überall der Gedanke in der Luft, daß auch hier=
bei der Segen der neuen Zeit sich wirksam erweisen würde.
5 Wie der alte Bund, war ja auch der bisherige Zollverein
wesentlich dadurch mit Unfruchtbarkeit geschlagen, daß nicht
durch Mehrheits=, sondern nur durch einstimmigen Beschluß
über wichtige Fragen entschieden werden durfte.[1] Dies
mußte und konnte jetzt anders werden . . .
10   Während auf diese Art die Gründung und die Ausdeh=
nung des Bundesstaats gleichzeitig zur Sprache kam, legte
König Wilhelms Regierung die Hand auch an die wichtigste
Voraussetzung der deutschen Wiedergeburt, die Herstellung
des innern Friedens zwischen der Krone und der Landes=
15 vertretung in Preußen. Auf Sonntag, den 5. August, zur
Mittagsstunde, war die Eröffnung des Landtags im be=
rühmten weißen Saale des königlichen Schlosses anberaumt,
und man ermißt leicht, mit welch grenzenloser Spannung
das Auftreten des Königs erwartet wurde. Daß der alte
20 Streit über die Heerverfassung auf den böhmischen Schlacht=
feldern beendigt worden war, sagte sich ein jeder; wer dieser
Schöpfung König Wilhelms jetzt noch den innern Wert
hätte bestreiten wollen, würde unsterblicher Lächerlichkeit
verfallen sein. Aber wer wußte, wie der König diesen
25 Triumph weiter ausbeuten würde? Die Männer der

States under Prussia's supremacy.' After 1830 Prussia began to shake herself free from the Austrian leading-strings,
and the establishment of this union was a decided step
towards a policy of independence.
30 [1] The absurdity of deciding upon legislation not by
majority, but by unanimous vote, proved equally as fatal in
the case of the clumsy, immovable German confederation

Kreuzzeitung[1] drohten, und die Fortschrittspartei sorgte,
jetzt würde das budgetlose Regiment für das allein richtige
System erklärt und jeder weitere Widerspruch durch eine
allmächtig gewordene Diktatur[2] niedergeworfen werden.
Das ganze Dasein der Verfassung schien in Frage zu stehen. 5
So drängte am 5. zum Schlosse, wer irgend einen Titel
hatte, Eingang zu gewinnen. Alle Logen und Galerien
des Saales waren überfüllt, unten waren die Mitglieder
der beiden Häuser in seltener Anzahl versammelt. Bald
nach 12 Uhr erschien der königliche Zug; bei dem Erscheinen 10
des Monarchen machte sich die Erregung der Gefühle in
einem brausenden Hochruf Luft. Darauf nahm der König,
rechts den Thronerben, links die Minister neben sich, vor dem
Thronsessel Stellung und begann mit kräftiger Stimme,
unter atemloser Stille der Hörer, die Thronrede zu verlesen. 15
Der erste Satz sprach einen Dank für Gottes gnädige
Führung aus, und knüpfte an die Betonung der helden=
mütigen Leistungen und schweren Opfer der bewaffneten
Nation die Mahnung durch einmütiges Zusammenwirken
der Regierung und der Volksvertretung die Früchte der 20
blutigen Saat zur Reife zu bringen. Die Finanzlage sei
glänzend, fuhr der König fort, es sei möglich gewesen, ohne
außerordentliche Belastung des Volkes den gewaltigen
Krieg zu glorreichem Abschluß zu führen. Allerdings habe

as in that of the Polish diet, where the 'liberum veto' was 25
one of the primary causes of the downfall of the republic.

[1] Kreuzzeitung, the organ of the ultra-conservatives,
Junkerblatt, as it is commonly called.

[2] Diktatur, 'dictatorship,' absolute power based upon
militarism, defying constitutional laws; orig. legitimate ex- 30
traordinary power vested in one Consul for a limited time
(at first six months) at unusually critical periods of Roman
history.

in den letzten Jahren eine Vereinbarung über das Etats=
gesetz nicht erreicht werden können; die damals geleisteten
Staatsausgaben entbehren also der gesetzlichen Grundlage,
welche der Staatshaushalt, wie wiederholt anerkannt werde,
5 nur durch das zwischen Regierung und Volksvertretung
alljährlich zu vereinbarende Gesetz erhält.   In dieser Lage
habe sich die Regierung gezwungen gesehen, ohne ein solches
Gesetz die für die Erhaltung des Staates unerläßlichen
Zahlungen zu leisten; ihr Verfahren sei eine der unabweis=
10 baren Notwendigkeiten gewesen, denen sich eine Regierung
im Interesse des Landes nicht entziehen kann und darf.
Es sei aber zu hoffen, daß infolge der neuesten Ereignisse
der Regierung die zu beantragende Indemnität bereit=
willig erteilt und damit der bisherige Konflikt für alle Zeit
15 um so sicherer zum Abschluß gebracht werde, als erwartet
werden dürfe, daß die politische Lage des Vaterlandes eine
Erweiterung der Grenzen des Staats und die Einrichtung
eines einheitlichen Bundesheeres unter Preußens Führung
gestatten werde.

20   Hatte schon früher der würdige Inhalt und der warme
Ton der Rede vielfachen Ausdruck der Zustimmung bei
den Hörern veranlaßt, so brach hier bei der unendlichen
Mehrheit der Anwesenden die innere erquickende Befreiung
in lautem, wiederholtem Beifall hervor. Also kein Staats=
25 streich,[1] kein Verfassungssturz! Der innere Friede in
nahe Aussicht gestellt, nicht durch militärisches Machtgebot,
sondern mit der Bezeichnung eines einfachen Vergleichs,
auf Seiten der Abgeordneten Anerkennung ihres jetzt
zweifellosen Irrtums in der Beurteilung des neuen

---

30   [1] Staatsstreich, 'the act of upsetting or overturning the
state, coup d'état.'

Heerwesens, auf Seiten der Krone erneuerte Anerken= nung und Feststellung des Budgetrechtes.[1] Vielen Tau= senden patriotischer Männer war damit die schwerste Last vom Herzen genommen. Nun möchte ein fremder Stö= renfried sich über die Grenze wagen! 5

Der König schloß seine Rede mit den von ihm eigen= händig dem Entwurfe hinzugefügten Worten: „Meine Herren, mit Mir fühlen Sie, fühlt das ganze Vaterland die große Wichtigkeit des Augenblicks, der Mich in die Heimat zurückführt. Möge die Vorsehung ebenso gnaden= 10 reich die Zukunft Preußens segnen, wie sie sichtlich die jüngste Vergangenheit gesegnet hat. Das walte Gott!"

Der Sitte gemäß, beantwortete der Präsident des Herrenhauses die Thronrede durch ein dreimaliges Lebe= hoch auf den Monarchen, in welches die Versammlung 15 mit einem wahren Jubelsturm der Begeisterung ein= stimmte. Alle Herzen waren ergriffen: und wer hätte dem Eindruck der Kraft und der Milde, welche auf dem Antlitz des greisen Herrschers ausgeprägt waren, sich entziehen können? 20

Daß das Haus der Abgeordneten die ihm zum Frie= densschlusse dargebotene Hand nicht zurückstoßen würde, zeigte sich gleich im Beginne seiner Thätigkeit.

So heftig und grimmig der Zorn während der Kon= fliktsjahre gewesen, jetzt ließ es sich nicht mehr verkennen, 25 daß die Regierung und die Liberalen dasselbe große Ziel verfolgten, und daß zur Vollendung des Deutschen Reiches

---

[1] Budgetrecht, 'the right of the representatives of the people in constitutional States (in Prussia both Houses: Abgeordnetenhaus and Herrenhaus) to grant or decline the 30 budget submitted by the government to the legislative body.'

die Macht der Regierung ebenso unentbehrlich war, wie
die innere Bewegung der Geister. Wem es Ernst mit
der deutschen Einheit war, der mußte, gerne oder un=
gerne, sich als Verbündeten der Regierung in der das
5 ganze Dasein beherrschenden Frage bekennen, und folglich,
wem es Ernst um die praktische Verwirklichung des liberalen
Gedankens war, der mußte sich jetzt zu thätigem Zusam=
menwirken mit der Regierung entschließen, um die Neuge=
staltung des Deutschen Reiches nicht allein den politischen
10 Gegnern zu überlassen.   Vier Jahre lang hatte der Ver=
fassungsstreit die große Masse der Liberalen mit der radi=
kalen Demokratie verschmolzen und damit von jeder Teil=
nahme an der Förderung der deutschen Aufgabe abgesperrt:
in demselben Augenblicke, in welchem die Ereignisse den
15 Abschluß des Verfassungsstreites ermöglichten, begann sich
jenes unnatürliche Bündnis zu lösen; abgetrennt von den
radikalen Gruppen, entstand wieder eine liberale Partei;
zunächst durch die deutsche Frage mit der Regierung ver=
bunden, dabei selbständig in ihren Grundsätzen, bald
20 kräftig heranwachsend an Zahl und Einfluß.

Histories of German Literature.

Francke's (Kuno) German Literature in its Chief Epochs. A brief account in English. 16mo. pp.

Klemm's (L. R.) Abriss der Geschichte der deutschen Literatur. 12mo. 385 pp.

Gostwick (J.) and Harrison's (R.) German Literature. (In English.) Large 12mo. 600 pp.

Texts.

(Bound in boards unless otherwise indicated.)

Andersen's Bilderbuch ohne Bilder. With notes and vocabulary by Professor L. SIMONSON of the Hartford (Ct.) High School. 104 pp.

—— **Die Eisjungfrau u. andere Geschichten.** With notes by E. C. F. KRAUSS. 150 pp. Paper.

Auerbach's Auf Wache; bound with **Roquette's Der gefrorene Kuss.** With notes. 126 pp. Paper.

Baumbach's Frau Holde. Legend in verse. Ed. by Professor LAURENCE FOSSLER of University of Nebraska. pp. Cloth.

Benedix's Doctor Wespe. Comedy. 116 pp.

—— **Der Weiberfeind.** Comedy. Bound with **Elz's Er ist nicht eifersüchtig** and **Müller's Im Wartesalon erster Klasse.** With notes. 82 pp.

—— **Eigensinn.** Farce. Bound with **Wilhelmi's Einer muss heirathen.** With notes. 63 pp.

Carové's Das Maerchen ohne Ende. With notes. 45 pp. Paper.

Claar's Simson und Delila. Ed. in German. (Stern's Comedies, No. 4.) 55 pp. Paper.

Cohn's Über Bakterien, die kleinsten lebenden Wesen. Scientific monograph. Ed. by Professor SEIDENSTICKER of University of Pennsylvania. 55 pp. Paper.

Ebers' Eine Frage. With picture. Ed. by F. STORR. 117 pp Paper.

Eichendorff's Aus dem Leben eines Taugenichts. 132 pp.

Elz's Er ist nicht eifersüchtig. Comedy. *See Benedix.*

Freytag's Die Journalisten. Comedy. Ed. by Professor CALVIN THOMAS of University of Michigan. 178 pp.

—— **Karl der Grosse, Aus dem Klosterleben, Aus den Kreuzzügen.** With portrait. Ed. by A. B. NICHOLS of Harvard. 219 pp. Cloth.

A complete catalogue of Henry Holt & Co.'s educational publications or a list of their works in general literature will be sent on application.

Friedrich's Gaenschen von Buchenau. Ed. with easy German notes. (Stern's Comedies, No. 7.) 59 pp. Paper.

Fouqué's Undine. With glossary. 137 pp.

—— *The same.* Ed. by Professor H. C. G. VON JAGEMANN of Harvard. With vocabulary. 190 pp. Cloth.

—— **Sintram und seine Gefährten.** 114 pp. Paper.

Gerstäcker's Irrfarten. Ed. for beginners by M. P. Whitney pp.

Görner's Englisch. Comedy. Ed. by A. H. EDGREN of University of Nebraska. 61 pp. Paper.

Goethe's Dichtung und Wahrheit. First three books. With portrait. Ed. by Professor H. C. G. VON JAGEMANN of Harvard. Cloth. pp.

—— **Egmont.** Tragedy. Ed. by Professor W. STEFFEN. 118 pp. Paper.

—— **Faust, Part I.** Tragedy. Ed. by WM. COOK (Whitney's Texts). 229 pp. Cloth.

—— **Hermann und Dorothea.** Poem. Ed. by Professor CALVIN THOMAS of University of Michigan. 126 pp.

—— **Iphigenie auf Tauris.** Tragedy. Ed. by President CARTER of Williams (Whitney's Texts). 133 pp. Cloth.

—— **Neue Melusine** A Fairy Tale. Bound with **Zschokke's Toter Gast** and **von Kleist's Verlobung in St. Domingo.** All ed. by A. B. NICHOLS of Harvard. pp. Cloth.

Grimm's (H.) Die Venus von Milo; Rafael und Michel-Angelo. 139 pp.

Grimm's (J. & W.) Kinder- und Hausmaerchen. With notes. 228 pp.

—— *The same.* Ed. by CHAS. P. OTIS. With vocabulary. 351 pp. Cloth.

Gutzkow's Zopf und Schwert. Comedy. Ed. by Dr. F. LANGE 163 pp. Paper.

Hauff's Das kalte Herz. Illustrated. 61 pp.

Heine's Die Harzreise. With new introduction and notes. 97 pp.

Helmholtz's Über Goethe's naturwissenschaftliche Arbeiten. Scientific monograph. Ed. by Professor SEIDENSTICKER of University of Pennsylvania.

Hey's Fabeln für Kinder. Illustrated. With vocabulary. 52 pp.

Heyse's Anfang und Ende. 54 pp. Paper.

—— **Die Einsamen.** 44 pp. Boards.

Hillern's Höher als die Kirche. Ed. by MILLS WHITTLESEY. With frontispiece and vocabulary. 96 pp.

Historical Readers. *See Freytag, Schrakamp, and Webb (Beresford).*

Full list of modern language books free on application.

Jungmann's Er sucht einen Vetter. Ed. with easy German notes. (Stern's Comedies, No. 5.) 49 pp. Paper.

Kinder-Komödien. Five in one vol. Ed. in easy German by Professor G. HENESS. 141 pp. Cloth.

Von Kleist's Verlobung in St. Domingo. A Tale. *See Goethe.*

Von Klenze's Deutsche Gedichte. A cheap, attractive, and reasonably full collection carefully edited. 300 pp. Cloth.

Knortz's Representative German Poems. German and best English metrical version on opposite pages. 12mo. 373 pp.

Königswinter's Sie hat ihr Herz entdeckt. Ed. in easy German (Stern's Comedies, No. 3.) 79 pp. Paper.

Körner's Zriny. Tragedy. Ed. by Professor RUGGLES of Dartmouth. 126 pp. Paper.

Lessing's Emilia Galotti. Tragedy. Ed. by Professor O. B. SUPER of Dickinson College. 90 pp.

—— **Minna von Barnhelm.** Comedy. Ed. by Professor W. D. Whitney of Yale (Whitney's Texts). 138 pp. Cloth.

—— **Nathan der Weise.** Drama. Ed. by Professor H. C. G. BRANDT of Hamilton. (Whitney's Texts.) 158 pp. Cloth.

Meissner's Aus Meiner Welt. Geschichten für Grosse und Kleine. With vocabulary by CARLA WENCKEBACH. 127 pp. Cloth.

Von Moser's Der Bibliothekar. Farce. Ed. by Dr. FRANZ LANGE. 161 pp.

—— **Der Schimmel.** Farce. Ed. in easy German. (Stern's Comedies, No. 2.) 55 pp. Paper.

Mügge's Riukan Voss. A graphic Norwegian tale. 55 pp. Paper.

—— **Signa, die Seterin.** A graphic Norwegian tale. 71 pp. Paper.

Müller's (E. R.) Die elektrischen Maschinen. Scientific Monograph. Ed. by Professor SEIDENSTICKER of the University of Pennsylvania. Illustrated. 46 pp. Paper.

Müller's (Hugo) Im Wartesalon erster Klasse. *See Benedix.*

Müller's (Max) Deutsche Liebe. With notes. 121 pp.

Nathusius' Tagebuch eines armen Fräuleins. 163 pp. Paper.

Nibelungen Lied. *See Vilmar.*

Paul's Er muss tanzen. Ed. in easy German. (Stern's Comedies, No. 6.) 51 pp. Paper.

Plönnies' Princessin Ilse. Ed. by J. M. MERRICK. 45 pp.

Poems, German and French, for Memorizing. (N. Y. Regents' requirements.) 15 in each language. 35 pp. Paper. *See also von Klenze, Knortz, Simonson, and Wenckebach.*

Putlitz' Badekuren. Comedy. With notes. 69 pp. Paper.

—— **Das Herz vergessen.** Comedy. With notes. 79 pp. Paper.

—— **Was sich der Wald erzählt.** 62 pp. Paper.

Full list of modern language books free on application.

Putlitz's Vergissmeinnicht. With notes. 44 pp. Paper.

Richter's Walther und Hildegund. *See Vilmar.*

Von Riehl's Burg Neideck. Ed. by Professor A. H. PALMER of Yale. With portrait. 76 pp.

—— **Fluch der Schönheit.** Ed. by Professor F. L. KENDALL of Williams. 82 pp.

Roquette's Der gefrorene Kuss. *See Auerbach.*

Rosen's Ein Knopf. Ed. in easy German. (Stern's Comedies, No. 1.) 41 pp. Paper.

Schiller's Jungfrau von Orleans. Tragedy. Ed. by A. B. NICHOLS OF HARVARD. 203 pp.

—— **Lied von der Glocke.** Poem. Ed. by Dr. CHAS P. OTIS. 70 pp.

—— **Maria Stuart.** Tragedy. Newly ed by Professor E. S. JOYNES of South Carolina College. With portrait. (Whitney's Texts.) 232 pp. Cloth.

—— **Neffe als Onkel.** Comedy. Ed. by A. CLEMENT. 99 pp.

Schiller's Wilhelm Tell. Drama. Ed. by Professor A. SACHT-LEBEN of Charleston College. (Whitney's Texts.) 199 pp. Cloth.

—— *The same.* Ed. by Professor A. H. PALMER of Yale. With portrait. pp. Cloth.

—— **Wallenstein Trilogy,** complete. Tragedy in three plays : **Wallenstein's Lager, Die Piccolomini,** and **Wallenstein's Tod.** Ed. by Professor W. H. CARRUTH of the University of Kansas. With illustrations and map. 1 vol. pp. Cloth.

Schrakamp's Erzählungen aus der deutschen Geschichte. Through the war of '70. With notes. 294 pp Cloth.

Scientific Monographs. *See Cohn, Helmholtz, and E. R. Müller.*

Simonson's German Ballad Book. Ed. with biographical sketches, notes, etc. 304 pp. Cloth.

Storm's Immensee. Ed. by A. W. BURNETT. With vocabulary. 109 pp.

Tieck's Die Elfen : Das Rothkäppchen. Ed. by Professor L. SIMONSON. 41 pp. Paper.

Vilmar's Die Nibelungen. Bound with **Richter's Walther und Hildegund.** The stories in prose of two great German epics. 100 pp. Paper.

Webb's (Beresford) German Historical Reader. Events previous to XIX. century. Selections from German historians. 310 pp. Cloth.

Wenckebach's Schönsten deutschen Lieder. About 800 poems, proverbs, and songs (with music).

Wilhelmi's Einer muss heirathen. Comedy. *See Benedix.*

Zschokke's Toter Gast *See Goethe.*

Full list of modern language books free on application.

www.ingramcontent.com/pod-product-compliance
Lightning Source LLC
Chambersburg PA
CBHW030120030726
47498CB00007B/2467